# UN SILENCIO FATAL

## LOS MISTERIOS DE LA DETECTIVE KAY HUNTER

RACHEL AMPHLETT

SAXON PUBLISHING

# CAPÍTULO 1

Fue la mañana después de la noche anterior cuando encontraron el cuerpo mutilado.

El parque estaba tranquilo a las siete en punto, un fuerte contraste con las luces brillantes y la música estruendosa que habían llenado el aire hasta hacía seis horas.

Los dos enormes escenarios que se habían construido durante dos días la semana pasada estaban en silencio, las estructuras de iluminación en forma de U que se arqueaban sobre ellos estaban oscurecidas y, afortunadamente, dado las payasadas de la banda australiana que se había apoderado del escenario internacional y había ofrecido un acto estelar el viernes por la noche que ahora estaba en todas las redes sociales, limpios de espuma seca y restos de papel higiénico.

Ahora, el suave gorjeo de las alondras era llevado por la ligera brisa veraniega en el extremo más lejano del ondulante parque, puntuado por el rítmico *tap-tap-tap* de un pájaro carpintero.

Un suave tono de rosa y azul abrazaba el horizonte, atenuando los rayos más fuertes del sol por unas horas y dejando un suave rocío sobre la hierba alta que amenazaba con marchitarse si la ola de calor continuaba más allá del fin de semana.

Pétalos lilas y blancos fantasmales salpicaban la hierba, con tréboles silvestres prosperando junto a arvejas y milenrama para crear un aroma embriagador que atraía a una miríada de insectos que zumbaban felizmente entre el follaje a pesar de las acrobacias en picada de vencejos y pinzones. Altos castaños de Indias y hayas proyectaban sombras moteadas sobre los viejos caminos de carruajes que se entrecruzaban en el paisaje ondulado de la antigua finca campestre, las bases de sus robustos troncos estaban llenas de latas de cerveza vacías.

A lo lejos, cerca del estacionamiento, una docena de oficiales de policía uniformados recién salidos de su entrenamiento se arremolinaban alrededor de uno de los puestos de comida que hacía un buen negocio con café fuerte y sándwiches de tocino, el aroma de los granos de arábica y la grasa flotando sobre los asistentes al festival que aún dormían.

Una delgada línea de veinteañeros vestidos con camisetas los miraba con sospecha desde su posición junto a la entrada de una tienda de asesoramiento sobre drogas hasta que su atención fue captada por una joven que salía, su figura menuda envuelta en un abrazo reconfortante por el hombre más cercano antes de ser llevada lejos.

El camping junto al estacionamiento comenzaba como un extenso arcoíris de tiendas de poliéster de todas las formas y tamaños que, después de unos cientos de metros, daba paso a los terrenos más caros y al extremo de lujo de las opciones de alojamiento. Aquí, ondulantes lonas blancas albergaban camas dobles y baños privados, con alfombras de lana gruesa hechas a medida cubriendo el suelo impermeable.

A los agentes de policía pronto se les unió un grupo de voluntarios de la Cruz Roja, una mezcla de chalecos de alta visibilidad naranja brillante y amarillo compitiendo por posición junto a las mesas de caballete dispuestas con sobres de azúcar y palitos de madera para remover de cortesía.

Más basura para recoger más tarde, entonces.

Andrew Bressett dio la espalda a los escenarios temporales y a las torres de iluminación, chasqueando la lengua mientras usaba unas pinzas extensibles de aluminio para sacar otra colilla de cigarrillo gastada de debajo de un arbusto espinoso.

Arrugó la nariz y luego dejó caer el artículo ofensivo en la bolsa de basura negra que llevaba.

Los guantes que llevaba le proporcionaban una protección mínima contra objetos punzantes y gérmenes, pero, como ayer, se untaría las manos con jabón antiséptico una vez que él y los otros voluntarios terminaran aquí.

—Jesús, otra maldita aguja.

Se volvió al oír la voz de la mujer y vio a Susie Hinsen sosteniendo cuidadosamente una jeringa usada entre sus dedos enguantados.

—Lewis tiene el contenedor de riesgo biológico —dijo—. Ya he encontrado tres esta mañana.

—Yo voy ganando, esta es mi quinta. —Hizo una seña

a un hombre encorvado de unos sesenta años más adelante en el camino y esperó hasta que se unió a ellos—. Gracias, Lewis. Pensaba que hoy en día todo el mundo tomaba pastillas.

—Diferentes generaciones —dijo Andrew—. Ayer escuché a uno de primeros auxilios decir que los mayores todavía van a por las agujas, y los más jóvenes están demasiado asustados. Creen que las pastillas son la opción más segura.

Susie puso los ojos en blanco en respuesta, luego metió la aguja por el agujero en forma de buzón en la parte superior de la caja y le dio a Lewis una sonrisa agradecida. —¿Cómo va tu espalda?

—Bien. —El sexagenario sacudió el contenedor de riesgo biológico, haciendo sonar el contenido—. Voy a ir a vaciarlo.

Andrew observó mientras el hombre mayor se alejaba arrastrando los pies, protegiéndose los ojos del resplandor de los parabrisas de los coches. —Recuérdame otra vez por qué acepté hacer esto. Podría estar en Brighton, haciendo windsurf ahora mismo.

—Porque me amas. —Susie se puso de puntillas, lo besó y luego sonrió—. Además, no hay suficiente viento.

—No aquí. —Se limpió la frente con el dorso del brazo, luego miró el camino que serpenteaba alrededor de dos hayas antes de desaparecer sobre una ligera elevación en la hierba—. Otros veinte minutos, luego volveremos y tomaremos algo de agua, ¿suena bien?

—Me parece bien. La primera banda no tocará hasta las diez de todos modos, así que probablemente podríamos hacer otra hora antes de eso.

Andrew gimió. —Genial.

Caminó pesadamente tras ella, las botas de seguridad con punta de acero que ella insistió en que usara raspaban la tierra seca y pesaban sobre sus pies que ya estaban sudando en el calor de la mañana.

Si era honesto, la oportunidad de ser voluntario en el festival de música a cambio de entradas subvencionadas había sido buena; solo que no había contado con los comienzos tempranos además de festejar junto con todos los demás asistentes y luego tratar de dormir mientras la mayoría de los otros festivaleros continuaban sus celebraciones.

Cuando su alarma del móvil sonó a las seis, casi lo arrojó fuera de la tienda de campaña con disgusto.

No estaría aquí si no fuera por Susie.

Solo llevaban saliendo cuatro meses, pero ya estaba cautivado por ella, y ella lo sabía.

De ahí que, cuando se quedaron sin entradas a través de la agencia en línea y ella sugirió una forma alternativa de pasar por las puertas y ver a sus bandas favoritas, él aceptó la idea.

Pinchó una bolsa de papas fritas de aluminio, preguntándose por enésima vez por qué el sabor a sal y vinagre venía en *ese* color estos días, y exhaló.

Si la limpieza de esta mañana era un indicio, entonces mañana sería peor.

Levantando la cabeza para mirar hacia el otro lado del parque, podía ver coches ya haciendo cola para entrar al recinto del festival, sumándose a lo que sería una multitud a plena capacidad para el acto principal de esta noche.

—Van a estar increíbles —dijo Susie, haciendo una pausa para cubrirse la frente con la mano—. Lo sé.

—Espero que hayan estado practicando. Han pasado quince años desde la última vez que estuvieron juntos en un escenario, y eso no salió bien.

—¿No fue en Frankfurt, donde Joey le dio un puñetazo a Thommo después de la cuarta canción?

—Sí. Aparentemente Thommo intentó hacerlo tropezar en broma. —Andrew sonrió—. No me habría importado ser una mosca en la pared cuando se propuso esta gira.

Como si fuera una señal, el sonido de una batería siendo golpeada a ritmos extraños llegó hasta donde estaban, la suave elevación de la colina ofreciendo una vista clara de los escenarios. Un técnico de guitarras comenzó a toquetear un mástil, los conocidos sonidos proporcionando una potente mezcla de recuerdos.

—Como dijiste, tal vez todos necesiten el dinero. —Susie señaló con la barbilla hacia el seto que bordeaba el camino a lo lejos—. Vamos, cuanto antes terminemos esto, antes podremos volver a la tienda y cambiarnos.

—¿Teniendo dudas sobre ser voluntaria?

Ella se acercó al enmarañado seto, el sonido de su recogedor de aluminio clavándose en el suelo llegando hasta donde él trabajaba. —Me duele la cabeza. Hoy me mantendré alejada de la sidra, eso es seguro.

Él se rio. —Te dije que era fuerte.

Deteniéndose junto a un matorral de acebo enredado y un espino floreciente, extendió las pinzas y agarró unas bragas desechadas, apartando la cara mientras las dejaba caer en la bolsa. —Jesús, hay gente para todo.

—Oye, ¿crees que debería entregar esto?

Levantó la mirada al oír la voz de Susie y la vio sosteniendo en alto un pañuelo de algodón azul, del tipo que había visto llevar a muchas mujeres por las noches para protegerse del frío en los hombros mientras paseaban por las diversas carpas de comida y cerveza.

Arrugando la nariz, se acercó, notando la tela manchada de tierra. —No sé, podría llevar ahí un tiempo. ¿Dónde estaba?

—Justo aquí, en el suelo. —Le dio una sacudida, soltando algo de tierra—. Es de buena calidad. Creo que alguien lo ha perdido recientemente. Incluso si no es así, los de objetos perdidos podrían juntarlo con el resto para donarlo después.

—Venga, vale. —La observó mientras se lo ataba a la cintura para guardarlo, luego miró por encima de su hombro, su mirada atraída por algo que brillaba con la luz del sol más allá de los enredados troncos del seto.

Pasó junto a ella, sin querer apartar los ojos del objeto reluciente por si lo perdía de vista.

Algo como una lata o un paquete de patatas fritas desechado, o…

—Jesucristo —logró decir, antes de darse la vuelta, con el dorso de la mano en la boca mientras arcaba.

—¿Qué pasa? —Susie empezó a caminar hacia él, con preocupación grabada en sus facciones—. ¿Cariño?

—No te acerques más —dijo, con la voz temblorosa. Sacó su teléfono móvil del bolsillo con mano temblorosa, la otra agarrando la muñeca de ella y alejándola, poniendo tanta distancia como fuera posible entre ellos y las espinosas zarzas—. No mires.

—Andrew, ¿qué está pasando? Me estás asustando.

La soltó cuando la llamada se conectó, su estómago dando un vuelco mientras la operadora contestaba.

—N-necesito a la policía —dijo—. Hay una mujer… Hay mucha sangre… Creo que está muerta.

## CAPÍTULO 2

La inspectora Kay Hunter tamborileó con los dedos sobre el volante del abollado coche plateado del parque móvil y reprimió las primeras palabras que le vinieron a la mente.

Para empezar, el aire acondicionado del vehículo había dejado de funcionar hacía dos días cuando ella y su colega, el oficial Ian Barnes, se habían quedado atascados en la carretera de Sittingbourne después de una reunión de cuatro horas en la jefatura de la Policía de Kent en Gravesend.

Luego, el mecanismo de la ventanilla eléctrica se había negado a funcionar cuando salieron de la comisaría de Palace Avenue esta mañana, encerrándolos en un contenedor de metal que los estaba cocinando lentamente mientras la fila de tráfico avanzaba poco a poco.

Un mayo deprimente había dado paso a un junio abrasador, con la ciudad del condado rebosante de turistas y los pubs y discotecas llenos a rebosar cada noche mientras la gente comenzaba sus vacaciones de verano.

En unas semanas más, las escuelas también cerrarían,

añadiendo otro elemento perturbador al centro de la ciudad mientras los adolescentes aburridos cazaban en manada buscando distracciones fáciles.

Kay se apartó el flequillo de la frente con un resoplido y observó al joven agente más allá del parabrisas que vigilaba un cordón de seguridad improvisado, con la cara enrojecida mientras intentaba reprender a un borracho asistente al festival que ya tenía edad para saber comportarse.

—Vamos, dilo —murmuró Barnes—. Te reto.

El detective más veterano guardó su teléfono móvil en el bolsillo de la camisa y se arremangó, llegándole a Kay una vaharada del desodorante que estaba usando últimamente.

—Están haciendo lo mejor que pueden dadas las circunstancias —dijo ella.

—Hablas como una verdadera líder.

—Hmm.

El joven agente la vio entonces, alzando las cejas antes de dejar pasar dos coches más y agacharse hacia su ventanilla.

Kay suspiró, abrió su puerta y esperó mientras él retrocedía sorprendido.

—No preguntes —dijo ella—. ¿Dónde está el cordón exterior?

Él se giró y señaló más allá del puesto de comida del parque.

—Si aparca allí, jefa, y sigue el sendero tomando el desvío de la derecha, encontrará al agente Piper en la escena del crimen junto a un grupo de árboles en lo alto de la colina. El forense llegó hace quince minutos.

—Bien, gracias.

Kay cerró la puerta de golpe y avanzó con el coche cuidadosamente, esquivando a un grupo de cuarentones que llevaban una variedad de camisetas estampadas que hacían eco de sus propios gustos musicales.

—Jesús, pensé que ese grupo se había separado hace años —dijo Barnes, estirando el cuello para mirar a uno de ellos mientras pasaban.

—Quizás las arcas de las pensiones necesitaban un aumento.

—No me digas que van a tocar aquí este fin de semana.

—Iban a hacerlo. Se suponía que serían el acto principal en el escenario central esta noche. —Kay hizo una mueca—. Me alegro de no ser yo quien tenga que decirle a su mánager que tendrán que reprogramar para el año que viene. Si es que duran tanto. ¿Viste la foto del baterista en el periódico la semana pasada?

Barnes se rio.

—Déjame adivinar… le diste a Laura el trabajo de decírselo, ¿verdad?

—Pensé que sus encantos quizás suavizarían el golpe. —Kay giró el coche hacia un espacio junto a una furgoneta blanca lisa y apagó el motor—. Dios, Ian, qué manera de empezar el fin de semana.

Alcanzó el asiento trasero, cogió una chaqueta ligera de color gris y salió, poniéndose al paso de su colega mientras caminaban más allá del puesto de comida.

Se había formado una multitud junto a la ventanilla de servicio, todos los ojos volviéndose para mirarlos acusatoriamente, como si fuera culpa de ellos que el fin de semana se hubiera arruinado.

Una mujer de unos veinte años con el pelo castaño enmarañado hasta la cintura, pantalones cortos de mezclilla y una camiseta verde sin mangas se tambaleó hacia ellos, con una botella de alcopop medio vacía en la mano y un cigarrillo liado aplastado entre los dedos de su mano izquierda.

—Deberíaish eshtar arreglando eshto. Pagamosh cientosh por lash entradash, shabéish.

Kay retrocedió ante el hedor a alcohol y piel sin lavar, y apartó a la mujer con un gesto.

—Habrá un anuncio desde el escenario central a su debido tiempo. Y deberías ir con cuidado con eso. Va a ser un día largo.

—Que te jodan —gruñó la chica, luego dio una pirueta y se tambaleó de vuelta con sus amigos.

Kay apretó los dientes.

—En momentos como este, desearía que pudiéramos decírselo. Al menos entonces podrían ser más cooperativos.

—Estará en todas las noticias dentro de poco —dijo Barnes.

Ella miró por encima del hombro hacia donde un equipo de televisión se estaba instalando junto al tráfico embotellado, la presentadora metiendo su micrófono bajo las narices de los indignados poseedores de entradas que estaban siendo rechazados.

—Dios, esto va a ser noticia nacional también, ¿verdad?

Su teléfono móvil sonó en su bolsillo, y lo sacó, suspirando al ver el nombre familiar en la pantalla.

—Espera, Ian. Tengo que contestar. ¿Jefe?

—¿Ya estáis en la escena?

El familiar ladrido del comisario Devon Sharp se escuchaba fácilmente por el altavoz del móvil, y ella bajó rápidamente el volumen antes de seguir a Barnes hacia el sendero que se alejaba del puesto de comida.

—Acabamos de llegar, jefe. Se han establecido los cordones perimetrales, y Tráfico tiene oficiales aquí desviando vehículos lejos del sitio. Está llevando tiempo por lo que parece, especialmente porque la gente quiere una explicación que no podemos darles.

—He hablado con la comisario jefa. Ha accedido a enviar otros veinte oficiales de Ashford y Sevenoaks para ayudar en la escena…

—Jefe, con respeto… ¿hay alguna posibilidad de que te asegures de que sean experimentados? —Kay se dio la vuelta, ralentizando mientras caminaba hacia atrás y observaba a los agentes recién cualificados que intentaban calmar a la multitud cada vez más irritada—. Las cosas podrían descontrolarse en cualquier momento aquí.

—Enviaremos cuatro patrullas montadas también, entonces —dijo Sharp—. Ya es hora de que esos malditos caballos hagan algo de ejercicio. Nos está costando bastante alimentarlos.

—Eso sería genial, gracias. —Se apresuró tras Barnes, que había llegado al borde de la colina y la estaba esperando junto al siguiente cordón de cinta azul y blanca de la escena del crimen—. Estamos a punto de ponernos los trajes, así que te daré otra actualización en una hora más o menos.

—Estaré esperando —dijo Sharp—. Retendremos el envío del comunicado de prensa hasta que tenga noticias tuyas por si podemos compartir más detalles para ayudar con la investigación.

—Gracias, jefe.

Barnes alzó una ceja cuando ella lo alcanzó.

—¿Va a enviar refuerzos?

—Y la caballería.

—Caramba, debiste haber hecho algo bien en tu evaluación esta semana. —Sostuvo la cinta para que ella pasara por debajo, luego hizo una pausa mientras un agente uniformado conocido se acercaba a donde estaban, con un portapapeles en la mano—. Buenos días, Aaron.

—Buenos días. —Aaron Stewart se quitó la gorra y pasó la mano por su cabello castaño corto que ya estaba húmedo de sudor, luego le entregó el portapapeles a Kay junto con un bolígrafo negro—. Jefa, hemos establecido un segundo cordón alrededor de la escena del crimen; este es solo para mantener alejada a la multitud. Las dos personas que descubrieron el cuerpo de la mujer han sido entrevistadas y las tenemos en una de las carpas de la ambulancia de St John's para darles un poco de privacidad. Gavin pensó que querrías hablar con ellos personalmente antes de enviarlos a casa.

—Bien, gracias. —Kay garabateó su nombre y devolvió la hoja de registro formal—. ¿Dónde viven?

—Ella es de Burnham, él vive en esa nueva urbanización en la carretera de Loose. —Aaron se colocó el portapapeles bajo el brazo—. También he hecho que un par de agentes comiencen a revisar las bolsas de basura que se habían recogido de esta zona antes de que encontraran a la víctima. Parece que posiblemente recogieron algo de su ropa, una bufanda, de ahí ese cordón extra por si hay algo más tirado por ahí. Estoy esperando a más oficiales para poder comenzar una búsqueda minuciosa.

Kay asintió. —Parece que lo tienes todo bajo control. ¿Por dónde quieres que caminemos?

En respuesta, Aaron señaló una línea de cinta que había sido asegurada con piedras, su ruta serpenteante conducía a través del césped hacia una pequeña carpa blanca de poliéster. —Solo seguid eso, jefa. Gavin dejó algunos trajes protectores de repuesto en la carpa para vosotros.

Barnes lideró el camino, ambos perdidos en sus pensamientos mientras se apresuraban hacia la carpa y se turnaban para ponerse los trajes blancos de una pieza sobre su ropa.

Balanceándose sobre una pierna y luego la otra para tirar de los botines de plástico sobre sus zapatos planos, Kay hizo una pausa para rascarse el goteo de sudor que se estaba formando bajo la capucha, haciendo que su cuero cabelludo le picara.

El sol ahora estaba trazando un camino feroz a través del cielo matutino, y haría varios grados más de calor antes de que ella terminara aquí.

Oyó voces murmuradas más allá de la solapa de la carpa, y la abrió para encontrar a Barnes hablando por su teléfono móvil, con el ceño fruncido.

—¿Qué pasa? —dijo ella cuando él terminó la llamada —. ¿Algún problema?

—La jefatura solo podrá proporcionar cinco empleados administrativos adicionales a partir de mañana — respondió, guardando el móvil en el bolsillo de su camisa y volviendo a cerrar la cremallera de su traje protector—. Y dos de ellos son contratistas a tiempo parcial, así que podríamos perderlos en cualquier momento.

—Por la p…

—Jefa, ¿tienes un minuto?

Kay se giró al escuchar la voz familiar para ver al agente Gavin Piper envuelto en un traje similar al suyo, marchando sobre el césped hacia ellos.

Mientras se acercaba, se echó hacia atrás la capucha, su cabello normalmente en punta aplastado contra su frente, y había una expresión determinada en sus ojos.

—Aaron nos contó sobre la pareja que encontró a la víctima —dijo Kay—. ¿Qué has averiguado sobre ella hasta ahora?

—Lucas cree que tiene entre mediados de los veinte y principios de los treinta —dijo el detective más joven—. Obviamente no se comprometerá formalmente con nada hasta que haga la autopsia, pero hay marcas de estrangulamiento alrededor de su cuello y moretones en la parte interna de sus muslos…

Se interrumpió, con los ojos preocupados, y Kay frunció el ceño.

—¿Qué pasa, Gav?

—Sus dedos, jefa. Quien le hizo esto, le cortó las yemas de los dedos.

CAPÍTULO 3

Kay miró a su colega por un momento, atónita.

El trino musical de un zorzal resonaba a su alrededor, el sonido rebotando entre las ramas de las hayas que se mecían con la suave brisa que ahora subía por la colina hacia ellos, las notas ligeras en contraste con el peso que oprimía su pecho.

Con la garganta seca, miró a Barnes para ver una expresión horrorizada arrugando su rostro.

—También tiene moretones en la cuenca del ojo y los pómulos —dijo Gavin, bajando la voz a un murmullo—. Podría haber más, pero Lucas aún está con ella.

—¿Alguna identificación? —preguntó Barnes, con desesperación palpable en su voz.

—Ninguna encima. Solo lleva un vestido de verano. Los dos que la encontraron, Susie Hinsen y Andrew Bressett, hallaron ropa interior por allá en el césped al otro lado del seto que ocultaba su cuerpo del sendero, y una bufanda. También encontramos un par de sandalias arrojadas entre la hiedra, justo en ese hundimiento del césped. —Gavin tiró del arrugado cuello de poliéster de su traje y exhaló—. No hemos encontrado bolso, ni móvil, ni nada más aún. Las bolsas de basura que estaban recogiendo antes de encontrarla han sido llevadas por los de la Científica para procesarlas, por si hubiera algo más que pueda estar relacionado con ella.

—¿Cuánto ha avanzado Lucas con su examen inicial? —preguntó Kay.

—Ha cubierto sus manos para preservar cualquier evidencia de su atacante. Hay rastros de salpicaduras de sangre en sus brazos que podrían ser de ella, o quizás de su asesino si logró defenderse.

—¿Solo rastros?

—La sangre en sus brazos y manos ha sido emborronada, jefa; quizás su atacante intentó limpiarla después, algo así. —Echó un vistazo por encima del hombro—. Con suerte, encontraremos lo que se usó para hacer eso una vez que ampliemos la búsqueda, pero me han dicho que podría llevar un tiempo…

—Aaron mencionó que está esperando ayuda, así que eso podría cambiar en el transcurso de la mañana. —Kay miró más allá de él hacia la cinta de la escena del crimen estirada entre dos estacas de acero inoxidable—. ¿Quieres mostrarnos a qué nos enfrentamos?

—Claro, seguidme.

Gavin se dirigió de vuelta al cordón interior, Kay lo siguió mientras serpenteaba entre una serie de marcadores de plástico de colores brillantes esparcidos por el camino demarcado.

La hierba alta rozaba contra la tela de poliéster de su traje, rozando sus piernas mientras se acercaba a un grupo de cuatro investigadores de la escena del crimen, con las cabezas inclinadas mientras realizaban un meticuloso análisis del área inmediata.

Se obligó a contener sus emociones, la ira de que una mujer hubiera sido brutalmente asesinada. La desesperación de que una vida humana hubiera sido arrebatada, y ahora representaba un espécimen científico para ser registrado y analizado para encontrar las respuestas que tan desesperadamente buscaban.

—Kay.

Parpadeó, sacudiéndose ligeramente mientras una figura se ponía de pie, unos ojos marrones agudos mirándola por encima de una máscara que ocultaba el resto de sus rasgos.

—Lucas. Gracias por venir tan rápido.

—Era mi fin de semana libre, pero dadas las circunstancias... —Miró hacia abajo y suspiró—. No podía decir que no, ¿verdad?

Kay se acercó más, escuchando la brusca inhalación de Barnes.

La mujer yacía boca arriba, un brazo extendido lejos de su cuerpo como si hubiera intentado amortiguar una caída, el otro doblado incómodamente bajo su cadera. Su cabello rojo estaba cortado en un elegante bob a la altura de los hombros, el color brillante en fuerte contraste con el tono azul grisáceo de su piel. Tres pendientes perforaban su oreja derecha, cada uno una estrella de plata perfectamente formada, y una delgada pulsera de tobillo de plata se curvaba alrededor de su pie donde se había deslizado.

Entonces la mirada de Kay se dirigió a los dedos de la mujer envueltos en bolsas protectoras de plástico, y dio un paso involuntario hacia atrás al ver la sangre seca que corría por ellos.

—Gavin os contó sobre esto, entonces —dijo Lucas—. He comprobado que a cada uno de ellos se le ha cortado la punta, pero con prisa. Tal vez lo hicieron para dificultar su identificación.

—¿Su asesino hizo eso antes o después…? —dijo Barnes, con la voz ronca.

—No puedo decirlo, no hasta que haya realizado la autopsia. —El patólogo se agachó una vez más y levantó suavemente la mano de la mujer, sus dedos enguantados acunando su muñeca—. También tomaré muestras de estas heridas, por si hubiera alguna evidencia de rastros de su asesino, pero…

—Si quien hizo esto estaba decidido a evitar que descubriéramos su identidad, entonces también habrá sido cuidadoso en ocultar la suya —dijo Kay. Frunció el ceño, sus pensamientos ya dando vueltas unos sobre otros—. Me pregunto por qué llegar a tales extremos.

Lucas le lanzó una mirada, la piel en las comisuras de sus ojos arrugándose con una triste diversión. —Dejaré ese tipo de preguntas para que las resuelvas, Kay. Mientras tanto, necesito terminar aquí para que el equipo de Harriet pueda ponerse a trabajar.

—De acuerdo. Gracias. ¿Cuándo crees que podrás hacer la autopsia?

—Llamaré a Simon cuando termine aquí y le pediré que revise la agenda. Lo antes posible la próxima semana. —La mirada de Lucas volvió a la mujer muerta—. Tendrá prioridad sobre cualquiera de los casos del hospital, te lo puedo asegurar.

Kay hizo una pausa mientras Barnes se alejaba, grabando en su memoria los rasgos brutalizados de la joven mujer.

Después de un momento, apretó los puños y se volvió hacia Gavin. —Necesito hablar con la pareja que la encontró mientras terminas aquí.

—Sin problema, jefa. Como te dije, los pusimos en una de las carpas de la ambulancia de St John's, lejos de miradas indiscretas. Iba a organizar que un coche los llevara a casa también, dado que los medios ya están aquí.

—Sin mencionar que todos los que tienen un teléfono móvil estarán publicando sobre esto en las redes sociales en cuanto tengan una pista de lo que está pasando. —Kay suspiró—. Realmente no podemos permitirnos el personal para actuar como servicio de taxi, pero estoy de acuerdo en que tiene mucho sentido dadas las circunstancias.

—Déjamelo a mí, jefa. Bajaré allí cuando termine aquí. Eso debería darte tiempo suficiente para hablar con ellos.

—De acuerdo. —Se dio la vuelta para irse, luego se detuvo y miró por encima del hombro—. Y, ¿Gav? Buen trabajo organizando todo esto tan rápidamente.

Él se enderezó entonces, liberándose de una pizca de estrés en sus rasgos bronceados. —Gracias, jefa.

# CAPÍTULO 4

Para cuando Kay y Barnes se deshicieron de sus trajes de protección en un contenedor de riesgo biológico designado y regresaron al puesto de comida, la multitud había crecido considerablemente.

La mayoría de las personas tenían expresiones perplejas, algunas hablaban con voluntarios que deambulaban con aire distraído, sus movimientos nerviosos mientras se ocupaban de tareas aparentemente mundanas, cualquier cosa para evitar el contacto visual con los poseedores de entradas.

Uno de los equipos de televisión se había atrevido a enfrentar el alboroto, un camarógrafo y un ingeniero de sonido frente a un reportero que intentaba entrevistar a frustrados poseedores de entradas mientras lucía notablemente fuera de lugar con sus pantalones y camisa de traje. Llevaba una sonrisa fija mientras escuchaba a dos hombres que cantaban a todo pulmón entre respuestas a sus preguntas y agitaban latas de cerveza en el aire, derramando cerveza sobre sí mismos a intervalos regulares.

La mujer que había abordado a Kay anteriormente ahora estaba sentada con las piernas cruzadas en una de las mesas de picnic de madera, gesticulando salvajemente con las manos mientras gritaba a uno de los hombres que se agolpaban a su alrededor.

Una pareja con un niño pequeño en un cochecito se apresuraba por el camino, el hombre lanzando una mirada de reojo al reportero y la creciente multitud antes de levantar una mano para detener a Kay mientras pasaban.

—¿Son policías? ¿Qué está pasando? —dijo—. Teníamos un pase familiar para el festival, pero alguien dijo algo sobre un cuerpo. ¿Es eso cierto?

Kay sintió un escalofrío casi imperceptible cuando las cabezas se giraron para mirarlos, con expresiones curiosas en los juerguistas más cercanos.

El reportero bajó su micrófono y se quedó mirando por un momento. Luego apareció una sonrisa depredadora, e hizo señas al camarógrafo y al ingeniero de sonido antes de abrirse paso hacia ella y Barnes.

—No puedo hacer comentarios en este momento —dijo al hombre y a su esposa de aspecto preocupado—. Habrá un anuncio de los organizadores en su momento.

—Los suyos dijeron eso hace una hora —gritó otro hombre, con la piel de un tono rosado enojado por el sol—. Seguimos esperando, joder. ¿Quién ha muerto?

—Jefa, por aquí. —Barnes miró fijamente al equipo de noticias, deteniéndolos en seco, luego le dio un suave empujón a Kay, señalando una gran carpa de lona azul más cerca del estacionamiento.

—Más vale que lleguen pronto esos refuerzos y caballos, maldita sea —dijo entre dientes. Maldijo cuando su tacón se torció en un bache profundo, asintiendo en agradecimiento cuando él extendió la mano para estabilizarla—. Las cosas seguramente se saldrán de control si esta gente no obtiene algunas respuestas, y ese reportero no va a ayudar. Necesitaremos más personal para entrevistar a tantas personas como sea posible mientras se van, solo para asegurarnos de obtener nombres y datos de contacto.

Un rostro familiar la saludó fuera de la carpa, su altura le daba un aire adicional de autoridad y su postura era de alta alerta para cualquiera que se sintiera tentado a acercarse. Asintió cuando se acercaron.

—Jefa. ¿Quieres hablar con la pareja que la encontró?

—En un minuto, Kyle. —Kay bajó la voz y lo llevó a un lado mientras Barnes tomaba su lugar y miraba fijamente a la multitud—. ¿Qué te han dicho hasta ahora?

El agente de policía en período de prueba Kyle Walker le dio la espalda a la multitud antes de continuar, y Kay apreció el gesto: impediría que cualquier lector de labios potencial espiara su conversación.

—Ambos están conmocionados, como te puedes imaginar —dijo—. Hice que los de primeros auxilios los revisaran cuando los trajimos aquí, pero creo que el shock inicial está empezando a pasar. Han confirmado que ninguno de los dos reconoció a la víctima, y después de hablar con ellos verifiqué sus coartadas para las últimas veinticuatro horas. Todo está bien en ese frente. En cuanto a dónde se encontró a la víctima, el tipo, Andrew, dijo que la mujer que organizaba a los voluntarios de limpieza simplemente les asignó esa parte del parque esta mañana cuando se presentaron.

—¿Has hablado con ella ya?

—Está en la lista, una tal Dana Schuldberg. No había nadie más disponible para quedarse con estos dos, así que…

Kay asintió. —No te preocupes. Dame sus datos y yo hablaré con ella.

—Gracias, jefa. —Sacó su libreta y se la tendió.

Tomando una foto de la página abierta en su móvil, Kay estiró el cuello para mirar alrededor del lado de la carpa. —¿Dónde la encuentro?

—Hay una carpa de administración central dos filas detrás de esta, antes de llegar al estacionamiento. —Kyle inclinó la barbilla hacia el creciente número de personas que se reunían alrededor—. Probablemente esté allí porque tienen que organizar cómo sacar a esta gente del sitio sin iniciar un motín.

—Está bien, gracias.

Pasando por encima de una cuerda tensora rojo brillante, pasó junto a un cartel con el logotipo familiar de la asociación de voluntarios de primeros auxilios de St John's y se abrió paso dentro de la carpa, con Barnes a su lado.

Un suave tono azul la envolvió, amortiguando la dura luz del exterior, la gruesa lona absorbiendo parte del ruido de los juerguistas.

Recordándose a sí misma mantener la profesionalidad en lugar de emitir un suspiro de alivio, Kay paseó su mirada hasta que sus ojos se adaptaron, notando que la carpa había sido instalada de tal manera que el frente proporcionaba un área aproximada de recepción con dos mesas de caballete. Más allá de estas, tres cubículos estaban separados por más lona, las solapas retiradas revelaban camas de campaña y equipo de primeros auxilios ordenadamente organizado en cajas de plástico de varios tamaños. Etiquetas estaban pegadas en el exterior de las cajas indicando claramente qué se podía encontrar dónde en caso de urgencia.

Un movimiento por el rabillo del ojo llamó su atención, y vio a una pareja sentada en un par de sillas de camping de lona a su derecha, el rostro de la mujer manchado mientras se secaba los ojos con un pañuelo de papel.

El hombre a su lado había estado apoyando los codos en las rodillas pero se enderezó cuando Kay y Barnes se acercaron a ellos, su rostro inquisitivo.

—¿Son detectives? —dijo.

—Sí. Soy la inspectora Kay Hunter, y este es mi colega, el oficial Ian Barnes —dijo, mostrando su placa—. Me doy cuenta de que este es un momento difícil para ustedes, pero vamos a necesitar hacerles algunas preguntas más.

—Está bien —sollozó la mujer. Extendió la mano hacia la del hombre, entrelazando sus dedos—. Queremos hacer todo lo que podamos para ayudar.

Barnes se acercó a donde una pila de sillas de madera había sido apoyada contra el lado de una de las mesas de caballete. Regresó con dos y desdobló una de ellas para Kay.

Ella murmuró su agradecimiento, esperó hasta que su colega sacó su libreta y luego volvió su atención a la pareja. —Bien, entonces son Susie y Andrew, ¿es correcto?

La pareja asintió al unísono.

—Llévenme de vuelta a primera hora de esta mañana —dijo—. ¿Se estaban quedando en el lugar durante la noche?

—Sí —dijo Andrew—. Eso era parte del trato por ser voluntarios en la limpieza. Susie encontró los detalles en línea después de que nos quedáramos sin entradas. Significaba que conseguíamos un pase de fin de semana a mitad de precio. Parecía un intercambio justo en ese momento...

Se interrumpió, afligido.

—Conocí a alguien que hizo esto el año pasado —dijo Susie en voz baja—. Nos dieron un lugar para acampar lejos de la sección principal, así que era un poco más tranquilo. Significaba que podíamos... más o menos... dormir unas horas antes de levantarnos por la mañana para empezar a limpiar antes de que la música comenzara de nuevo a las diez.

Andrew emitió un resoplido ahogado. —No es que durmiéramos mucho. La música puede que parara a medianoche, pero la mayoría de la gente seguía de fiesta hasta que salía el sol.

—¿A qué hora salieron de su tienda?

—Poco después de las seis —dijo él—. Había una reunión de equipo a las seis y media, igual que ayer, solo para repasar las cuestiones básicas de salud y seguridad...

—Hay algunas agujas por ahí, cosas así —añadió Susie—. Y los organizadores están paranoicos de que alguien pueda enfermarse, así que hay toda una serie de reglas sobre eso. Y, por supuesto, hay riesgo de insolación este fin de semana, así que nos estaban repartiendo esas botellas de agua de medio litro también.

—¿Cuánto duró la reunión? —preguntó Kay.

—Solo unos quince minutos —dijo Andrew—. Todos tuvimos que participar en una reunión de inducción el miércoles antes de que llegaran los poseedores de pases VIP el jueves, así que las reuniones matutinas son básicamente para reiterar lo que se dijo entonces y para que planteemos cualquier preocupación.

—¿Algún voluntario ha expresado preocupaciones sobre algo?

—No, que yo sepa.

—¿Susie?

La mujer negó con la cabeza. —Para ser justos, ha estado muy bien organizado.

—De acuerdo, entonces ¿qué pasó después de que se trataran los temas de salud y seguridad?

—Nos dijeron qué áreas del parque teníamos que ir a limpiar —dijo Andrew—. Lo cambian cada día para que no te toque el mismo área que limpiaste el día anterior.

—Eso es porque algunas áreas están peor que otras —explicó Susie. Hizo un ligero encogimiento de hombros—. Lo hace más justo, para que un equipo no se quede atascado con el mismo lugar todos los días.

—Sí, tiene sentido —dijo Kay. Miró a Barnes—. Tendremos que hablar con quien limpió ese área ayer.

Él asintió en respuesta, con la cabeza aún inclinada sobre su libreta.

Kay se volvió hacia la pareja. —¿A qué hora salieron de la reunión del equipo?

—Probablemente a las siete —dijo Andrew—. Querían que nos adelantáramos antes de que hiciera demasiado calor. Ese es el problema este año: aparentemente la limpieza no solía comenzar hasta las siete y media en años anteriores. Normalmente habríamos tenido una hora más en la cama.

—¿Por qué camino se acercaron a la pendiente y el seto donde encontraron a la víctima?

—Usamos el sendero, el que toma un desvío a la derecha alejándose del lago. Te lleva hasta la cima de la colina, y luego puedes seguirlo en un gran bucle hacia la derecha antes de que vuelva a curvarse hacia abajo donde están todos los escenarios.

—¿Vieron a alguien más mientras caminaban hacia la cima de la colina?

—No —dijo Susie—. Fuimos los primeros en llegar a la cima de la colina. Lewis, que nos seguía, estaba bastante atrás...

—Tiene sesenta y tantos años y le encanta la música pero no puede permitirse una entrada, así que ha sido voluntario durante años en diferentes festivales. —Andrew logró sonreír—. Es todo un personaje, algunas de las bandas habituales lo conocen bien.

—La mujer que nos organizaba a todos le pidió que llevara el contenedor de residuos biológicos peligrosos a los diferentes voluntarios que están repartidos por el parque —continuó Susie—. Pero como dije, no estaba tan cerca cuando llegamos allí arriba por primera vez...

—Pero entonces encontraste esa aguja —dijo Andrew —, y Lewis se unió a nosotros por un minuto antes de irse a vaciar el contenedor porque se estaba llenando.

Kay se levantó de su asiento y miró a la pareja. —Estamos esperando refuerzos para ayudar con el control de la multitud, pero son libres de irse. Probablemente tendremos más preguntas a medida que avance nuestra investigación, así que si pudiéramos contactarlos de nuevo...

—Absolutamente. —Andrew extendió la mano hacia Susie y dio un escalofrío involuntario—. Le dimos nuestros datos al otro detective allí afuera, así que...

—Muy bien, nos pondremos en contacto.

Abriéndose paso fuera de la tienda, Kay entrecerró los ojos ante la dura luz del sol y observó los puestos brillantemente decorados que vendían mercancía y ropa estampada.

—Hablaremos con esa Dana Schuldberg —dijo—, y luego iremos a la sala de incidentes y actualizaremos al equipo allí. Mientras tanto, ¿puedes...?

—Disculpe, ¿está usted a cargo aquí? —Un hombre de unos sesenta años, vestido con una chaqueta de traje negra sobre una camiseta blanca y jeans azules, empujó a una pareja más joven y se abrió paso con los codos pasando a Kyle—. Necesito hablar con usted.

Kay arqueó una ceja. —¿Y usted es...?

—Brian Kasprak —extendió una mano, que ella ignoró—. Soy el mánager del acto principal. —Kasprak miró a cada uno de ellos por turno, emitiendo una risa nerviosa—. Los conocen, ¿verdad?

—Vagamente —dijo Barnes.

—Claro, claro. —Otra risita entrecortada.

—¿Brian? ¿Estás ahí? —Una voz cortó a través de la pared de lona, y luego una mujer apareció al lado de Kyle, cubriéndose los ojos—. Necesito que me des más fotografías para las redes sociales. Y hay una emisora de radio polaca que quiere una cita tuya para su segmento de noticias del mediodía. Como, ahora.

—Estaré allí en un segundo, Melanie. Espera. —Se volvió hacia Kay—. Verá, el asunto es que los chicos van a ser los cabeza de cartel esta noche, y están realmente emocionados por ello, y bueno… esto es todo un poco inconveniente, ¿no?

—¿Inconveniente? —dijo Kay.

—Toda esta gente, todos con entradas y apoyando la música en vivo —continuó Kasprak—. Sería una pena decepcionarlos, después de todo, la banda solo lleva seis meses fuera de su retiro y esto es…

Kay levantó la mano. —Señor Kasprak, aún tenemos que hablar con los organizadores del festival y todavía estamos llevando a cabo una investigación activa. Como sin duda ya le han dicho nuestros colegas, habrá un anuncio a su debido tiempo. Hasta entonces, si no le importa…

El rostro del mánager decayó mientras se hacía a un lado, pero luego una expresión esperanzada llenó sus ojos. —¿Consiguió una entrada?

—No la necesito —dijo Kay—. Puede oírse perfectamente desde mi casa con las ventanas cerradas, gracias.

CAPÍTULO 5

El agente Gavin Piper se quitó las mangas del traje protector de poliéster de los brazos, luego murmuró su agradecimiento mientras dejaba caer el traje húmedo en una bolsa de riesgo biológico que sostenía un técnico forense novato.

Junto a la tienda que se había instalado para albergar una base temporal para el equipo forense, había una caja de plástico con botellas de agua que alguien había conseguido de los organizadores del festival, y él abrió una, bebiendo la mitad del contenido tibio en segundos.

La tienda era más pequeña que aquellas coloridas que salpicaban el camping debajo de la suave pendiente, y su propósito era más sombrío.

Sintió una creciente sensación de inquietud mientras un flujo constante de investigadores iba y venía en sus voluminosos trajes protectores, concentrados en los diversos kits de prueba y muestras que se estaban registrando y embolsando a medida que continuaba su búsqueda.

Lo ignoraban mientras trabajaban, su concentración demasiado grande en la tarea en cuestión y la necesidad de respuestas se volvía más urgente a medida que avanzaba la mañana.

Pasándose la mano por el cabello, sintiendo la humedad entre los omóplatos, observó mientras Lucas supervisaba cómo el cuerpo roto de la mujer era enrollado suavemente en una bolsa de nylon negra, sus rasgos desapareciendo de la vista mientras se cerraba cuidadosamente la cremallera.

Tragó saliva, dándose cuenta de que no solo era la hija de alguien, quizás la esposa o novia de alguien, sino otra víctima cuyo brutal final exigía respuestas y justicia.

La mandíbula de Gavin se tensó, y giró sobre sus talones, lanzando la botella vacía hacia una pila que crecía constantemente en una caja de cartón junto a la solapa abierta de la tienda.

Falló, y en su lugar aterrizó a los pies de una técnica forense que en ese momento había asomado la cabeza por la solapa y lo miraba con cierta preocupación.

—Si todos me lanzaran algo cuando les digo algo que quizás no quieran escuchar…

—Lo siento, Harriet. —Le lanzó una sonrisa tímida, luego se apresuró y depositó la botella vacía en la caja—. Escuché que me estabas buscando.

—En efecto. Pasa.

Harriet Baker, investigadora principal de la escena del crimen y veterana de varios años en la Policía de Kent, se dio la vuelta sin esperarlo.

Al entrar en el sofocante interior de la tienda, vio que la capucha de su traje protector ahora estaba echada hacia atrás, revelando un cabello castaño oscuro que se había atado en una eficiente cola de caballo, mientras su máscara colgaba alrededor de su cuello. Se movió hacia una mesa desplegada que ocupaba una longitud de la pequeña tienda en forma de caja y estaba cubierta de bolsas de evidencia de varios tamaños.

Parecía ajena al efecto del clima cálido, y en su lugar dirigió su atención a las bolsas de evidencia, su mano enguantada flotando sobre ellas mientras hablaba.

—Esto es lo que se ha encontrado hasta ahora dentro de un radio de cien metros de donde se encontró a la víctima, y aún tenemos que procesar el cordón exterior.

Los ojos de Gavin se abrieron de par en par.

—Eso es más de lo que pensé que habría.

—Y creo que es seguro asumir que no todo pertenecerá a nuestra víctima, pero quería que vieras cuánto tenemos que procesar aquí antes de que Kay comience a pedirte que me presiones para un informe de progreso. —Harriet bajó la mano y suspiró—. Esto va a llevar un tiempo, Gav. Hay cosas aquí que podrían haber sido dejadas caer a lo largo de cualquier cantidad de años.

Él se acercó, recorriendo con la mirada el contenido de las bolsas.

—Jesús, ¿eso es un anillo de bodas?

—Sí, y hay un anillo de compromiso en algún lugar entre todo esto también. —Harriet sacudió la cabeza con asombro—. Y no quieres oír sobre algunas de las otras cosas que hemos encontrado. No hace falta decir que estaremos aquí hasta la puesta del sol, y luego probablemente tendremos que continuar por la mañana también, así que necesitaremos asegurar el área.

—Hablaré con los uniformados para que lo organicen.

—Gracias.

—Una vez que lleguen esos refuerzos, ¿dónde quieres que les haga buscar?

—Desde la línea de árboles a unos cientos de metros detrás de esta tienda, y luego siguiéndola a lo largo del césped hacia donde se encontró a la víctima. Aún no hemos tenido la oportunidad de hacer eso, y estamos buscando señales de salida: quien hizo esto salió del parque de alguna manera.

Gavin vio la desesperación en sus ojos.

—Excepto que no ha llovido, y el suelo está seco, así que no encontraremos huellas.

—Huellas no, pero ramas de árboles jóvenes rotas, hierba pisoteada, cualquier cosa así. Es por eso que hemos acordonado el área para que nadie pueda pasar por allí. Los voluntarios de limpieza aún no habían caminado por allí, ¿verdad?

Él negó con la cabeza.

—No, lo confirmaron en las declaraciones iniciales que dieron a los primeros en responder. De acuerdo, transmitiré esa petición.

Los ojos de Harriet se suavizaron.

—Kay te ha dado una tarea enorme aquí, ¿no?

—Así es. —Hizo una mueca—. Pero no es la primera vez.

—Y no será la última. Ha estado defendiendo tu trabajo durante mucho tiempo, Gav. Entre tú y yo, creo que si tuviera la oportunidad, te daría un ascenso, pero no me has oído decir eso.

Sus mejillas se encendieron, y luego sus ojos

encontraron nuevamente la pila de bolsas de evidencia, la superficie de la mesa casi oculta bajo el sistema de catalogación cuidadosamente organizado que Harriet y su equipo estaban utilizando.

—¿Se puede atribuir algo de ese lote a nuestra víctima todavía?

Harriet esbozó una leve sonrisa ante el cambio de tema, luego alcanzó tres bolsas a un lado del resto.

—Estas eran las bragas que se encontraron esta mañana, así que les daremos prioridad primero. Luego, está esta pulsera de macramé. Parece hecha a mano, pero dicho esto, hay mucha gente que hace este tipo de cosas en masa para vender en línea, por lo que podría ser más difícil de rastrear a menos que alguien recuerde haberla visto usarla. Finalmente, encontramos esta goma para el cabello atrapada en las ramas cerca de donde se encontró a la víctima; hay cabellos atrapados en ella que coinciden con su color, pero obviamente hasta que podamos procesar las pruebas de ADN, no puedo asegurarlo. Si es suya, entonces también podría haber evidencia de rastros de su asesino.

Gavin echó un último vistazo al escaso contenido de las bolsas.

—Encontraré a alguien de uniforme para organizar el equipo de búsqueda lo antes posible.

Saliendo de la tienda, se dirigió hacia el borde de la colina y miró hacia el creciente número de personas reunidas al pie del sinuoso camino que atravesaba el camping.

A medida que la gente comenzaba a despertar y escuchar las noticias de parte de vecinos asistentes al festival, podía sentir una creciente inquietud desde donde estaba. El silencio del escenario era ensordecedor, una corriente subterránea maligna y silenciosa que sustentaba el parque.

Más allá del camino de tierra que entraba y salía del recinto, podía ver un gran remolque para caballos con las puertas traseras abiertas y el primero de cuatro enormes animales siendo conducido por la rampa. Los arreos brillaban bajo el sol, y mientras observaba, un jinete con la insignia de la Policía de Kent y un chaleco amarillo de alta visibilidad recibió ayuda para montar en la silla del caballo más cercano.

El proceso se repitió hasta que los cuatro jinetes estuvieron montados y comenzaron a caminar hacia la multitud, que se apartó como una sola para dejar pasar a las bestias.

—Ya era hora, maldita sea —murmuró para sí, notando que un minibús se detenía junto al remolque de caballos antes de expulsar un flujo constante de oficiales uniformados hacia el parque.

Apartando la mirada de sus colegas por un momento, volvió a mirar hacia el campamento, a los cientos de coloridas tiendas de lona que cubrían el césped, y exhaló.

El lugar era tan vasto, tan abarrotado de gente de todo el país y más allá, que resultaba abrumador.

¿Cómo diablos iban a encontrar a un asesino que había logrado tirar un cuerpo en medio de un parque durante un festival de música sin que nadie viera ni oyera nada?

# CAPÍTULO 6

Kay podía sentir cómo la energía cambiaba entre las personas que pasaba mientras se abría paso entre las carpas con Barnes, sus ojos escudriñando los puestos de refrigerios a ambos lados del amplio pasillo cubierto de hierba.

Las mesas comenzaban a llenarse con aquellos que buscaban bebidas calientes con cafeína (o algo más fuerte) para comenzar el día, y las conversaciones aumentaban de volumen a medida que los rumores empezaban a circular.

Sus miradas furtivas habían pasado de ser inquisitivas a acusatorias, y ella sabía que si no proporcionaban algunas respuestas a la multitud pronto, los recién llegados al cordón policial se verían agobiados.

Su móvil vibró en su bolsillo, y se mordió el labio después de leer el mensaje de texto en la pantalla.

—Ian, espera. —Le hizo señas para que se acercara a una de las cuatro mesas vacías en forma de barril colocadas frente a una de las carpas de bar, lejos de un grupo de bebedores madrugadores, se agachó bajo el volante de una sombrilla decorada con el logo de un cervecero local y sacó su móvil—. Dame un segundo. Necesito hablar con Sharp.

Él asintió, apoyando el codo en la mesa y dando la espalda a la boca abierta de la carpa del bar, ignorando deliberadamente el aroma a lúpulo que escapaba de ella.

Su llamada fue respondida inmediatamente.

—Kay, ¿cuáles son las últimas novedades?

—Gracias por los refuerzos, jefe. Llegaron hace diez minutos. —Bajó la voz mientras dos adolescentes pasaban abrazados, sus risas despreocupadas en desacuerdo con las noticias que estaba dando—. Gavin ha informado que se ha puesto en contacto con la sala de incidentes para coordinar las investigaciones casa por casa en las propiedades que bordean el parque y las cámaras de videovigilancia en todos los puntos de salida que podrían haber sido utilizados por el asesino. Tan pronto como Barnes y yo hayamos hablado con la mujer que organiza a los voluntarios aquí, volveremos a la comisaría para supervisar la investigación desde allí. Pero, jefe, la situación se está poniendo tensa aquí. Creo que necesitamos hacer ese anuncio cuanto antes.

—Parece que quieres que publiquemos un comunicado de prensa con muy poca información —dijo Sharp.

—Creo que va a ser la opción más sabia en estas circunstancias, jefe. Ya hay rumores circulando, y preferiría que se contuvieran lo antes posible. Es mejor que controlemos la narrativa, ¿no crees?

Él meditó sus palabras por un momento, luego se aclaró la garganta.

—Bien, enviaremos algo básico a todos los medios de

comunicación en los próximos quince minutos, algo así como que una mujer ha perdido la vida en el festival. Diremos que nuestras investigaciones continúan y pediremos a cualquiera que tenga información o preocupaciones que llame a un número de línea directa que ya hemos establecido aquí en la jefatura. ¿Te parece bien? Haré que el equipo de relaciones con los medios se ponga en contacto con los organizadores del festival para que lo difundan también en sus redes sociales.

—Eso sería genial, jefe. Gracias. Te llamaré más tarde cuando tenga más que informar.

Al bajar el móvil, notó la alerta de notificación que se mostraba en su aplicación de correo electrónico, su corazón hundiéndose ante el número de mensajes no leídos, y luego lo guardó.

—Bien, Ian, vamos.

Encontraron la carpa de administración en cuestión de minutos. Un flujo constante de voluntarios iba y venía a través del lado abierto, toda la pared de lona enrollada y atada fuera del camino para facilitar el acceso.

Kay mostró su placa a un hombre mayor de pelo blanco que se mantenía justo dentro para evitar el sol mientras repartía botellas de agua a quien las necesitara.

Él se enderezó cuando se dio cuenta de quiénes eran y señaló a una mujer con una larga coleta castaña que iba y venía entre los diferentes voluntarios, dando órdenes con voz cortante.

—Esperen —dijo cuando se dieron la vuelta—. ¿Cómo están Andrew y Susie? ¿Están bien?

—Tan bien como pueden estar en estas circunstancias —dijo Kay.

Una expresión sombría cruzó su rostro.

—Si lo hubiera sabido, me habría quedado con ellos. Fui militar, ¿saben? Como médico.

—Disculpe, ¿usted es?

—Lewis. —Se señaló con el pulgar por encima del hombro hacia un gran contenedor metálico de residuos biológicos peligrosos que ocupaba una esquina de la carpa—. Estoy a cargo de eso, así que me estaban enviando por todo el parque esta mañana para recoger cualquier aguja y cosas que los otros voluntarios encontraran mientras limpiaban. Susie encontró una aguja justo antes de…

Kay miró el contenedor.

—Supongo que la que encontró ya está ahí dentro.

—Sí, lo está. Pero ella no la encontró cerca de… Estaba más o menos a mitad de la colina, justo al lado del sendero.

—De acuerdo. Gracias. —Se volvió hacia Barnes—. Vamos a tener que pedirle a Harriet que se lleve ese contenedor.

—Ya me estoy ocupando de eso, jefa —murmuró, sacando su móvil—. Esperemos que no mate al mensajero.

Kay se acercó a donde la mujer a cargo de los voluntarios estaba llevando una considerable pila de papeles a una mesa de caballete de madera, su brillante top naranja y falda turquesa proporcionando un estallido de color en la penumbra de la carpa de lona.

—Disculpe, ¿es usted Dana Schuldberg? —Se presentó a sí misma y a Barnes cuando él se unió a ellas, y le dio una sonrisa comprensiva—. Puedo ver que está ocupada, pero necesitamos hablar con usted.

—Está bien. —Dana empujó la pila de papeles a un

lado y se ajustó la coleta con un movimiento practicado. Su frente se arrugó mientras observaba a Barnes sacar su libreta—. Me lo imaginaba.

—¿Cuánto tiempo lleva trabajando para los organizadores del festival? —dijo Kay.

—Aproximadamente cuatro años. No solo hacen festivales de música, organizan todo tipo de eventos al aire libre durante el año, por eso me gusta. Puedo ver todo tipo de cosas.

Kay miró alrededor de la carpa, a la docena de personas de diversas edades que se movían de un lado a otro con diferentes equipos, portapapeles, todos con prisa por estar en algún lugar o hacer algo.

—¿Realmente tiene la oportunidad de ver algo?

Dana sonrió.

—A veces. Al menos aquí, puedo escucharlo —bajó la voz—. ¿Es cierto que han asesinado a una mujer?

—Lo único que puedo confirmar por el momento es que el cuerpo de una mujer fue encontrado por dos de sus voluntarios esta mañana. No podemos aventurar una causa de muerte, aún no. —Kay le lanzó una sonrisa cómplice—. Y le agradecería si pudiera ayudarnos a contener cualquier rumor entre los voluntarios por el momento.

—Por supuesto. ¿En qué más puedo ayudar?

—Vamos a necesitar una lista de nombres de todos los voluntarios que tenga trabajando aquí durante el fin de semana, y sus datos de contacto también si los tienen.

—No hay problema. ¿Tiene una dirección de correo electrónico? Probablemente sea más fácil, ¿verdad?

—Gracias. —Kay le entregó una tarjeta de visita—. ¿De dónde saca a sus voluntarios?

—Algunos se inscriben a través de la página web, como lo hicieron Andrew y Susie. A otros los conocemos por haber ayudado en eventos anteriores; a esas personas les damos prioridad porque ya sabemos cómo trabajan —explicó Dana—. Esto significa que tenemos que dedicar menos tiempo a formarlos si ya lo han hecho antes. Probablemente solo aceptamos entre veinte y treinta voluntarios nuevos para un evento de este tamaño; el resto, como Lewis, que está allí, lleva con nosotros un tiempo.

—¿Qué tipo de tareas han estado realizando los voluntarios aquí?

—Prácticamente cualquier cosa que se le ocurra. Revisar entradas en las puertas junto con el personal de seguridad especializado, registrar bolsos y vehículos también. Hay una política estricta como parte de las normas de la licencia, así que solo se permite el alcohol que se vende dentro del recinto. —Dana puso los ojos en blanco—. No se imagina en qué lugares encontramos las botellas. Controles de drogas, obviamente, aunque este año hay un programa voluntario con contenedores especiales repartidos por el recinto donde la gente puede dejar cualquier cosa que no quiera entrar. Ha tenido éxito en otros festivales del país, y ya hemos notado una disminución en los casos de primeros auxilios en las últimas veinticuatro horas. Ah, y protector solar: tenemos voluntarios repartiendo sobres de protector solar de cortesía. Y luego está el trabajo administrativo entre bastidores y ayudar a las bandas a ir y venir de los escenarios…

Mientras escuchaba, Kay sintió una abrumadora admiración por la mujer.

—Parece que ha estado muy ocupada. ¿Alguno de los voluntarios le ha causado problemas o le ha dado motivos de preocupación?

Dana negó con la cabeza.

—Ninguno de ellos, no. Al menos, nadie me lo ha informado.

—De acuerdo, la dejaremos continuar con su trabajo. —Kay señaló la tarjeta de visita en la mano de la mujer—. Por favor, envíenos esos datos lo antes posible.

Levantó una mano para protegerse los ojos mientras guiaba a Barnes fuera de la carpa y hacia el calor de media mañana, y frunció el ceño al ver un flujo constante de personas que pasaban apresuradamente junto a ellos, dirigiéndose al escenario principal.

—No estarán comenzando la música en vivo, ¿verdad? —murmuró, dando un paso atrás para dejar pasar a la gente mientras Barnes se detenía en seco, con la mirada fija en su móvil.

—Lo dudo, jefa. Mira. —Giró la pantalla hacia ella—. Han actualizado sus redes sociales para decir que habrá un anuncio a las doce en punto.

Kay consultó su reloj.

—Eso es dentro de quince minutos.

—Creo que toda esta gente se va a llevar una decepción. —Barnes observó a un grupo de ocho hombres en pantalones cortos y camisetas que pasaban tambaleándose con vasos de plástico medio vacíos—. Y podría ser una buena idea cerrar los bares antes de que reciban las malas noticias.

# CAPÍTULO 7

La detective Laura Hanway se detuvo en la puerta de la sala de incidentes, con el corazón acelerado mientras sostenía una pila de carpetas manila contra su pecho.

La comisaría de Palace Avenue había evolucionado desde sus orígenes a principios del siglo XX y ahora era una mezcla de edificios añadidos uno sobre otro a lo largo de los años intermedios.

El área de recepción de cara al público daba paso a una serie de pasillos que se alejaban de la concurrida calle y subían varios pisos, uno de cuyos lados daba a los tribunales de magistrados de la ciudad.

A sus espaldas, los sonidos de una ajetreada comisaría de una ciudad de condado resonaban en las paredes y subían por la escalera; en algún lugar abajo, hacia las celdas, una puerta metálica se cerró de golpe en su marco, el ruido rebotando por todo el edificio.

Frente a ella, la visión de una investigación de asesinato poniéndose en marcha a toda velocidad la confrontaba, una investigación de asesinato que ahora estaba gestionando hasta que Kay y Barnes regresaran de Mote Park y tomaran el mando.

Tragó saliva, con el corazón acelerado.

A pesar de ser parte integral del equipo de Kay durante varios años, a pesar de tener experiencia en una amplia gama de delitos durante ese tiempo, hasta ahora nunca había dirigido el equipo ella misma.

Y todos dependían de ella para ofrecer un camino a seguir conciso y claro.

Ahora mismo.

La sala de incidentes se había creado abriendo una pared divisoria entre dos salas de reuniones, después de que la oficina normal donde trabajaba se considerara demasiado pequeña para la investigación de asesinato ahora en curso. Se estaban instalando apresuradamente ordenadores y pantallas en escritorios que rápidamente desaparecían bajo cables que serpenteaban por sus superficies, mientras cajas de equipos yacían esparcidas por la alfombra desgastada.

—*Bip bip*. —Una agente uniformada la apartó con el codo llevando una caja de resmas de papel en los brazos, sobre la cual había equilibrado un vaso de café para llevar y un organizador de escritorio de plástico repleto de bolígrafos de diferentes colores. Colocando todo en el espacio libre más cercano, se volvió y arqueó una ceja hacia Laura—. No sirve de nada quedarse ahí parada. Vamos, este grupo necesita un líder y en este momento, esa eres tú.

Laura exhaló y luego forzó una sonrisa. —Gracias por el recordatorio, Debs.

—Nos faltan tres miembros del personal administrativo, pero esto es todo lo que vas a tener. —La agente Debbie West señaló al policía alto que estaba limpiando una pizarra en preparación para la sesión informativa inicial, de espaldas a la sala—. Y Kyle regresó del parque justo a tiempo para ponerte al día.

Con eso, la agente movió el vaso de café a un lado y levantó la caja de papel hacia una enorme impresora y fotocopiadora en el rincón más alejado, su voz resonando por la sala mientras daba instrucciones a los miembros más jóvenes del personal.

Laura reprimió una sonrisa, sabiendo muy bien que la investigación estaba en buenas manos con Debbie como oficial de evidencias. La agente estaba bien versada en incidentes importantes y había sido una parte integral del equipo de Kay mucho antes de que Laura se uniera a la comisaría desde su condado natal de Lancashire.

Examinando rápidamente la disposición de los escritorios, se apresuró hacia un grupo de cuatro más cercanos a la pizarra y colocó las carpetas manila en el medio de uno antes de unirse a Kyle.

—Llegaste rápido —dijo.

—Puede que haya usado las luces para llegar aquí.

—Qué travieso. —Tomó un rotulador de pizarra y se lo entregó—. Bien, dime lo que puedas. Vamos a poner algunas acciones aquí para empezar antes de que regrese la jefa.

—De acuerdo. —Comenzó una lista con viñetas, empezando por los hechos conocidos sobre la víctima y sus lesiones—. He descargado algunas fotos y se las he enviado por correo electrónico a Debbie. Las tendrá en

HOLMES2 en media hora y pondremos una o dos aquí para que todos puedan ver a qué nos enfrentamos. Barnes llamó y dijo que la mujer que está a cargo de los voluntarios nos enviará por correo electrónico una lista de estos para que podamos empezar a hacer verificaciones de antecedentes, y una vez que los organizadores del festival se hayan calmado lo suficiente, harán lo mismo con todos los que tenían entradas.

—Los que tenían entradas legales, al menos. —Laura frunció el ceño—. No estoy segura de qué vamos a hacer con las ventas de segunda mano que no pasaron por una de las compañías adecuadas.

—Habrá vacíos, seguro.

—¿Qué hay de las investigaciones puerta a puerta?

—En marcha.

Se giró al escuchar la voz familiar para ver a Gavin abriéndose paso entre los escritorios hacia ellos, con una lata de bebida energética en la mano. —¿Cuántos oficiales tenemos haciendo eso?

—Ocho por el momento, con otros cuatro en camino. Aaron Stewart está coordinando en el sitio; han establecido un puesto de mando en Willington Street, lejos de los medios. —Gavin abrió la lata y dio un largo trago, reprimió un eructo y luego frunció el ceño—. Y dos equipos de noticias de televisión de Londres aparecieron justo cuando me iba. Kay no parecía contenta.

—Me lo imagino.

—Las redes sociales se han vuelto locas —dijo Kyle—. Hay un nuevo hashtag que es tendencia y todo. Espero que el seguro de los organizadores esté al día.

—Uno de ellos ya estaba hablando con los aseguradores cuando me iba. Sonaba más estresado por la logística de cerrar el festival temprano y sacar a todos del parque de manera segura que por el hecho de que tenemos una investigación de asesinato en marcha. Al menos con el personal extra allí, debería transcurrir relativamente sin problemas. —Gavin terminó el resto de la bebida y lanzó la lata al bote de basura más cercano antes de volver su atención a la pizarra—. Recibí un mensaje de texto de Harriet cuando entraba al estacionamiento aquí; nos dará un informe preliminar el martes por la tarde como muy pronto, así que ¿cuál es tu plan de acción para nosotros este fin de semana, Hanway?

Laura observó las pulcras letras mayúsculas de las notas con viñetas de Kyle y se tomó unos segundos para ordenar sus pensamientos. —Con las investigaciones puerta a puerta en marcha, no podremos hacer nada allí hasta que escuchemos algo de los uniformados. Supongo que las investigaciones puerta a puerta incluirán solicitudes de imágenes de timbre y cámara de seguridad de los residentes, ¿verdad? Al menos entonces podremos comprobar si alguien estaba actuando de manera sospechosa alrededor del perímetro.

—Sí, lo harán —dijo Gavin—. También le he pedido a Aaron que se asegure de que su equipo hable con cualquier tienda a lo largo de esas calles mientras recorren la zona. Hay muchos pequeños negocios que operan desde casa que podrían tener grabaciones adicionales o personas que trabajan en turno de noche que podrían haber visto algo.

—Excelente, entonces vamos a asignar otro equipo

para que se enfoque en los locales más grandes y comencemos lo antes posible. —Laura esperó mientras Kyle añadía la acción al tablero—. Tan pronto como Debbie tenga su ordenador configurado, le pediré que agregue estas tareas a HOLMES2 para que podamos hacer un seguimiento del progreso. ¿Alguien ha tenido noticias de Lucas o Simon sobre la fecha de la autopsia?

—El lunes, a las once —dijo Gavin—. Simon llamó a Kay justo antes de que me fuera. Dijo que irá con Barnes después de la reunión informativa de esa mañana.

Laura se mordió el labio por un momento. —¿Dijo si va a poder conseguir un odontólogo forense con tan poco tiempo? Si a nuestra víctima le faltan las huellas dactilares y no encontramos ninguna identificación, vamos a depender de los registros dentales, ¿no es así?

—No lo mencionó, pero conociendo a Lucas, probablemente esté llamando en este momento para presionar a alguien para que esté disponible.

—Cierto. Bueno, no hay mucho más que podamos hacer allí hasta que tengamos los resultados de la autopsia, así que…

—Solo una idea, pero ¿qué hay del Equipo de Búsqueda Especializada? —dijo Kyle—. ¿Alguien los ha llamado ya? Quiero decir, el asesino podría haber arrojado evidencia al lago o a cualquiera de los arroyos que atraviesan el parque.

El estómago de Laura dio un vuelco. —Mierda, no…

—No te preocupes, yo les llamaré y lo organizaré —dijo Gavin amablemente—. No puedes pensar en todo. Recuerda, somos un equipo, ¿verdad?

Ya estaba sacando su móvil y dándose la vuelta antes de que ella pudiera agradecerle, pero le dirigió a Kyle una sonrisa agradecida.

—Creo que vas a aprobar tus exámenes de detective con honores.

CAPÍTULO 8

Barnes hacía tintinear sus llaves de una mano a otra antes de apuntar el llavero al coche, haciendo que las luces de encendido parpadearan una vez.

—¿De vuelta a la sala de incidentes entonces, jefa?

Kay observó las filas de coches haciendo cola para salir del parque, cada vehículo siendo detenido a la salida por un agente uniformado para que se pudieran tomar y verificar los datos de contacto contra las ventas de entradas.

Los ánimos de algunos de los asistentes al festival más ebrios se habían crispado, su paciencia se había agotado una vez que se extendió la noticia de la cancelación de toda la música en vivo restante, a pesar de las circunstancias. Otros intentaban ofrecer consejos estoicos, tratando de desactivar cualquier conversación que se tornara acusatoria mientras avanzaban en las tres serpenteantes colas que se habían formado en las salidas peatonales.

A su alrededor, se desmantelaban y guardaban tiendas de campaña, las mochilas se llenaban de ropa y recuerdos y todo lo demás que los asistentes habían conseguido en las últimas veinticuatro horas, mientras los dueños de los puestos quitaban letreros y decoraciones de sus lugares mientras reflexionaban sobre cuánto les pagarían los aseguradores del organizador del festival.

Y había que dar cuenta de cada persona.

Las horas de trabajo necesarias para procesar la información subsiguiente utilizarían todos sus recursos.

Se frotó la sien. —No, demos una vuelta hasta la salida de Willington Street para ver cómo le va a Aaron con esas investigaciones puerta a puerta. Quiero tener una idea de cómo estamos progresando allí antes de volver.

Abriendo la puerta, se subió, abrochándose el cinturón de seguridad antes de darse cuenta de que Barnes no se había unido a ella.

Todavía estaba de pie afuera, de espaldas al vehículo.

—¿Ian? ¿Vamos o qué? —llamó.

Pasó un momento, y luego él abrió su puerta y se asomó hacia ella, con su teléfono móvil en la mano. —Cambio de planes, jefa. El equipo de búsqueda especializada acaba de llegar.

—Mierda, el lago.

Kay se apresuró a unirse a él, sus pasos apresurados mientras pisaban el sendero desgastado subiendo la colina y luego tomando el desvío a la izquierda para seguirlo hacia abajo hasta el lago ornamental que abrazaba los bordes del norte del parque.

Los novedosos barcos de pedales con forma de cisne

que normalmente llenaban el curso de agua durante el día estaban todos amarrados contra un largo muelle de madera en el lado opuesto, y la caseta que albergaba la taquilla de la empresa de alquiler tenía su persiana metálica bajada firmemente.

Dos agentes uniformados caminaban por la orilla más allá del muelle, deteniéndose para hablar con un par de pescadores y enviándolos de camino antes de continuar su patrulla.

Entonces vio el familiar Land Rover con los colores de la Policía de Kent de la flota de la unidad de búsqueda especializada, con su carrocería cubierta de una serie de antenas, portaequipajes y cajas de equipo.

—Laura dijo por teléfono que el equipo tiene un segundo grupo disponible si es necesario —dijo Barnes, aflojándose la corbata mientras comenzaban el corto descenso por la colina—. Teniendo en cuenta todos los arroyos que desembocan en este y bordean el parque, podría ser una buena idea...

—Cierto. Veamos qué dicen. Me guiaré por ellos en lugar de intentar decirles cómo hacer su trabajo.

Su colega asintió en aquiescencia mientras se acercaban, y la mirada de Kay rápidamente distinguió a un hombre corpulento de unos cuarenta años que reconoció de un seminario sobre la unidad de búsqueda que había tenido lugar en la sede el año anterior.

—Terry, gracias por venir con tan poca antelación —dijo a modo de saludo.

Él se volvió, cerrando la cremallera de un traje de neopreno que cubría su volumen desde el tobillo hasta el cuello y dio un ligero asentimiento, luego miró a Barnes.

—Ian, este es el sargento Terry Clybourne de Gravesend —dijo ella—. ¿Cuál es el plan aquí?

El líder de la unidad de búsqueda señaló con el pulgar por encima de su hombro hacia donde dos colegas estaban descargando una caja reforzada en forma de cubo de la parte trasera del Land Rover antes de colocarla en el suelo.

—Primero enviaremos el dron, para echar un vistazo a las zonas menos profundas del agua y ver si notamos algo obvio. Después de eso, me temo que será una búsqueda en cuadrícula.

El corazón de Kay se hundió a pesar de saber que había que seguir los procedimientos. No había una manera rápida de investigar una extensión de agua tan grande, no sin el riesgo de perder evidencia vital. —De acuerdo, solo para que lo sepas, la única información que tenemos del patólogo forense hasta ahora es que las yemas de los dedos de nuestra víctima fueron removidas, no está claro con qué, así que...

—Mantendremos nuestras opciones abiertas. —Terry asintió, señalando a un segundo hombre que llevaba un traje de buceo y ahora se estaba poniendo gruesos guantes protectores—. Así que no solo buscaremos cuchillos, consideraremos cualquier objeto afilado. ¿Has oído eso, Michael?

El otro hombre levantó el pulgar en respuesta, luego miró a través del lago hacia la pendiente del camino. —¿En qué parte de allí arriba la encontraron?

—Más hacia la izquierda —dijo Kay—. ¿Ves esa línea de árboles? Hay un grupo de zarzas a unos cuatrocientos metros de distancia.

La atención de Terry se desplazó hacia su colega. —

Mejor empezamos por ese lado entonces, y avanzaremos alrededor de la misma ruta que toma el sendero mientras baja la colina. Si su asesino entró en pánico y dejó el parque por este camino, podría haber arrojado lo que sea que usó mientras pasaba.

—Suena bien. —Michael volvió a revisar el equipo de buceo.

Kay observó por un momento cómo el dron se elevaba en el aire, el operador pulsando la unidad de control remoto para lograr la mejor altitud para la búsqueda, luego miró a Terry. —Vas a odiarme por preguntar esto, pero ¿cuánto...?

—¿Tiempo? —Le lanzó una sonrisa compungida—. El que sea necesario. Estaremos aquí todo el día, de eso no tengo duda. Incluso si encontramos algo que pueda ayudar en vuestra investigación, todavía tenemos que continuar buscando en toda el área para descartar cualquier otro objeto.

—Entiendo. Os dejaremos trabajar. ¿Podrías llamarme más tarde con una actualización? Necesito mantener esto en movimiento.

—Lo haré. Me pondré en contacto.

Kay encabezó el camino de vuelta por el sendero, la belleza de la luz del sol brillando en el agua perdida para ella mientras la enormidad de la investigación se filtraba en sus huesos.

Con el corazón pesado, sabiendo que haría todo lo posible para proporcionar respuestas a la familia de la víctima y llevar a su asesino ante la justicia, pisoteó colina arriba de vuelta hacia el coche, con la mandíbula apretada.

—¿Vas a darle otra actualización a Sharp en el

camino? —dijo Barnes, subiendo detrás del volante y metiendo el coche en la serpenteante línea de tráfico que avanzaba lentamente.

—Todavía no. —Suspiró—. Me gustaría poder actualizarlo con algo más que la promesa de una lista de nombres antes de tener esa conversación.

CAPÍTULO 9

Los niveles de adrenalina de Kay se dispararon aún más cuando entró en la sala de incidentes.

El equipo había crecido exponencialmente en las horas que ella había estado en Mote Park, con las caras habituales acompañadas por personal administrativo y uniformado de toda la zona.

Los niveles de ruido aún eran los de una investigación incipiente, mientras la gente se presentaba, se acomodaba en grupos más pequeños para enfocarse en una u otra parte de los muchos hilos de investigación que se estaban formando, y atendía la miríada de llamadas telefónicas que llegaban desde la sede central.

Ya el olor de varios almuerzos tardíos apresurados y aperitivos azucarados llenaba la sala, pero nadie levantó la vista de sus escritorios cuando ella pasó, su atención concentrada en las pantallas de sus ordenadores o teléfonos.

—Jefa, aquí tienes. —Debbie West la alcanzó a mitad de camino y le entregó una taza humeante de café antes de darle otra a Barnes—. También hay sándwiches de queso y encurtidos en vuestros escritorios de la tienda de delicatessen de la calle. Supuse que ninguno de vosotros habría tenido la oportunidad de comer todavía.

—Debs, eres un ángel —dijo Barnes.

Kay tomó un sorbo tentativo y cerró los ojos mientras la cafeína recorría su lengua. —Dios mío, necesitaba esto. Gracias.

La agente sonrió, luego hizo un gesto abarcando a los oficiales reunidos. —Todos están funcionando con acceso a HOLMES2, hemos instalado teléfonos adicionales en esos cuatro escritorios de allí, listos para cuando la sede central desvíe la línea directa hacia nosotros el lunes, y estoy esperando noticias del departamento de IT sobre traer la impresora de nuestra sala habitual aquí. Creo que la vamos a necesitar.

Parte de la tensión comenzó a disiparse de los hombros de Kay mientras escuchaba; el saber que el lado administrativo de la investigación estaba en buenas manos significaba que tenía menos tareas que gestionar.

Cruzando hacia donde Gavin y Laura estaban sentados con sus teléfonos en las orejas, se tomó un momento para desenvolver el sándwich y escuchó sus conversaciones mientras masticaba.

El mayor de los dos agentes apoyaba un codo en el escritorio mientras trabajaba, su libreta abierta mientras su bolígrafo garabateaba en la página, con el ceño fruncido.

La voz de Laura era poco más que un murmullo, pero parecía que estaba hablando con alguien que tenía conocimiento de una de las cadenas locales de gasolineras.

Terminaron simultáneamente, y Kay tiró el envoltorio

del sándwich a la basura antes de limpiarse las manos. —Muy bien, vosotros dos, hagamos un breve informe con el resto del equipo y podéis darnos una actualización al mismo tiempo para evitar repetiros.

Ella lideró el camino hacia la pizarra, con un flujo constante de oficiales y asistentes administrativos tras ella. Volviéndose hacia el grupo reunido, se aclaró la garganta.

—Para aquellos que no han trabajado conmigo antes, soy la inspectora Kay Hunter. Seré la comandante de oro en esta investigación de asesinato, con el oficial Ian Barnes como mi adjunto. Los agentes Gavin Piper y Laura Hanway también son puntos de contacto durante este tiempo. —Hizo una pausa para tomar un sorbo de café, prometiéndose conseguir una botella de agua de la máquina expendedora de abajo antes de deshidratarse con el calor del verano—. La agente Debbie West será la oficial de pruebas y su equipo también es responsable de asegurar que la base de datos HOLMES2 se mantenga actualizada. Si tenéis alguna consulta técnica u otros problemas, hablad con Debbie en primera instancia. Bien, continuando: últimas actualizaciones, por favor.

—Las damas primero —dijo Gavin.

—Deberíamos tener las cámaras de seguridad de tres gasolineras propiedad de ese grupo en la A20 en dirección a Bearsted para el lunes por la mañana —dijo Laura—. No pueden entregárnoslas antes porque las transmisiones se envían a la oficina central y están en un sistema rotativo, así que cualquier cosa de anoche ya se habrá subido. Tuve más suerte con las dos gasolineras más pequeñas cerca del parque: uno de los gerentes estará mañana, así que puedo ir a hablar con él entonces, y el otro está haciendo que su sistema esté disponible de inmediato, así que envié a Kyle allí para echar un vistazo.

—Buen trabajo. —Kay se volvió hacia Gavin—. Siguiente.

—Acabo de hablar con uno de los propietarios de negocios que tiene una unidad en el polígono de Turkey Mill. Algunas de esas unidades dan al parque, así que estoy trabajando con ellos para solicitar imágenes de las cámaras de seguridad en caso de que el asesino haya escapado por allí y salido a la A20.

—¿Algo ya?

—No, pero voy a ir allí a primera hora del lunes por la mañana y hablar con los otros propietarios de negocios cuando lleguen para preguntar lo mismo.

—Mantente al tanto de eso, Gav, es una buena teoría. ¿Quién está investigando la base de datos de personas desaparecidas?

—Esa soy yo, jefa —dijo Laura—. Me he limitado al área de Kent por ahora. Si no encontramos a nadie que se parezca a nuestra víctima, ampliaré la búsqueda.

Kay actualizó las notas en la pizarra, tapó el rotulador y se enfrentó a su equipo una vez más. —No hay mucho más que podamos hacer hoy dado que estamos esperando tanta información de las investigaciones puerta a puerta y de nuestros expertos, así que si vuestro trabajo está en un punto en el que podéis iros después de esta reunión, hacedlo. Pero os quiero a todos de vuelta aquí a las ocho en punto mañana. Vamos a tener algunos días largos en las próximas semanas, pero se lo debemos a nuestra víctima y a sus amigos y familiares trabajar tan diligentemente como sea posible y llevar a su asesino ante la justicia. No descansaré hasta que lo hagamos, ¿entendido?

Miró a cada miembro de su equipo por turno mientras un murmullo de acuerdo se filtraba entre los oficiales reunidos. —Muy bien, es suficiente por hoy. Podéis retiraos.

# CAPÍTULO 10

El horizonte estaba teñido de tonos rosados y anaranjados cuando el coche de Kay crujió sobre la grava suelta del camino de entrada de su casa.

Se quedó sentada un momento después de apagar el motor, escuchando el tictac del motor mientras se enfriaba y sus pensamientos se asentaban.

Un agotamiento se extendió por su pecho y hombros, y cerró los ojos, giró el cuello y escuchó un satisfactorio *crac* cuando un músculo se contrajo, y luego salió del coche, con el estómago rugiendo.

El dulce aroma del jazmín llegaba desde un arbusto que crecía rápidamente en el macetero de madera junto a la puerta principal, creando una mezcla embriagadora con la lavanda que llenaba los bordes de flores.

Un abejorro pasó zumbando junto a ella, centrándose en una gran fucsia que colgaba sobre la valla baja del jardín de su vecino, donde aterrizó con el entusiasmo de un niño en un castillo inflable.

Kay apuntó el mando a distancia por encima de su

hombro hacia el coche, luego clavó una llave en la cerradura de la puerta principal y entró en un pasillo refrescado por una deliciosa brisa que emanaba a través de la casa desde la puerta trasera de la cocina.

En algún lugar en la distancia, podía oír un silbido, y al ver un par de sandalias tiradas descuidadamente junto al felpudo de la entrada, sonrió.

Adam Turner, su pareja, se había tomado el fin de semana libre, algo poco frecuente, pero que ahora podía permitirse ya que su ajetreada clínica veterinaria estaba completamente dotada de personal.

Cerrando la puerta principal, sacó la revista local gratuita de la ranura del buzón y se quitó los zapatos de una patada junto a las sandalias de Adam, luego deambuló hacia la cocina.

Por costumbre, su mirada recorrió las superficies de la encimera y el suelo de baldosas, buscando cualquier indicio de que Adam hubiera traído a casa a uno de sus pacientes.

Al no ver nada, olfateó el aire, luego entrecerró los ojos cuando captó un movimiento a través de la puerta trasera abierta y escuchó el sonido rítmico de un martilleo.

—¿Qué estás tramando, Turner? —murmuró.

Cuatro meses atrás, la anciana propietaria de la casa que daba a la suya había sido trasladada por su familia a una residencia de ancianos. El hijo y la hija de la mujer habían decidido vender la propiedad, pero no antes de acercarse a Kay y Adam para ver si estarían interesados en comprar parte del terreno que colindaba con la casa.

Kay nunca había prestado mucha atención a los árboles que podía ver por encima de la valla trasera desde su jardín, asumiendo que la propietaria simplemente tenía algunos árboles frutales viejos que florecían cada año y proporcionaban una práctica pantalla de privacidad entre las dos propiedades.

Para su asombro, una vez que ella y Adam aceptaron la invitación de la familia y se aventuraron a echar un vistazo, descubrieron que había un cuarto de acre de huerto establecido más allá de la valla, terreno que era ideal para el desarrollo de viviendas si no querían comprarlo.

Siguieron unas frenéticas semanas, durante las cuales se reunieron con contables, asesores hipotecarios y abogados de transmisiones, pero finalmente pudieron acordar un precio con la familia y durante los últimos dos meses habían dedicado cada momento libre a la parcela de tierra.

Después de quitar la valla que separaba su jardín del huerto, ella y Adam habían pasado horas agotadoras quitando los árboles podridos, desenterrando los tocones y cuidando un terreno que había crecido salvaje durante casi una década.

Ahora tenían un lugar que rápidamente se había convertido en un refugio por las noches, un lugar para relajarse y descomprimir después de un día de trabajo.

Kay se puso unas chanclas y sacó dos botellas de cerveza del refrigerador antes de salir por el césped y cruzar un estrecho puente de madera que atravesaba un pequeño arroyo que dividía las propiedades originales. Miró hacia abajo al pasar, haciendo una mueca por la falta de agua, y tomando nota mental de rellenar los cuencos de agua repartidos por el jardín cerca de la casa para los erizos y otros animales silvestres.

Al llegar al huerto, se dirigió a una mesa de hierro forjado con dos sillas colocadas bajo las ramas de un manzano de treinta años cargado con la promesa de frutos otoñales y dejó las cervezas antes de buscar el sonido del silbido de Adam.

Lo encontró más allá de un matorral de bambú que habían plantado como pantalla temporal entre el huerto y su casa mientras los nuevos retoños que habían plantado se arraigaban.

Empuñando un mazo, estaba clavando un poste de valla, uno de los ocho que describían una caja rectangular que ocupaba la mitad del terreno que habían despejado.

—¿Para qué es eso? —dijo, esperando hasta que él hizo una pausa para limpiarse el sudor de la frente con el dobladillo de su camiseta—. ¿Gallinas?

Adam sonrió.

—No. Pensé que hasta que decidamos qué hacer con esta parte, podría usarla como un desbordamiento temporal para algún paciente ocasional. No los realmente enfermos, solo los que puedan necesitar vigilancia o una dieta especial por unos días, ese tipo de cosas. Puede que tenga un invitado que necesite un hogar por unos días esta semana, estoy esperando saber de Scott si va a seguir adelante o no.

La atrajo hacia un abrazo sudoroso y la besó, y ella se apartó riendo.

—Necesitas una ducha. Vamos, traje algo de cerveza, ven a beberla antes de que se caliente.

—Música para los oídos de un hombre. —Dejó caer el mazo al suelo junto a una bolsa de mezcla de cemento y una pala—. Esperaré hasta la mañana para fijar los rieles y las estacas.

—No muy temprano, de lo contrario el vecino te hará picadillo si oye una pistola de clavos antes de las nueve —dijo ella—. Ya sabes cómo puede ser él.

—Kevin estará bien. Quiere que le eche una mano la próxima semana con ese panel de valla roto en su lado de todos modos. —La siguió de vuelta a la mesa y las sillas, hundiéndose en una y quitándose las botas de trabajo con un suspiro—. ¿Me atrevo a preguntar cómo fue tu día?

Kay dio un largo trago de cerveza antes de responder.

—No sabemos quién es ella, Adam. Quien la mató le quitó las huellas dactilares, y tenemos tanta información que cribar que es casi peor que no tener información en absoluto.

—Jesús. —Extendió la mano y apretó la suya, pasando el pulgar por el dorso de sus dedos—. Vi en las redes sociales que cerraron el festival.

—No había otra opción realmente. Sin mencionar el hecho de que la mitad del parque es ahora una escena del crimen activa, habría sido increíblemente de mal gusto continuar en estas circunstancias. —Arrugó la nariz—. A pesar de lo que el mánager del acto principal tenía que decir al respecto.

—¿Sharp se está involucrando?

—La sede central se está manteniendo al margen por el momento, gracias a Dios, aparte de proporcionar el personal extra que necesitábamos hoy y un servicio de línea directa para cualquier pista que podamos obtener. Si eso seguirá siendo el caso en unos días dependerá de si Lucas o Harriet pueden darnos algunas respuestas.

Adam se removió en su asiento y sacó su teléfono móvil del bolsillo trasero de sus pantalones cortos de tabla. —Pareces agotada. Pediré comida para llevar en lugar de cocinar esta noche. Tengo la sensación de que te quedarás dormida antes de que sirvamos la cena si no.

—No estoy tan mal, de verdad. Estaré bien… —Kay se interrumpió cuando un enorme bostezo se apoderó de ella.

Adam se rio. —Menos mal que eres detective y no criminal, porque eres una pésima mentirosa.

# CAPÍTULO 11

Ian Barnes tomó su teléfono móvil del soporte magnético en la rejilla de ventilación del salpicadero, lo metió en el bolsillo de su camisa y abrió la puerta del coche hacia otra abrasadora mañana de verano.

Eran apenas las siete y media, pero ya la humedad se aferraba al aire, la quietud acentuada por los tonos apagados de un soñoliento domingo por la mañana en la capital del condado.

La última discoteca había expulsado a sus clientes hacía poco más de una hora, y por un momento saboreó el silencio que solo era interrumpido por el lamento de una gaviota que describía arcos y giraba en el cielo.

Respirando hondo, cuadró los hombros y se dirigió a la puerta trasera de la comisaría, pasando su tarjeta de seguridad y oyendo un *clic* metálico antes de abrirse paso a un amplio pasillo.

Lo habían pintado de un color beige corporativo hacía seis años, y mostraba los rasguños y rozaduras de los años intermedios mientras la gente era escoltada por él hacia la suite de custodia o se dirigía a los vestuarios a su derecha antes de comenzar otro turno.

A su izquierda, el pasillo se desviaba hacia las celdas, las paredes cubiertas de varios carteles que proporcionaban información sobre líneas de ayuda, centros de crisis, y salud y seguridad, mientras que frente a él el pasillo zigzagueaba pasando una escalera y llegando al área de recepción abierta al público.

Subió las escaleras, el pasamanos aún apestando a productos químicos por el paso de los limpiadores por la comisaría la noche anterior. Al llegar al segundo piso, se dirigió a la sala de incidentes.

Alguien ya había encendido la cafetera, y el olor a cafeína fresca llegaba por el aire hacia él mientras la puerta se cerraba con un susurro a su paso. La impresora zumbaba en la esquina, escupiendo página tras página de un informe que parecía interminable.

Una sonrisa se formó al ver una figura familiar sentada frente a su ordenador, con los dedos golpeando el teclado mientras miraba fijamente la pantalla.

—Buenos días, jefa —dijo, lanzando su mochila bajo su escritorio y conectándose—. ¿Avergonzándonos al resto como de costumbre?

Kay lo miró por encima de su pantalla, le lanzó una sonrisa sarcástica y volvió su atención a su trabajo. —Solo intento adelantarme a algunos de estos correos electrónicos. Iba ganando la batalla hasta que recibimos la llamada ayer cuando encontraron a nuestra víctima.

—Te entiendo. —Apoyó el codo en el escritorio y reflexionó sobre la lista de nuevos mensajes que habían aparecido durante la noche en su ausencia—. ¿Cuánto de nuestra carga de trabajo crees que podremos delegar para concentrarnos en este caso?

—Por cómo van las cosas, probablemente nada, lo que significa que tendremos que asegurarnos de dividir nuestro trabajo cuidadosamente para manejar este equipo, Ian. —Miró por encima de su hombro hacia la puerta cerrada, luego volvió a mirarlo—. ¿Qué opinas de Kyle? ¿Estás satisfecho con su progreso hasta ahora?

Barnes asintió. —Fue su decisión hacer que el equipo de búsqueda de Terry fuera al lago ayer. Es un buen oyente y conoce los procedimientos al dedillo. Solo le falta experiencia en primera línea en relación con casos como este. Tal como están las cosas, ambos sabemos que pasará sus exámenes de detective sin problema.

—Sí, exactamente lo que yo pensaba. —Tamborileó con los dedos sobre el escritorio por un momento—. ¿Qué hay de su salud general? ¿Tienes alguna preocupación al respecto?

—No. Hablé discretamente con él hace unas semanas solo para ver cómo estaba, pero me aseguró entonces que todo estaba bien y no he visto nada que me dé motivos de preocupación. ¿Tú sí?

—No, y estoy segura de que sus evaluaciones psicológicas terminaron hace unos meses. El departamento de recursos humanos tampoco me ha planteado ningún problema.

Ninguno de los dos lo expresó, pero Barnes sintió un tirón en el pecho al recordar a otro joven oficial abatido en cumplimiento del deber, cuya presencia en el equipo se echaba mucho de menos, especialmente ahora, en medio de una investigación de asesinato activa.

—Bien, de acuerdo. —La atención de Kay volvió a su pantalla—. En ese caso, haremos que lidere un pequeño equipo en este caso y veremos cómo se desenvuelve. Pero si ves algo que te preocupe, me lo dices inmediatamente, ¿entendido?

—Entendido. —Miró por encima del hombro de ella cuando la puerta se abrió y un flujo constante de oficiales entró en la habitación, el nivel de ruido aumentando a medida que se dispersaban rápidamente entre los escritorios y la investigación cobraba impulso una vez más —. Aquí vamos de nuevo.

—Dame cinco minutos y comenzaremos la reunión —dijo ella.

Barnes levantó una mano en señal de saludo cuando Gavin y Laura se unieron a ellos, la pareja ya discutiendo de buen humor mientras se acomodaban.

—Honestamente, ustedes dos a veces sonáis como un viejo matrimonio —se rio.

Gavin sonrió. —Eso es lo que dijo Leanne la última vez que salimos todos juntos.

—¿Alguna novedad de la búsqueda en el lago, jefa? —dijo Laura, colocando un vaso de café para llevar junto a su ordenador y recogiendo su cabello—. Todavía estaban allí a las nueve de la noche. Una amiga mía los vio cuando salió a correr.

Kay levantó la vista. —¿Estaba corriendo en el parque?

—No, eso todavía estaba cerrado al público. Estaba corriendo por una de las calles laterales y los vio trabajando.

—Bueno, aún no ha llegado nada en los correos

electrónicos. —La inspectora empujó su silla hacia atrás
—. Bien, parece que todos están aquí, así que empecemos,
¿de acuerdo?

Barnes giró su silla para mirar la pizarra mientras
Kay se acercaba a ella, seguida por una estampida
educada de oficiales y asistentes administrativos que
formaban un semicírculo suelto que se empujaba por
posición.

—Jefa, esto es lo último de HOLMES2 —dijo Debbie,
entregándole una agenda y luego distribuyendo copias
entre sus colegas—. Y acabo de recibir una llamada de
Terry Clybourne. Completaron la búsqueda en el agua hace
una hora y dice que pasará de camino de vuelta a
Gravesend.

—De acuerdo, gracias. —Kay recorrió la página con la
mirada antes de dejarla a un lado—. Mientras esperamos
esa actualización de Terry, ¿cómo fueron las
investigaciones puerta a puerta ayer, Aaron?

El sargento uniformado se adelantó y alzó la voz para
que pudieran oírlo.

—Completamos la ronda inicial de visitas puerta a
puerta a las siete de la noche de ayer. Eso sin contar las
ausencias, y en algunos de esos casos los vecinos nos han
informado que los residentes están fuera por el fin de
semana o más tiempo. Tenemos una lista aparte de esos
para hacer seguimiento cuando vuelvan, así podemos
pedirles que revisen sus jardines en busca de actividad
sospechosa, particularmente en las propiedades que dan
directamente al parque. Por el momento, no hemos
recibido ninguna información que pueda relacionarse con
nuestra víctima, aunque estamos revisando todas las

declaraciones en el transcurso del próximo día o dos para verificar.

—Gracias, Aaron —dijo Kay—. Laura, ¿cuántos tienes trabajando en la base de datos de personas desaparecidas en este momento?

—Tres, jefa, más yo. Tenemos unos cientos de nombres por revisar, pero te daré una actualización tan pronto como pueda.

—De acuerdo. —Kay miró alrededor hasta que encontró a Gavin—. ¿Qué hay de las cámaras de videovigilancia? ¿Cuál es el último avance con eso?

—No podremos acceder a las cámaras del consejo local hasta que vuelvan al trabajo mañana, jefa, pero hemos comenzado a recibir archivos de algunos de los residentes con los que habló el equipo de Aaron ayer. —El agente hizo una mueca—. He puesto a cuatro oficiales en ello, pero a ese ritmo va a llevar un tiempo revisarlo todo.

—Entendido. Haz lo mejor que puedas con lo que tienes, Gav, porque no vamos a conseguir más traseros en asientos en el futuro previsible, y...

Barnes se giró al oír pasos pesados acercándose al grupo para ver a Terry Clybourne avanzando hacia ellos, sus brazos acunando una caja de archivo desbordante de bolsas de evidencia, luego miró por encima de su hombro para ver los ojos de Kay abriéndose ante la vista.

—Jesús, Terry —logró decir—. No me digas que sacaste todo eso del lago.

El líder del equipo de búsqueda dio un encogimiento de hombros tímido mientras dejaba caer la caja sobre el escritorio al lado de Laura y daba un paso atrás.

—Catorce cuchillos, tres pistolas (le haré saber al

equipo de delitos mayores en Gravesend sobre esas) y lo que parece ser una espada de principios del siglo XX.

—Y todo tendrá que ser analizado en busca de rastros de sangre de nuestra víctima —murmuró Kay, revisando las bolsas.

Barnes suspiró.

—Vamos a estar en la lista negra de Harriet por mucho tiempo después de enviarle todo eso, ¿verdad?

# CAPÍTULO 12

Kay dejó caer el teléfono de escritorio en su base y maldijo en voz baja, con el pecho oprimido.

Asomándose por encima de la pantalla de su ordenador, vio el rostro de Barnes arrugado en concentración, con la boca torcida hacia abajo. Por encima de su hombro, la sala de incidentes bullía de actividad, la reunión informativa había concluido treinta minutos antes con Terry despidiéndose y Debbie trabajando actualmente con uno de los asistentes administrativos para registrar cada bolsa de evidencia en HOLMES2 antes de que fueran enviadas al laboratorio de Harriet.

Un teléfono móvil sonó a su derecha, seguido de cerca por otro y luego una cascada de pitidos y tonos llenó la sala de incidentes, sus colegas pausando su trabajo en respuesta mientras uno por uno bajaban la cabeza hacia las pantallas de sus teléfonos.

Miró hacia abajo cuando su propio móvil emitió un zumbido sordo y vio una alerta de la aplicación de un periódico nacional, y la deslizó para leer.

*La policía no logra explicar la muerte de una mujer en el festival de Mote Park.*

—Oh, mierda —gimió, escaneando el artículo.

En él, el reportero había lanzado un ataque mordaz contra los organizadores del festival y la policía, citando a varios supuestos expertos que aventuraban una opinión sobre la situación. Tanto el mánager como el cantante principal del grupo estelar habían intervenido con sus opiniones, expresando solo un pesar pasajero por la muerte de la joven antes de lamentarse por la cancelación de lo que dijeron habría sido un "regreso monumental" para la banda.

Luego, justo al final del artículo, el reportero había incluido el nombre de Kay como la oficial superior de investigación junto con un comentario sarcástico de que, por el momento, la policía no había querido hacer comentarios.

—Jodidamente genial —murmuró, apartando el móvil. Se puso de pie—. Todos, de vuelta al trabajo. Gracias a estos y sus compinches, ahora estamos bajo aún más presión para obtener un resultado para nuestra víctima, y rápido. No dejéis que esto os distraiga de lo que estáis haciendo, así que concentraos, por favor.

Una respuesta apagada recibió sus palabras, pero después de algunos murmullos y quejas que llegaron hasta donde ella estaba, los oficiales reunidos volvieron al trabajo.

—No dejes que los cabrones te desanimen, ¿verdad? —dijo Barnes cuando ella volvió a sentarse—. Era seguro que iba a pasar, jefa. Especialmente después de los informes de televisión que salieron anoche. Pia dijo que uno de los locales fue sindicado en las noticias de esta mañana.

—Maravilloso. —Kay miró fijamente la pantalla de su ordenador, su mirada desviándose hacia el teléfono de su escritorio cuando este sonó. Sin reconocer el número, tomó una respiración profunda y contestó—. Inspectora Hunter.

—Detective Hunter, soy Alistair Featheringham. Espero que pueda darme algunas respuestas.

Kay frunció el ceño. —Lo siento, su nombre no es…

—Soy el dueño de Crusader Events, los organizadores del festival de este fin de semana en el parque. Un asunto terrible. —El hombre hizo una pausa para respirar—. Dada la cobertura de noticias de esta mañana, necesito hablar con usted sobre la limitación de daños.

—¿Limitación de daños? —Kay levantó una ceja en dirección a Barnes—. Estamos lidiando con una investigación de asesinato, señor Featheringham. ¿Exactamente qué tipo de limitación de daños tenía en mente?

—Bueno, en primer lugar está el asunto de cómo se manejaron las comunicaciones ayer. Como puede imaginar, tenemos muchos poseedores de entradas enojados exigiendo reembolsos, que no podemos emitir dado que el festival ya estaba bien encaminado antes de ser interrumpido…

—¿Interrumpido? Señor Featheringham, una joven fue encontrada asesinada ayer por la mañana por dos voluntarios contratados por su empresa. En este momento, cada persona que asistió al festival es sospechosa. ¿Le da eso una idea de la dimensión de lo que estamos tratando aquí?

—Yo, eh… las noticias…

—Estoy bien al tanto de lo que varios medios de comunicación están informando en este momento, gracias, y nada de eso está ayudando a mí y a mi equipo a encontrar a un asesino. ¿Había algo más que necesitara?

—¿Podríamos tal vez hablar mañana cuando tenga algo más concreto…?

—Tal vez —dijo Kay, y dejó caer el teléfono en su base.

Barnes se rio entre dientes. —Y las aseguradoras aún no han empezado a llamar.

—Pensé que la sede estaba atendiendo estas llamadas hoy para darnos una ventaja inicial.

—Alguien debe de haberle dado tu número directo entonces.

—La mujer que estaba organizando a los voluntarios, Dana Schuldberg. Le di mi tarjeta. —Kay gimió—. Dios, Ian, ya llevamos veinticuatro horas en esta investigación y no tenemos nada con qué trabajar.

Barnes giró en su silla y observó la sala. —Tenemos mucho con qué trabajar, jefa, es solo que hay *demasiado* con qué trabajar. Todas esas declaraciones, listas de asistentes… acabo de recibir la lista de proveedores por correo electrónico y va a llevar unos días revisarla para ver quién estuvo presente y verificar antecedentes penales… y ni siquiera puedo empezar eso hasta mañana cuando la mitad de estas empresas estén abiertas de nuevo. Apenas hay alguien disponible hoy.

—Tendremos que hacer lo mejor que podamos. Todavía tenemos a una joven mujer tendida en la morgue de Lucas. —Kay apretó la mandíbula. Abriendo las imágenes de la escena del crimen en HOLMES2, las recorrió, absorbiendo cada detalle, grabándolos en su memoria—. No voy a defraudarla. Encontraremos a quien le hizo esto.

El teléfono a su lado sonó una vez más, y vio un número de Gravesend en la pantalla con un número de extensión familiar.

—¿Jefe? —respondió—. Todavía estamos en las primeras etapas aquí, así que no tengo nada nuevo que informar aún.

—Yo sí —respondió el familiar ladrido de Sharp—. La línea directa aquí acaba de recibir una llamada de una mujer en Kingswood, Georgina Leneghan. Dice que su hija, Tansy, debía venir a quedarse con ella anoche, pero después de llamar para hacerle saber que planeaba encontrarse con alguien el viernes por la tarde en el camino, no se ha sabido nada de ella desde entonces. Su madre estaba a punto de reportarla como desaparecida, pero luego vio las noticias de esta mañana.

El temor llenó el estómago de Kay, y cerró los ojos. —¿Ha proporcionado una fotografía?

—La envió por correo electrónico hace un momento —dijo Sharp—. Es ella.

CAPÍTULO 13

Barnes condujo el coche del departamento a través de unos pilares de arenisca y aparcó frente a una pintoresca vicaría victoriana reconvertida.

Ya había un coche patrulla junto a un deportivo bajo en el camino de grava, con la pintura brillando bajo la luz del sol de media mañana.

—¿Qué has logrado averiguar, jefa? —dijo él, con la mano en la manija de la puerta.

Kay terminó de desplazarse por una aplicación de redes sociales y levantó la vista de la pantalla de su móvil, mirando la sólida puerta principal de roble que la separaba de una madre en duelo.

Una glicina de color púrpura pálido suavizaba la dureza del exterior de ladrillo del edificio, con sus ramas retorcidas enmarcando las ventanas y llegando hasta los canalones. Arbustos coloridos llenaban los bordes bajo las ventanas, cuidadosamente atendidos y podados, y divisó un sendero pavimentado que conducía alrededor del lado izquierdo de la casa que supuso llevaba al jardín trasero.

—Tansy Leneghan tenía veinticuatro años —dijo mientras miraba a través del parabrisas—. Se graduó de la Universidad de Reading y tuvo varios trabajos diferentes hasta que se mudó a Bristol para trabajar con una empresa de publicidad a principios de este año. Alquila una casa en las afueras de la ciudad, parece tener un grupo unido de amigos allí, y se mantiene en contacto regularmente con su antiguo grupo de la universidad, que se han dispersado desde que se graduaron. Su padre no aparece en las redes sociales ni de ella ni de Georgina. Sin embargo, parecía estar muy unida a su madre; era hija única.

Barnes sacudió la cabeza.

—Jesús. Odio esta parte.

—Yo también. ¿Vamos?

Ella no esperó su respuesta.

Cruzando el camino de entrada y subiendo los tres escalones hasta la puerta principal, un escalofrío le recorrió los hombros a pesar del calor de la mañana.

Se alisó la chaqueta del traje, respiró hondo y llamó suavemente.

La puerta se abrió, revelando un rostro familiar.

—Hazel, gracias por venir con tan poco aviso —dijo Kay—. Especialmente cuando no estabas de turno hoy; fuiste la primera persona que se me vino a la mente dadas las circunstancias.

Hazel Aldridge asintió levemente.

—Está bien. Era lo correcto. Entren y les daré una actualización rápida.

La experimentada oficial de enlace familiar dio un paso atrás, haciéndolos pasar a un sombrío vestíbulo que no captaba nada de la luz exterior.

Un silencio llenaba la casa, roto solo por el ocasional goteo de un grifo que emanaba de una puerta a la derecha de la escalera que Kay supuso llevaba a un baño en la planta baja. Luego escuchó el sonido de un débil sollozo.

—¿Dónde está Georgina?

—En la sala de estar, justo por allí. Tengo una colega conmigo, Diane. Espero que no les importe, pero es una de mis aprendices y muestra mucho potencial —dijo Hazel—. Si me llaman por una emergencia, Diane se hará cargo, así que quería que estableciera una conexión desde el principio.

—Entendido. ¿Georgina ha proporcionado una declaración?

—Sí, principalmente confirmando lo que le dijo a la línea directa cuando llamó. Tansy nunca debió estar cerca de ese parque, Kay. Salió del trabajo en Bristol a la una del viernes porque había acordado con su jefe salir temprano para tratar de evitar lo peor del tráfico. Llamó a Georgina en el camino para decirle que tenía que desviarse a Maidstone y que estaría aquí alrededor de las diez de la mañana de ayer.

—Y nunca llegó.

—¿Alguna idea de adónde iba en Maidstone? —dijo Barnes—. ¿O con quién se iba a encontrar?

—No he profundizado en los detalles todavía —respondió Hazel—. Pensé que lo dejaría para vosotros; Georgina ha estado haciendo muchas preguntas desde que llegamos, y obviamente está destrozada.

—Es comprensible. —Kay miró la puerta cerrada a su izquierda—. ¿Por aquí?

—Sí. Diane está de uniforme porque estaba de servicio en Sittingbourne cuando nos llamaron.

—Gracias.

Armándose de valor por un momento, Kay abrió la puerta y entró en una lujosa sala de estar que, a pesar de parecer cómoda, aún lograba protegerse del calor del verano exterior.

Una chimenea limpia ocupaba la mitad de la pared del fondo, y le daba miedo pensar lo fría que podría ponerse la casa durante los meses de invierno. La única ventana daba al camino de entrada, y las paredes de yeso habían sido pintadas de un verde oscuro, acentuando la arquitectura victoriana.

Dos sofás estaban colocados uno frente al otro junto a la chimenea, y dos mujeres levantaron la vista desde donde estaban sentadas en uno de ellos cuando ella entró.

La oficial de enlace familiar en formación estaba en sus cuarenta y tantos años con el pelo castaño corto que rozaba su cuello, sus ojos amables mientras esperaba que se hicieran las presentaciones.

La mirada de Kay se encontró con la de Georgina Leneghan y en ese momento supo que haría todo lo posible para llevar ante la justicia al monstruo que había matado a la única hija de la mujer.

—Soy la inspectora Kay Hunter, y este es mi colega, el oficial Ian Barnes. Lamentamos mucho su pérdida —dijo, sentándose en el sofá opuesto.

Georgina asintió, secándose la nariz con un pañuelo de papel arrugado.

—He oído hablar de usted. Encontró a esa niña pequeña que desapareció hace unos años, ¿no es así?

—Así es, sí.

—Dígame, detective. ¿Tiene hijos?

Kay parpadeó, la pregunta era obvia viniendo de una madre en duelo, pero la respuesta era algo que muy pocas personas sabían. Sintió que Barnes se tensaba a su lado, y negó levemente con la cabeza.

—No, no los tengo.

La mujer frente a ella sorbió.

—Tansy es... era... oh...

Dando a Georgina un momento para llorar, Kay bajó la mirada a sus manos, sus uñas clavándose en la suave carne de sus palmas. Cuando levantó la vista, Diane estaba murmurando a la mujer, quien asintió en respuesta y se secó los ojos.

—Necesita hacerme algunas preguntas, ¿verdad? —dijo, levantando un poco la barbilla.

—Sí, así es. —Kay forzó sus hombros a relajarse mientras Barnes pasaba a una página limpia en su libreta—. Y lamento si suenan repetitivas, pero necesito entender los planes de Tansy para el viernes desde todos los ángulos. Le ha dicho a Hazel y Diane que salió temprano del trabajo el viernes por la tarde para venir aquí. ¿Cuánto tiempo habían planeado este fin de semana con ella?

—Fue algo de última hora —dijo Georgina—. Me llamó el lunes pasado con un poco de prisa y me preguntó si podía venir a quedarse. Por supuesto, no dudé y le dije que sí. Hablamos por teléfono al menos una vez a la semana, pero con su trabajo y poniéndose al día con sus amigos durante el verano y todo, no había logrado venir aquí desde finales de mayo.

—¿Qué coche conduce?

Georgina se lo dijo, recitando la matrícula de memoria, con una leve sonrisa cruzando sus labios. —Tengo un don para recordar cosas así. Ella solía bromear conmigo por eso.

—¿Qué hay del padre de Tansy?

—Se fue cuando ella tenía tres años. Ninguna de las dos tenemos contacto con él. Ni siquiera sé dónde vive ahora.

—Necesitaremos un nombre, solo para eliminarlo de nuestra investigación, y hay que informarle de lo sucedido. ¿Le importaría?

Georgina suspiró. —Es Joseph Throndsen. No tengo una dirección para él, y no tengo idea de cuál es su número de teléfono. Realmente no quiero tener nada que ver con él. Tampoco Tansy, por eso usa mi apellido de soltera, no el suyo.

—Está bien, lo entiendo. Puedo asegurarle que no le pasaremos sus datos. Si él quiere ponerse en contacto, se lo haré saber, y usted podrá tomar esa decisión —dijo Kay—. ¿Puede recordar a qué hora la llamó Tansy para decirle que iba a Maidstone antes de venir aquí?

—Eran poco más de las tres y cuarto. Dijo que se había quedado atascada en el tráfico en el cruce de Leatherhead, así que originalmente pensé que me llamaba para avisarme que se retrasaría. Luego dijo que había surgido algo y que tenía que ir a ver a alguien antes de venir aquí. Cuando le pregunté a qué hora llegaría, me dijo que lo sentía, y que quizás tendría que quedarse a dormir, así que intentaría llegar aquí a las diez de la mañana de ayer.

—¿Cómo la notó cuando llamó?

Georgina se reclinó, su mirada desviándose hacia los

remolinos de color en la gruesa alfombra antes de hablar.

—Iba a decir tímida, como la última vez que me contó sobre un nuevo novio, pero era más que eso… *evasiva*, esa es la palabra que busco. Y cambió de tema.

—¿Sonaba preocupada o le expresó alguna inquietud?

—Preocupada no, no. Tal vez como si tuviera algo en mente, porque le pregunté si todo estaba bien e insistió en que sí. Luego dijo que debía irse porque el tráfico empezaba a moverse de nuevo y sabe que me preocupa que hable por teléfono mientras conduce, aunque use el manos libres. Le dije que la amaba y que nos veríamos pronto. Yo…

Nuevas lágrimas corrieron por el rostro de Georgina, y el corazón de Kay se arrugó ante la vista de una madre que había perdido a una hija en circunstancias tan terribles.

Después de asegurarle que haría todo lo posible para encontrar al responsable, condujo a Barnes fuera de la habitación y hacia la puerta principal.

El calor y la luz la envolvieron al bajar los escalones, y se detuvo un momento fuera de la vista de la ventana de la sala para cerrar los ojos y bañarse bajo los rayos del sol. La calidez se filtró a través de su ropa, a través de su piel y hasta sus huesos, suavizando el frío de la casa detrás de ella y todo su dolor.

—¿Estás bien, jefa? —dijo Barnes, sus pasos arrastrándose sobre la grava a unos metros de distancia.

Abriendo los ojos, resopló y luego asintió. —Sí. Gracias.

—¿Quieres ir a tomar un café antes de volver a la sala de incidentes?

—No, está bien. —Le lanzó una mirada agradecida y

luego se dirigió hacia el coche—. Quiero encontrar al bastardo que hizo esto.

# CAPÍTULO 14

Laura echó un vistazo a otro mensaje de texto de la sala de incidentes en su móvil, y luego miró al otro lado de la calle hacia la casa semiadosada de los años 50 que se resguardaba detrás de un marchito seto de ligustro que había conocido mejores días.

Ella y Kyle habían aparcado en una de las urbanizaciones residenciales más antiguas de esta parte de Maidstone, casas que alguna vez fueron propiedad del ayuntamiento local y de diseño similar a muchas construcciones de la posguerra en todo Kent.

Los jardines eran más grandes que los de las propiedades más recientes a lo largo de la calle y cada uno daba al Mote Park, lo que los convertía en una alta prioridad para el equipo de investigación.

Más grande que la mayoría de las casas contemporáneas, la casa frente a ella tenía grandes ventanales a ambos lados de una puerta principal protegida por un porche y un amplio techo inclinado de tejas rojas.

Tanto esta como la propiedad vecina tenían un revestimiento beige que había sido repintado recientemente, a diferencia de algunas de las otras al final de la calle.

El espacioso camino de entrada al lado de la casa había sido ocupado por una variada colección de coches y un letrero sobre la parte superior de un garaje separado de bloques de hormigón proclamaba que era "Torsney's Motors".

Un juego de puertas dobles de hierro corrugado estaban abiertas con un par de ladrillos, y podía escuchar el sonido de una amoladora angular desde algún lugar dentro del oscuro interior. Una ocasional lluvia de chispas acompañaba el ruido y automáticamente miró su reloj, preguntándose si los vecinos estaban recibiendo un brusco despertar.

Tirando de sus gafas de sol hacia abajo, maldijo por lo bajo cuando se engancharon en su cabello, luego las dejó caer sobre su nariz y miró por encima de su hombro cuando la puerta del coche se cerró de golpe.

—Creo que te dejaré liderar esta —dijo.

Kyle Walker se encogió de hombros mientras se ponía la chaqueta y se unió a ella, metiendo las llaves en su bolsillo antes de mirarla fijamente, con una expresión divertida en su rostro. —Tu cabello aún está de punta.

—Mierda. —Lo alisó, luego se quitó las gafas de sol y las guardó en su bolso—. Gracias.

Él sonrió y señaló con la barbilla hacia la casa. —¿Cuánto tiempo lleva este tipo dirigiendo un negocio desde casa?

—Desde que se jubiló como mecánico de uno de los grandes concesionarios de la carretera de Loose hace ocho años —dijo Laura—. Gareth hace ITV, mantenimiento, ese tipo de cosas. Ayer no estaba cuando el equipo de Aaron estaba haciendo las investigaciones casa por casa, pero hablaron con su esposa. Ella dijo que no habían notado nada fuera de lo común el viernes por la noche o el sábado por la mañana, pero les dijo que Gareth tiene cámaras de seguridad alrededor del lugar y que podríamos tener copias de las grabaciones. Obtiene un mejor trato en el seguro de su negocio por tenerlas, especialmente porque un lugar similar a un kilómetro de aquí fue asaltado hace dos años.

—Este lugar da al parque, ¿verdad?

—Sí, uno de los uniformados echó un vistazo mientras estaban aquí ayer. Hay una valla de paneles de dos metros de alto entre el jardín y un enorme seto de zarzas, pero no hay señales de que alguien haya saltado por encima.

La amoladora angular dejó de funcionar y de repente fue consciente del alegre arrullo de una paloma torcaz desde dentro de un cerezo junto a la puerta de entrada. Alguien silbaba al compás de una vieja canción de rock en una radio que mantenía un ritmo constante antes de que un martillo se uniera, el constante golpe de metal contra metal escapando a través de las puertas.

—¿Qué hora es? —dijo Kyle.

—Acaban de dar las diez y media. —Sonrió—. ¿Me pregunto a qué hora habrá empezado?

—No lo sé, pero ¿qué te parece si le damos un respiro a los vecinos?

—Buena idea.

Siguió a su colega por el camino de entrada y pasó junto a los coches alineados a ambos lados. Algunos estaban en mal estado (uno parecía haber sufrido un choque trasero que solo había servido para quitar el óxido existente de la carrocería) pero dos brillaban como si acabaran de salir de un concesionario de coches usados.

Un hombre de unos sesenta y tantos años salió del taller limpiándose las manos grasientas con una toalla que alguna vez fue azul, luego giró una gorra de béisbol negra para protegerse los ojos. —Mi señora dijo que esperara a la policía esta mañana. Supongo que son ustedes, ¿no?

—Agente Laura Hanway, y este es mi colega, Kyle Walker. Y usted es...

—Gareth Torsney. ¿Quieren un té?

—No, pero gracias por la oferta. ¿Le estamos interrumpiendo?

—Sí. —Un travieso tic en la comisura del ojo izquierdo de Torsney suavizó sus palabras—. Pero cobro el doble los fines de semana, y el cliente puede permitírselo, así que...

—Seremos breves.

—Vengan, entren y salgan del sol. Aquí dentro está más fresco. Solo tengan cuidado dónde pisan, tengo la manguera de aire comprimido fuera, y no quiero tener que explicar a mis aseguradores cómo logré hacer tropezar a un detective si se lastima.

—¿Todos estos coches pertenecen a clientes, señor Torsney? —dijo Laura, parpadeando para contrarrestar la repentina penumbra mientras seguía a los dos hombres al interior del garaje.

—Todos excepto el descapotable azul cerca de la casa.

Los dos más nuevos solo están aquí para la ITV. Tres están esperando piezas que deberían llegar mañana si no hay otro retraso al otro lado del Canal, y uno debe ser recogido y pagado más tarde hoy. Ese viejo hatchback es en el que estoy trabajando en este momento. —Torsney llegó a un largo banco de trabajo que se extendía a lo ancho del taller y luego se giró, metiendo la mano en el bolsillo del pecho de su mono manchado de aceite—. Antes de que se me olvide, copié las grabaciones de seguridad de mis cámaras para ustedes en un pendrive.

—Gracias —dijo Kyle tomando el USB—. ¿Cuánto hay aquí?

—Supuse que querrían un par de días tal vez antes de que encontraran a la chica, así que tienen desde el miércoles en adelante ahí, que es cuando el festival empezó a dejar entrar a los campistas de todos modos.

—Eso es genial. —Kyle guardó la memoria USB, proporcionó un recibo por ella y luego frunció el ceño—. ¿Cómo logró meter toda la grabación en esto?

—No es una transmisión en vivo. Solo es por sensor de movimiento, así que ahorra espacio de archivo. No sé si mi señora se lo dijo, pero tenemos cuatro cámaras, una en cada esquina de la casa, así que dos mirando hacia la calle y el camino de entrada, y otras dos mirando hacia el jardín y la valla que nos separa del parque.

—Entendemos que estaba fuera cuando nuestros colegas hablaron con su esposa ayer. ¿Dónde estaba?

—En Dorset. Mis amigos y yo fuimos a una gran exhibición de tanques en el museo de Bovington.

—¿Tanques?

—Sí. Vehículos blindados, ¿sabe? Nos fuimos en

coche el miércoles por la noche. Solo regresé ayer por la tarde porque mi mujer me dijo que había habido un asesinato en el parque y no me gustaba la idea de que ella estuviera sola en casa anoche. —Torsney se estremeció visiblemente—. No quiero ni pensarlo. ¿Ya saben quién es ella?

—No podemos comentar sobre una investigación en curso. ¿A qué hora regresó?

—Alrededor de las ocho y media. El tráfico estaba bastante mal en la autopista, como siempre.

—Necesitaremos una lista de las personas que estaban con usted.

Torsney pareció desconcertado. —¿Por qué? Ya les dije dónde estaba.

—Es el protocolo estándar, eso es todo —dijo Kyle con suavidad, pasando a una nueva página en su libreta.

Laura reprimió la pequeña sonrisa que amenazaba con formarse, complacida de que su colega dejara que el silencio perdurara en lugar de darle al hombre más tranquilidad.

El dueño del taller suspiró y luego recitó los nombres de otros tres hombres, todos con direcciones locales. —Aunque dudo que vuelvan hasta esta tarde. El museo prometió poner en marcha el tanque Tiger esta mañana y realmente eso es todo lo que fuimos a ver allí. Debería oír esos motores cuando lo arrancan. Te sacuden las costillas, vaya que sí.

Kyle cerró de golpe la libreta y miró a Laura. —¿Tenías algo más?

—No, creo que eso es todo. Gracias por su tiempo, señor Torsney —dijo ella—. Y gracias también por la memoria USB. Nos pondremos en contacto de nuevo si tenemos alguna pregunta sobre las grabaciones de seguridad. ¿Podría asegurarse de guardar las grabaciones originales hasta que le digamos lo contrario?

—Por supuesto, no hay problema. Tengan cuidado de no tropezar con esa manguera de aire al salir…

## CAPÍTULO 15

Para cuando Kay cruzó la habitación hacia su escritorio temporal, el sol de la tarde brillaba a través de las ventanas de la sala de incidentes, su luz dorada bañaba las simples paredes de yeso y suavizaba la dureza de la decoración por lo demás utilitaria.

Un tenue murmullo de voces llegaba hasta donde ella se desplomó en su silla y la giró para enfrentar la pizarra blanca, las conversaciones apagadas después de que la noticia de la identidad de su víctima se hubiera difundido.

El agotamiento se filtraba en el equipo, las horas pasadas frente a las pantallas de los ordenadores y leyendo informes de las indagaciones casa por casa del día anterior comenzaban a pasar factura mientras buscaban respuestas a las preguntas en la mente de todos.

*¿Quién mató a Tansy Leneghan?*

*Y, ¿por qué?*

Kay y Sharp habían decidido retener la actualización de los medios hasta la mañana, dando a una madre afligida unas preciosas horas para llorar en privado. Sin embargo, una vez que se divulgaran los detalles de Tansy, sabía que ella y su equipo se convertirían en el blanco de la rabia de los medios y del público lector por el asesinato de la joven.

Al menos hasta que encontraran al responsable.

Barnes regresó de la impresora al otro lado de la habitación y le entregó un cálido fajo de documentos.

—Esa es la agenda para la reunión, jefa. ¿Quieres que reúna a todos?

—Por favor. Vamos a tener que trabajar duro para mantenernos por delante de los medios en este caso ahora. —Se tensó cuando él emitió un fuerte silbido que resonó por toda la habitación—. Jesús, Ian, eso los despertará.

Él sonrió.

—Esa era la idea.

No pasó mucho antes de que el equipo de Kay se reuniera alrededor de la pizarra blanca con ella, y cuando el último oficial se unió a ellos, golpeó sus nudillos contra la fotografía fijada en la parte superior del tablero.

—Como la mayoría de vosotros habéis oído, ahora tenemos un nombre para nuestra víctima. Tansy Leneghan, veinticuatro años y residente de Bristol, aunque su madre vive aquí. Se supo de ella por última vez a las tres y quince de la tarde del viernes cuando llamó a su madre para decirle que tenía que hacer un desvío a Maidstone para reunirse con alguien. No le dijo quién era, y nunca más se la vio con vida.

Kay dejó que sus palabras calaran, el suave zumbido de los ordenadores era el único sonido mientras sus oficiales digerían la información.

—Su madre nos ha proporcionado una nota del empleador de Tansy en Bristol, y vamos a tener que obtener una lista de los nombres de sus amigos de sus perfiles de redes sociales para poder hablar con ellos. Dadas las limitaciones de tiempo y presupuesto, todas esas entrevistas tendrán que realizarse por teléfono o videoconferencia en lugar de que alguien viaje a Bristol; la fuerza de Avon y Somerset tampoco tiene los recursos para ayudarnos. Gavin, ¿puedes dividir las entrevistas entre tú, Laura y Kyle con tantos otros oficiales como puedas reclutar y empezar con eso esta tarde? Me doy cuenta de que algunas de esas personas podrían no estar disponibles, pero necesitamos avanzar.

—Lo haré, jefa.

—Ian, me gustaría que alguien intentara localizar a este Joseph Throndsen, el padre de Tansy. No olvides que tenemos la autopsia mañana a las once de la mañana.

Su oficial asintió.

—Deberíamos tener los hallazgos preliminares de Harriet para el martes por la tarde también, así que con suerte eso nos ayudará a reconstruir las últimas horas de Tansy.

—Exactamente, eso es lo que espero. —Kay se volvió hacia un mapa de Mote Park que había sido fijado en la pared junto a la pizarra blanca—. A pesar de los problemas de personal que tenemos, hay un equipo de oficiales uniformados aún buscando en el parque y su perímetro en este momento. Tendrán unas horas más de luz diurna hoy, pero cuanto más tiempo pase, menos probable es que encuentren algo. Hay más de cuatrocientos cincuenta acres de tierra aquí, y numerosas formas de salir del parque sin usar una de las salidas marcadas. Si no obtenemos algunos resultados de la búsqueda que están haciendo o del metraje de videovigilancia que hemos obtenido hasta ahora, vamos a tener problemas para encontrar respuestas.

Un suspiro colectivo llenó la habitación, y ella levantó la mano en respuesta.

—Eso no significa que nos demos por vencidos. Una vez que tengamos esa lista de amigos y colegas del perfil de redes sociales de Tansy, vuestra prioridad será averiguar si Tansy le dijo a alguno de ellos con quién planeaba reunirse el viernes por la tarde; solo porque no se lo dijo a Georgina hasta que casi estaba aquí, no significa que sus amigos no estuvieran al tanto de sus planes. Y en ese sentido, Laura, ¿puedes llamar a hoteles y casas de huéspedes para ver si Tansy hizo una reserva? Obviamente estaba planeando quedarse a pasar la noche en algún lugar el viernes por la noche si no iba a casa de su madre, así que necesitamos eliminar esas opciones en lugar de asumir que se estaba quedando con alguien.

—Sí, jefa.

—¿Hay algún otro asunto que deba plantearse? —Kay recorrió con la mirada a los oficiales reunidos, luego vio una mano levantada—. ¿Debbie?

—Jefa, solo una actualización rápida con respecto a los oficiales que se unirán al equipo a partir de mañana por la mañana; tenían el fin de semana libre. Los agentes de policía Nadine Fleming y Sean Gastrell, y el sargento Tim Wallace.

—Eso es genial, gracias. —Kay miró su reloj—. Bien, solo hay tanto que vais a poder hacer hoy dado el tiempo, así que os quiero a todos aquí a las siete y media de la mañana. Tendremos una reunión a primera hora de la tarde una vez que se complete la autopsia, pero si descubrís algo mientras tanto, aseguraos de informarme a mí o al oficial Barnes inmediatamente. Pongámonos manos a la obra.

—Eso es bueno sobre la ayuda extra —dijo Barnes mientras el equipo regresaba a sus escritorios—. Buenos oficiales, también.

—Lo son —dijo ella, mirando las tareas adicionales ahora escritas en la pizarra blanca—. Y los vamos a necesitar.

# CAPÍTULO 16

A la mañana siguiente, Gavin se ajustó la corbata y dio un rápido sorbo a una lata de bebida energética antes de colocarla junto a una fila de archivadores que se alineaban en la parte posterior del escritorio.

La sala de reuniones del tamaño de una caja era una de las tres apretujadas en el extremo occidental de la comisaría, y por el olor a humedad del aire, sospechaba que hasta hace dos días había sido utilizada como armario de almacenamiento.

Se pasó una mano por su pelo en punta y se acomodó en la silla giratoria que tenía la mitad del acolchado de espuma colgando de un agujero en el costado del cojín y una de sus ruedas peligrosamente cerca de caerse.

La silla chirrió mientras se acomodaba para esperar que comenzara la videollamada, el sonido acompañado por el persistente *tic tic* del reloj de pared sobre su cabeza y el golpeteo de su bolígrafo en una página nueva de su libreta.

Una luz LED roja brillaba encima de la cámara montada en la pantalla, y un mensaje automatizado debajo le informaba que la persona con la que estaba esperando reunirse estaba en otra llamada.

—Vamos —murmuró—. Tengo otros seis de estos que hacer esta mañana.

Hubo un suave *ping* y la pantalla parpadeó antes de que se estableciera la conexión, y un hombre de unos cuarenta y tantos apareció al otro lado, con las mangas de la camisa arremangadas.

Su rostro estaba pálido, pero Gavin no estaba seguro de si era el efecto de la cámara que el hombre estaba usando, el software de videoconferencia, o las noticias que habían sido entregadas por teléfono al empleador de Tansy esa mañana por uno de los oficiales uniformados del equipo.

—Detective Piper, disculpe por hacerle esperar —comenzó—. Especialmente en estas circunstancias. No puedo comenzar a describir cuán devastados estamos todos aquí. He tenido que enviar a casa a dos miembros del personal, están muy afligidos.

—Gracias por hacer tiempo para mí, señor Paget. Si no le importa, me saltaré las cortesías; como puede apreciar, tenemos mucha gente con quien hablar esta mañana.

—Absolutamente. No hay problema. —Paget se acomodó en un sillón de aspecto lujoso que parecía varias veces más cómodo que el de Gavin. Parecía estar a gusto frente a la cámara—. ¿Qué puedo decirle? Tansy era una empleada modelo. Tuvimos suerte de conseguirla; tenía otras tres ofertas de trabajo disponibles en ese momento, pero decidió que la nuestra era la mejor opción a largo plazo para sus perspectivas de carrera.

—Entiendo por la madre de Tansy que usted dirige una agencia de publicidad. ¿Qué tipo de clientes tienen?

—Principalmente empresas locales de alto nivel, luego hay algunas grandes cadenas hoteleras con intereses en la ciudad y uno o dos fideicomisos benéficos. Somos una empresa pequeña, solo hay doce empleados. Somos de propiedad privada, siendo yo mismo uno de los accionistas, y hemos estado activos durante unos quince años. Tansy se unió a nosotros a principios de este año y encajó de inmediato. —Paget hizo una pausa, con el rostro abatido—. No puedo creer que estemos teniendo esta conversación.

—¿Qué sabía usted de sus planes para este pasado fin de semana? Se nos ha hecho creer que dejó el trabajo temprano el viernes.

—Así es. Vino a verme el martes por la tarde para preguntarme si podía irse a la hora del almuerzo el viernes; fue un poco con poca antelación, pero su trabajo estaba al día y no tenía reuniones programadas para esa tarde, así que le dije que sí. De hecho, llegó temprano ese día para compensar parte del tiempo, y luego se fue a la una.

—¿Le dijo adónde iba y por qué?

—Se lo dijo a mi esposa, quien maneja el lado de Recursos Humanos aquí, que iba a ver a su madre. Sabíamos que estaba en Kent, está listada en el archivo de personal de Tansy como su pariente más cercano, así que no indagamos más.

Gavin actualizó sus notas, luego miró a la pantalla una vez más. —¿Mencionó algo sobre un cambio de último minuto en sus planes de ver a su madre?

—No que yo recuerde, no.

La puerta se abrió a la derecha de Gavin, y él miró de reojo para ver a Laura asomándose, con emoción en sus ojos. Levantó una mano hacia ella, luego se volvió hacia Paget. —¿Y cómo se veía el viernes, antes de dejar la oficina?

—Un poco preocupada por cómo podría estar el tráfico alrededor de la M25 —dijo Paget—. Pero no diría que parecía ansiosa ni nada. Es decir, ya sabe cómo es esa carretera un viernes de todos modos, que es por lo que se iba temprano para evitar lo peor. No tuve la impresión de que estuviera preocupada por nada más.

Gavin podía sentir los ojos de Laura taladrando la parte posterior de su cabeza mientras ella cerraba la puerta y se quedaba flotando justo fuera de la vista de la cámara, y rápidamente escaneó las respuestas que Paget había proporcionado.

—¿Hay algo más que pueda decirme que pueda ayudar en nuestra investigación? —dijo—. ¿Cualquier cosa?

El jefe de Tansy se encogió de hombros con tristeza. —No se me ocurre nada. Ciertamente no puedo imaginar por qué alguien querría asesinarla. Era una persona tan dulce para tener en la oficina. Concienzuda en su trabajo, pero también compasiva con sus colegas. Como dije, la vamos a extrañar.

—Está bien, gracias, señor Paget. Nos pondremos en contacto si tenemos algo más.

Gavin terminó la llamada y giró en su silla para enfrentar a Laura, la rueda dañada chirriando de manera ominosa. —¿Qué es…?

—He encontrado dónde se suponía que Tansy se iba a quedar el viernes por la noche —dijo ella, con las palabras escapando apresuradamente—. Y todavía tienen sus pertenencias.

# CAPÍTULO 17

Kay se quitó la chaqueta, la arrojó al asiento trasero del coche de Barnes y cerró la puerta de golpe antes de mirar con furia las puertas dobles de cristal a pocos metros del aparcamiento del hospital.

Su colega caminó hacia ella, negando con la cabeza. —Francamente, jefa, con lo que cobran por aparcar aquí, creo que deberíamos tener nuestro propio espacio exclusivo. Con lavado de coche incluido.

Ella sonrió. —Deja de quejarte, no es como si realmente lo estuvieras pagando, no cuando vas a añadirlo a tus gastos.

—Que luego tardan dos meses en procesar. —Colocó el resguardo del ticket en el salpicadero y cerró el coche—. Entonces… ¿qué crees que va a encontrar?

—Honestamente, no lo sé, Ian. —Ella lideró el camino a través de una carretera de servicio y hacia el ala del hospital, siguiendo las señales hasta el departamento de rayos X—. He aprendido a no hacer suposiciones sobre el porqué y el cómo la gente se mata entre sí. A veces puede llegar a ser demasiado deprimente.

Se apartaron a un lado para dejar pasar a un camillero con un paciente en silla de ruedas, y luego Kay echó un vistazo a los ascensores, ambos con luces indicadoras que mostraban que estaban resueltamente atascados en el último piso, y se dirigió a las escaleras en su lugar.

—Sea lo que sea que encuentre, espero que nos ayude de verdad —dijo, llegando al rellano y abriendo una pesada puerta cortafuegos—. Porque tenemos poco más en este momento.

Cuando entraron en el pequeño área de recepción, el asistente de la morgue, Simon Winter, estaba encorvado sobre su ordenador, con las mangas de su mono protector enrolladas hasta los codos.

Miró por encima de la pantalla y señaló una habitación a su derecha. —Buenos días, detectives. Lucas ya está en la sala de examen. Estoy solo comprobando algunos detalles en nuestro sistema antes de unirme a él.

—¿Cuántos tienes hoy? —dijo Kay, firmando el registro antes de pasarle el bolígrafo a Barnes.

—Ya hemos hecho dos y hay otros tres después del vuestro —dijo Simon, echando hacia atrás su silla y recogiendo páginas de una impresora mientras salían—. Sin mencionar el papeleo. —Le dirigió una sonrisa cansada.

—Entraremos tan pronto como podamos.

Cinco minutos después y vestidos de pies a cabeza con monos protectores, siguió a Barnes a través de un conjunto de gruesas puertas dobles sin ventanas y entró en el fresco ambiente cerrado de la sala de examen de Lucas.

Un par de grandes y profundos fregaderos de acero inoxidable ocupaban el lado más alejado de la habitación, con dos camillas metálicas espaciadas uniformemente para que las autopsias pudieran llevarse a cabo en tándem si surgía la necesidad, y si el personal estaba disponible para hacerlo.

El patólogo forense estaba de pie junto a la camilla del fondo, inclinado por la cintura mientras usaba una hoja de aspecto amenazador para cortar alrededor de los órganos internos de su víctima.

Kay hizo una pausa por un momento, el hedor se filtraba a través de su máscara que había parecido lo suficientemente robusta cuando se la puso por primera vez, y ahora parecía frágil e incapaz de evitar que el olor remanente de los intestinos de alguien abrumara sus sentidos.

Parpadeó, luego alcanzó a Barnes mientras él rodeaba la camilla, finalmente parándose a los pies de Tansy en silencio en lugar de interrumpir la línea de pensamiento de Lucas.

El patólogo mantenía un comentario continuo en un micrófono que colgaba del techo mientras trabajaba, mirando hacia arriba una vez para reconocer su presencia con un breve asentimiento, luego volviendo a enfocarse en la víctima.

Simon iba y venía entre la camilla y el equipo dispuesto en una mesa de trabajo de acero muy pulida frente a los fregaderos, llevando cuencos que contenían los órganos a medida que se extraían, pesándolos y añadiendo sus hallazgos al comentario de Lucas mientras trabajaban.

Kay estiró el cuello para ver más allá de él y divisó

filas de viales de cristal que contenían varias muestras e hisopos que se habían tomado antes de su llegada, y se preguntó cuáles de ellos proporcionarían las respuestas que necesitaba, y si alguno de ellos contenía la evidencia necesaria para detener a un asesino despiadado.

Sus dedos se hundieron en sus palmas a través de sus guantes protectores, y se obligó a relajarse cuando se dio cuenta de lo fuerte que estaba apretando la mandíbula.

Finalmente, Lucas se apartó de la camilla, colocó su escalpelo en una bandeja de instrumentos ensangrentados a su lado y señaló hacia los fregaderos.

Ella y Barnes lo siguieron, esperando mientras se quitaba los guantes y los metía en un contenedor de riesgo biológico antes de lavarse minuciosamente las manos con jabón bajo los grifos.

Una vez hecho esto, se bajó la máscara y se volvió hacia la camilla, apoyándose contra el fregadero. —Obviamente tendré mi informe para vosotros tan pronto como podamos hacerlo, pero puedo confirmar que Tansy fue asesinada por estrangulamiento. Basándome en mis observaciones en la escena y las aclaraciones que he hecho hoy, diría que su muerte ocurrió entre la una y las cinco de la mañana del sábado.

Kay exhaló, cerrando los ojos por un momento.

—¿Murió donde la encontraron? —preguntó Barnes.

Cuando Kay abrió los ojos, vio a Lucas hacer una mueca. —¿Qué?

—Si no fuera por el hecho de que he visto demasiados pasar por aquí a lo largo de los años, podría decir que sí —dijo el patólogo, frotándose la barbilla—. Pero la lividez no es del todo correcta; si la hubieran matado donde la encontraron, esperaría ver más decoloración en la piel del lado inferior.

—Presiento un "sin embargo" —dijo Kay.

—Mmm, y tendrías razón. Hay lividez de rastro en otras partes de su cuerpo, lo que para mí sugiere que estuvo de lado por un tiempo, y luego la giraron sobre su espalda.

Barnes frunció el ceño. —Para que eso sucediera, habría necesitado estar de lado al menos media hora o así, ¿no?

—Generalmente decimos entre treinta minutos y cuatro horas, así que sí, eso es totalmente posible.

—Entonces, ¿la movieron de un lugar a donde la encontraron?

Lucas negó con la cabeza. —No lo creo. Creo que la mataron donde la encontraron. Verifica con Harriet, de todas formas; su informe final podría ayudar a corroborar eso.

—¿Por qué alguien la mataría y luego volvería para ponerla boca arriba? —dijo Kay, volviendo su atención a la camilla donde Simon estaba empezando a recoger cuidadosamente los instrumentos quirúrgicos desechados.

En respuesta, Lucas se volvió a poner la máscara y les hizo señas. —Ven a ver.

A pesar de la visión del cuerpo de su víctima destrozado en busca de respuestas, la curiosidad de Kay pudo más y se unió al patólogo junto a Tansy mientras este sacaba un par de guantes nuevos que le dio Simon y usaba su dedo meñique para señalar una serie de moretones en el cuello de la mujer.

—¿Ves esto? Son huellas dactilares, dejadas por quien

la estranguló. A pesar de lo que algunos piensan, no es fácil estrangular a alguien y ella se defendió, de ahí los moretones en los nudillos. Tiene un feo hematoma en el pómulo aquí, mira, lo que me sugiere que en algún momento durante el ataque recibió un puñetazo.

—Para evitar que se defendiera —murmuró Kay.

—Exactamente. —Lucas se movió entonces hacia las extremidades de Tansy, las pequeñas heridas de puñaladas en carne viva bajo las brillantes luces del techo—. Sin embargo, estas, y sospecho que la eliminación de las yemas de sus dedos, es diferente.

—¿En qué sentido?

En respuesta, levantó una de las manos de Tansy por la muñeca y la giró lentamente para revelar otro moretón.

—Porque quien hizo eso la sujetó así mientras se los quitaba.

Kay miró fijamente el moretón del tamaño de un pulgar que manchaba la piel de alabastro y luego miró a Lucas.

—No lo entiendo.

—Tansy fue estrangulada por alguien —dijo él—. Pero luego estas heridas de puñalada fueron infligidas antes de que le cortaran las yemas de los dedos.

—¿Por qué haría eso su asesino? —dijo Barnes.

—Me conoces lo suficiente como para no pedirme que haga conjeturas, Ian.

—¿Pero extraoficialmente?

—Tal vez quien le hizo esto pensó que la había matado pero luego tuvo dudas y volvió a comprobarlo. Quizás ella aún estaba viva y perdió los estribos, de ahí la rabia detrás de estas puñaladas —suspiró—. O tal vez necesitéis buscar dos sospechosos, no uno.

# CAPÍTULO 18

Laura casi había abierto la puerta de su coche cuando Gavin estacionó el vehículo de la comisaría, apresuradamente asignado, en un espacio junto a la entrada del hotel.

Con el corazón acelerado, la emoción se convirtió en impaciencia mientras su colega alcanzaba su chaqueta en el asiento trasero y luego se detenía para revisar los mensajes en su móvil.

Ella se dio la vuelta, observando los pilares gemelos de ladrillo y las tejas en ángulo que formaban un pórtico sobre un conjunto de puertas de recepción de cristal que brillaban bajo la luz del inicio de la tarde, con las manijas de aluminio resplandecientes.

A ambos lados de las puertas había un par de profundos abrevaderos de aspecto rústico que habían sido llenados con hierbas de diferentes colores; las floridas atraían a una miríada de pequeñas abejas que se sumergían y emergían entre el follaje.

El hotel se extendía a la izquierda y a la derecha del

bloque de recepción, su ladrillo rojo exudando calidez. Las ventanas estaban revestidas con un tinte oscuro de privacidad que, estaba segura, también ayudaba a mantener algo del calor fuera de las habitaciones.

En algún lugar sobre ella, en el techo, podía escuchar el zumbido constante de las unidades de aire acondicionado luchando contra las temperaturas del mediodía y se preguntó si los arquitectos habrían sido reprendidos por el descuido de no proporcionar ventanas que pudieran abrirse y dejar entrar aire fresco.

Entonces escuchó el estruendo y el claxon de un gran camión articulado que retumbaba por la autopista detrás del edificio y cambió de opinión.

—Perdón, ya estoy listo.

Ella se volvió al oír la voz de Gavin y arqueó una ceja.

—¿Algo?

—Barnes dice que están de regreso de la autopsia y que Kay quiere hablar con nosotros antes de la reunión cuando volvamos.

—¿Algún problema? —dijo ella, dirigiéndose hacia la entrada.

—No, no lo creo. Creo que solo quiere repasar algunas cosas con nosotros antes de hablar con todo el equipo, especialmente dado este avance tuyo. —Sonrió, sosteniendo la puerta para ella—. Después de ti.

A pesar de su proximidad tanto a una concurrida circunvalación como a la autopista, un aura de calma envolvió a Laura cuando las puertas de cristal se cerraron tras ellos, y pudo escuchar una suave música burbujeando a través de altavoces ocultos mientras sus tacones repiqueteaban sobre el suelo de baldosas pulidas hacia el mostrador de recepción.

Dos hombres y una mujer estaban de servicio, sus sencillos uniformes azul oscuro lucían un poco apagados bajo los duros focos sobre sus ordenadores, y Laura sintió que se le ponía la piel de gallina en los brazos bajo el aire frío que se bombeaba al espacio abierto a través de una serie de grandes rejillas en las baldosas del techo.

Sacó su placa mientras se acercaba al más bajo de los dos hombres, presentándose a sí misma y a Gavin.

—Ah, sí, soy Warren —dijo él—. Hablé con usted por teléfono.

—¿Se ha registrado alguien en la habitación desde que estuvo la señorita Leneghan? —preguntó ella.

—No, pero eso es solo porque pudimos acomodar a los huéspedes en otros lugares. —Lanzó una mirada de reojo a sus colegas—. Aparte de poner sus pertenencias en un lugar seguro, no hay un procedimiento sobre qué hacer si un huésped desaparece, así que simplemente hemos dejado sus cosas en su habitación y le dijimos al personal de limpieza que esperara para limpiarla hasta que ella se ponga en contacto. ¿Está bien?

Laura hizo una pausa un momento demasiado largo, y los colegas del hombre dejaron escapar un jadeo colectivo.

—¿Está… está muerta? —tartamudeó el otro hombre —. Escuché que se encontró el cuerpo de una mujer en el parque durante el festival. ¿Era ella?

—Me temo que no podemos comentar sobre una investigación en curso —dijo Gavin con rigidez—. ¿A qué hora se registró la señorita Leneghan?

Los dedos de Warren teclearon eficientemente. —

Tengo su reserva aquí. La hizo directamente con nosotros en lugar de a través de una de las aplicaciones de viajes el jueves por la tarde, y solicitó una salida tardía para ayer. Tuvo suerte de conseguir una habitación en realidad; con el festival y siendo esta una de nuestras épocas más ocupadas del año, no teníamos muchas disponibles durante el fin de semana.

—¿La hora? —insistió Laura.

—Oh, lo siento. Las cinco y tres de la tarde del viernes. —Tomó un par de gafas de lectura de al lado de su teclado y miró la pantalla de nuevo—. Sin embargo, no reservó en el restaurante esa noche. Siempre insistimos en una reserva de mesa en esta época del año porque se llena mucho.

—¿Alguno de ustedes estaba de servicio el viernes? —Sacó una fotografía de Tansy que Georgina había proporcionado—. ¿Recuerdan haberla visto?

—Yo estaba —dijo la mujer—. Pero lo siento, estaba ocupado, no recuerdo su nombre y solo vagamente la recuerdo. Tenía un grupo de treinta pensionistas en un viaje en autobús a Francia para registrar, y eran… particularmente exigentes.

—¿Se mantienen cerradas las puertas de recepción en algún momento?

—A partir de las once en adelante en verano —dijo Warren—. A los huéspedes se les proporciona una tarjeta de acceso para entrar al hotel fuera de horario; esas puertas permanecen cerradas hasta las cuatro de la mañana cuando comenzamos a recibir entregas para la cocina. —Señaló por encima del hombro de ella—. Hay un intercomunicador justo fuera de las puertas para los registros fuera de horario.

—¿Pueden saber qué huéspedes entran y salen del edificio con esas tarjetas de acceso?

—Sí, podemos.

—¿Puede buscar en su sistema si la señorita Leneghan entró o salió del hotel entre las once y las cuatro?

—Por supuesto. Un momento. —Hizo clic en otra pantalla—. Dice que salió a la una de la mañana.

El corazón de Laura dio un salto. —¿Tienen cámaras de seguridad en su estacionamiento? Necesitaríamos ver las grabaciones del viernes para ver en qué dirección se fue cuando salió de aquí.

—Oh, ella no condujo —dijo el otro hombre—. Al menos, no creo que lo hiciera.

—¿Qué le hace decir eso?

—Porque su coche aún está estacionado allá afuera.

# CAPÍTULO 19

Kay estiró el cuello para ver a través de la carretera de doble sentido de la circunvalación donde una colección de vehículos con los colores de la Policía de Kent y furgonetas de colores neutros estaban estacionados frente al hotel.

Mientras Barnes soltaba el freno, ella se volteó y miró con disgusto las pegatinas que cubrían el parachoques del SUV frente a ellos mientras él avanzaba el coche unos metros más.

Su puño golpeó contra el reposabrazos de la puerta, el conocimiento de que uno de sus miembros del equipo había conseguido un valioso avance se vio atenuado por el hecho de que ahora tenían más preguntas que respuestas sobre las últimas horas de Tansy Leneghan.

Y el hecho de que actualmente estuviera sentada junto a Barnes, atrapada en un tráfico que avanzaba tentadoramente cerca de donde trabajaba el resto de su equipo.

—Vamos —murmuró.

—Si Tráfico nos hubiera prestado uno de sus todoterrenos, podría haber cruzado la mediana y bajado la colina —dijo Barnes.

A pesar de sí misma, Kay se rio. —Sí, me gustaría verte explicar esa maniobra a Sharp.

—¿Qué tal si encendemos las luces entonces?

—Ni se te ocurra. Ya he tenido que hablar en privado con Kyle después de que alguien del equipo de Jasper lo delatara.

Barnes sonrió antes de girar hacia el carril exterior para la rotonda, y luego aceleró a través de un semáforo justo cuando cambiaba a rojo. —No viste eso.

—Ian… —Puso los ojos en blanco—. No me importaría, pero se supone que debes dar un buen ejemplo al resto del equipo.

—Eso fue un fantástico ejemplo de…

—No me refería a eso.

Su humor se tornó serio cuando él aparcó detrás de una de las furgonetas de color neutro, de las que siempre usaba el equipo de Harriet y que no llevaban insignias ni pistas reveladoras sobre su contenido.

Había una segunda furgoneta idéntica aparcada a unos metros de distancia con la puerta lateral abierta mirando hacia el lado opuesto de cualquier observador en la carretera principal, mientras un técnico del equipo de Investigación de la Escena del Crimen se ponía un mono nuevo y se colocaba una mascarilla. La figura cerró la puerta una vez completamente envuelta en su ropa protectora y se arrastró hacia la entrada del hotel, llevando una maleta metálica cuadrada que Kay supuso contenía una miríada de delicados instrumentos cruciales para el trabajo del equipo forense.

Salió del coche y miró por encima del techo para ver tres coches patrulla y el coche asignado a Gavin, un hatchback plateado con el parachoques delantero rayado.

El agente estaba de pie junto a él, con el móvil en la oreja, y levantó la mano en señal de saludo mientras ella y Barnes caminaban hacia él.

—Le he avisado a Debbie que la reunión probablemente se retrasará una hora o así, jefa —dijo, terminando la llamada—. Espero que esté bien; supuse que podríamos tener más que compartir con el resto del equipo junto con vuestros pensamientos sobre la autopsia para entonces.

Ella le dirigió una sonrisa agradecida. —Buena idea. Bien, ¿qué ha estado pasando aquí?

—Laura descubrió que Tansy se registró en este lugar, y cuando llegamos aquí y hablamos con el recepcionista, nos informó que sus pertenencias aún estaban en su habitación. Los registros del hotel muestran que usó su tarjeta de acceso para salir del edificio a la una de la mañana del viernes por la noche, y están inclinados a pensar que no se llevó su coche, dado que todavía está aquí, mirad.

Los condujo alrededor de los coches patrulla estacionados, señalando un hatchback de modelo reciente que había sido estacionado marcha atrás en un espacio junto a un grueso seto de ligustro. —No se ha movido desde que llegó aquí, según el equipo de recepción, pero estamos obteniendo copias de las grabaciones de sus cámaras de seguridad para corroborarlo.

—Así que tal vez alguien la recogió, entonces... —Kay observó mientras un grupo de tres técnicos forenses se movía alrededor del vehículo, sus movimientos meticulosos mientras tomaban muestras y fotografiaban, el más alto del grupo agachándose junto a la puerta abierta del conductor mientras usaba unas pinzas para recoger fibras de la tapicería—. O caminó. ¿Algún signo de lucha en su habitación?

—A primera vista, no. Aunque no entramos; una vez que recepción nos dio una tarjeta maestra, solo abrimos la puerta para comprobar lo que dijeron sobre sus cosas estando allí, y luego llamamos a Harriet. Si quieren ir a echar un vistazo, nos han asignado una sala de reuniones para vestirnos. Laura está actualmente tomando declaraciones de los miembros del personal que estuvieron aquí el viernes por la tarde y el sábado por la mañana, así como averiguando qué personal de limpieza tenía acceso a la habitación.

—De acuerdo, gracias. Si no te veo cuando me vaya de aquí, te veré de vuelta en la comisaría para la reunión.

Barnes se puso a su lado mientras entraban en el área de recepción, girando hacia una puerta a la izquierda del mostrador principal cuando un técnico forense conocido emergió, con su máscara protectora bajada y un puñado de bolsas de pruebas vacías en su mano.

—Patrick, ¿está Harriet arriba? —dijo ella.

—Abajo, en realidad. —El investigador de la escena del crimen se echó hacia atrás la capucha de su mono por un momento. Bajó la voz mientras una pareja de unos sesenta años pasaba, sus ojos se ensancharon ante la actividad a su alrededor—. A la víctima se le asignó una habitación individual en la parte trasera del complejo; al parecer era todo lo que estaba disponible con tan poco aviso.

—Gavin dijo que podíamos cambiarnos en algún lugar y echar un vistazo.

—Claro, encontraréis todo lo que necesitéis por allí. —Patrick señaló con el pulgar por encima de su hombro—. Una vez que estéis listos, solo seguid este pasillo hasta que nos encuentren. Hemos bloqueado el acceso a otros huéspedes hasta que terminemos. Afortunadamente, el gerente del hotel ha podido trasladarlos a alojamientos temporales en el otro extremo del edificio para que podamos trabajar en paz. Están contentos, ya que la mayoría recibió una mejora.

—Nos vemos abajo.

Después de luchar para ponerse un juego de monos protectores y calzarse botines a juego sobre sus zapatos, Kay caminó de un lado a otro fuera de la puerta hasta que Barnes estuvo listo, luego se arrastraron por un amplio pasillo hacia la habitación de Tansy Leneghan.

La decoración del hotel era similar en estilo a muchos de los moteles de carretera en los que se había alojado a lo largo de los años, excepto que los accesorios y los elementos eran de mayor calidad y la pintura en las paredes evidentemente se mantenía de forma regular, dado la falta de marcas de rozaduras de maletas extraviadas y carritos de limpieza.

El pasillo giraba a la derecha, pasando un cartel clavado en un tablero en forma de A que anunciaba una piscina cubierta y una sala de pesas que estaba al otro lado del edificio para uso de los huéspedes, y luego Kay dobló la esquina y vio al equipo forense desplegado por el suelo a unos metros de distancia.

Voces murmuradas llegaban a través de una puerta abierta a la izquierda, y después de caminar de puntillas pasando los diversos estuches esparcidos por la alfombra, ella y Barnes se asomaron al interior.

Harriet, solo reconocible por su baja estatura en comparación con los otros dos miembros de su equipo, estaba de espaldas a la puerta mientras limpiaba el alféizar de la ventana, con absoluta concentración.

Kay esperó hasta que la líder del equipo de Investigación de la Escena del Crimen hizo una pausa en su trabajo, y entonces tosió educadamente, el sonido amortiguado detrás de su mascarilla. —Gavin dijo que os encontraríamos aquí.

Harriet se apartó de su trabajo, entregando un cepillo fino a uno de sus colegas. —Esto nos va a llevar el resto de la tarde para procesarlo, dados todos los huéspedes que han pasado por aquí. No me malinterpretéis, los de la limpieza hacen un buen trabajo, pero siempre hay evidencia residual de ocupación en lugares como este.

Kay arrugó la nariz, luego miró hacia la ventana. —¿Alguien entró por ahí? ¿Siquiera se abre?

—Oh, se abre, claro. Pero no lo suficiente como para que alguien entre o salga, a menos que tenga menos de nueve años. —Los ojos de Harriet se arrugaron por encima de su mascarilla—. Cualquier otra persona sería demasiado grande para pasar por el hueco. Hay una bisagra que impide que la ventana se abra completamente. Por seguridad, supongo; evita que alguien entre a la fuerza.

—¿Qué hay de las bolsas de Tansy? ¿Algo de interés

en ellas? —dijo Barnes, señalando donde una pequeña maleta negra de nylon yacía sobre un estante de madera, con un bolso de lona en el suelo a su lado.

—Hasta ahora, solo las hemos fotografiado in situ; aún no hemos procesado el contenido. ¿Seguís buscando su teléfono móvil?

—Sí, no se encontró durante la búsqueda en el parque, y nadie ha entregado uno. El equipo en la sala de incidentes también verificó esta mañana con los objetos perdidos del festival, y no han podido ayudarnos.

—Espera. —Kay dio unos pasos alejándose de la puerta, bajando la cremallera de su mono cuando estaba a salvo del equipo, luego sacó su móvil del bolsillo del pantalón y usó la marcación rápida—. ¿Debbie? ¿Puedes buscar el número de móvil de Tansy que nos dio su madre y llamarlo? Los uniformados intentaron el mismo truco esta mañana con los objetos perdidos. Gracias.

Levantó la mirada para ver a Barnes mirándola.

Su cabeza giró de vuelta a la habitación cuando un suave trino emanó de una de las bolsas.

—Lo tengo, gracias, Debbie.

Kay terminó la llamada, volvió a subir la cremallera de su traje y se unió a él, conteniendo la respiración mientras Harriet comenzaba a levantar un objeto tras otro del bolso de lona.

Una parte de ella quería atravesar la habitación, arrebatar la bolsa de las manos de Harriet y vaciar el contenido en el suelo, pero se contuvo, sabiendo que cada una de las pertenencias de Tansy tenía que ser procesada cuidadosamente para mantener la cadena de evidencia.

Finalmente, Harriet sostuvo en alto un teléfono

inteligente envuelto en una carcasa dura de plástico rosa brillante. —Le queda alrededor de un cinco por ciento de batería.

—¿Está protegido con contraseña? —Kay casi dio un paso adelante hacia la habitación, deteniéndose en el último segundo.

—Sí.

—Mierda. Está bien, haremos que alguien del equipo de Andy Grey en forense digital se encargue de eso —observó mientras Harriet revisaba el resto del contenido de la bolsa—. ¿Hay algo más ahí que pueda ayudarnos?

—No creo, no a primera vista de todos modos —la líder del equipo de Investigación de la Escena del Crimen levantó una pequeña bolsa de maquillaje y un paquete de pañuelos—. Continuaremos aquí y te llamaré si algo más necesita tu atención inmediata, ¿te parece?

—Gracias, os dejaremos trabajar.

Kay se alejó de la habitación y pasó por encima de un maletín que contenía una selección de viales de vidrio sellados, luego se dirigió de vuelta por el pasillo. —Bien, de vuelta a la sala de incidentes, vamos a averiguar si…

Se detuvo, dándose cuenta de que su colega no la seguía, y se volvió para verlo aún de pie junto a la puerta abierta de la habitación de Tansy. —¿Ian?

Él se sobresaltó al oír su voz, luego se apresuró a alcanzarla, quitándose la capucha protectora de su mono y bajando su mascarilla. Un ceño fruncía su frente.

—¿Estás bien?

Barnes miró por encima de su hombro, luego de vuelta a ella. —Si iba a encontrarse con alguien, jefa, ¿por qué no se llevó el móvil?

## CAPÍTULO 20

Un cambio notable en la atmósfera recibió a Kay cuando entró en la sala de incidentes veinte minutos después.

El descubrimiento del paradero de Tansy antes de su asesinato había creado una excitación entre el resto del equipo que emanaba de las voces que clamaban por encima del ruido de los teléfonos sonando, e incluso la vista de más de cincuenta nuevos correos electrónicos desde su ausencia de la estación no logró apagar su ánimo.

Eso fue hasta que se unió a Barnes junto a la pizarra y observó mientras él actualizaba las notas allí sobre los hallazgos de Lucas de la autopsia de esa mañana.

—Dos asesinos —murmuró ella—. O un asesino y alguien más que... ¿qué? ¿Qué demonios estaban haciendo, Ian?

—No lo sé, jefa —dijo él, tapando el rotulador y dejándolo caer en la bandeja de aluminio fijada a la parte inferior de la pizarra—. He estado pensando en eso, y...

—Espera un momento. Llamemos a los demás y

discutamos eso y los otros puntos de la agenda de una vez en lugar de repetirnos.

Él miró más allá de ella y luego emitió un silbido penetrante que se extendió por toda la sala, y probablemente hasta las escaleras del bloque de celdas.

Vio a dos de los nuevos asistentes administrativos saltar en sus asientos, y luego todo el equipo se apresuró hacia ellos, arrastrando sillas o eligiendo quedarse de pie en los bordes del grupo. —Tienes que enseñarme a hacer eso.

—Es fácil, solo junta los labios y sopla —dijo él, guiñando un ojo.

Poniendo los ojos en blanco, dirigió su atención al equipo. —Bien, repasaremos los puntos de la agenda en un minuto, pero brevemente, Lucas confirmó en la autopsia que una persona estranguló a Tansy Leneghan y luego esa persona, o alguien más, volvió a su cuerpo e infligió las puñaladas, y le quitó las yemas de los dedos para evitar, o al menos retrasar, que la identificáramos. —Hizo un gesto hacia Barnes—. Veamos tus opiniones.

—Bien —dijo él—. Si tomamos la teoría de que hay dos personas involucradas en el asesinato de Tansy y la posterior mutilación de su cuerpo, me pregunto si quien le quitó las yemas de los dedos conocía a su asesino, y si es así, ¿por qué esperar para hacerlo? Lucas sugirió que hubo un retraso de tiempo entre los dos actos, así que ¿qué pasó? ¿El asesino fue a buscar a alguien, o esa segunda persona ya estaba en el parque cuando Tansy fue asesinada? ¿O el asesino volvió al cuerpo para quitarle las yemas de los dedos? Y por supuesto, ¿el asesino o la persona que mutiló su cuerpo la conocía?

Una oleada de murmullos recorrió a los oficiales reunidos cuando terminó de hablar, y Kay les dio un momento para anotar sus sugerencias antes de continuar.

—Tendremos el informe de Harriet sobre la escena del crimen en Mote Park en algún momento de mañana, y dado que actualmente está en el hotel donde se alojaba Tansy, supongo que será más tarde en el día ahora. Sin embargo, una cosa que necesitaremos averiguar de eso es si hay evidencia que nos ayude a determinar si esa teoría en particular puede ser sustanciada, o si solo hubo un asesino.

—Jesús, jefa —dijo Gavin—. Eso no va a ser fácil dado que los dos voluntarios pisotearon mucha de la hierba y la tierra alrededor de la escena del crimen, sin mencionar a cualquier otra persona que estuviera cerca antes de que la encontraran. Es decir, ¿si Lucas está de acuerdo en que fue asesinada allí?

—Él cree que sí, basándose en la lividez y otras observaciones que incluirá en su informe. La falta de sangre de las puñaladas se debe al hecho de que fue estrangulada algún tiempo antes de que se las infligieran —dijo Kay—. Detener su corazón impidió el flujo de sangre. Pero entiendo tu punto sobre lo difícil que va a ser encontrar algo que corrobore esa teoría.

Buscó entre el grupo, vio a Laura y le hizo una seña para que se acercara. —¿Puedes actualizarnos con los últimos hallazgos del hotel?

La agente abrió su libreta y se enfrentó a la sala. —En resumen, Tansy llamó al hotel el jueves para hacer una reserva para el viernes por la noche. Eso fue dos días después de que le pidiera a su jefe si podía salir temprano el viernes. Se registró, luego salió del hotel, ya sea a pie o con alguien más, a la una de la madrugada. —El rostro de Laura decayó mientras miraba por encima de su hombro las fotografías en la pizarra—. Y poco después, alguien le hizo eso.

Kay dejó que las palabras de su colega se asentaran por un momento antes de hablar. —Algo sucedió entre el martes cuando Tansy habló con su jefe y el jueves cuando hizo la reserva del hotel. Hasta ese momento, ella planeaba quedarse en la casa de su madre hasta el domingo. Entonces, ¿por qué no le dijo a Georgina sobre el cambio de planes de inmediato? ¿Por qué esperar? ¿Por qué dejarlo para tan tarde para decirle que iba a encontrarse con alguien en Maidstone? ¿Y qué pasó, o con quién habló en el ínterin, que le hizo cambiar de opinión? Gavin, ¿en qué punto estamos con las grabaciones de videovigilancia del hotel?

—Nos proporcionaron una copia de todas las grabaciones antes de que nos fuéramos de allí antes, jefa —dijo él—. Y voy a hacer que alguien comience con eso mientras yo termino con las grabaciones de los negocios alrededor del área de Turkey Mill y del extremo sur del parque.

—Gracias. ¿Algún otro asunto antes de que comience a asignar tareas para las próximas cuarenta y ocho horas?

—¿Jefa? —Debbie levantó la mano y luego señaló a tres jóvenes agentes de policía que estaban a su lado—. Nos han dado más ayuda para la investigación esta tarde, así que ¿puedo volver a presentar a los agentes Nadine Fenning y Sean Gastrell y al sargento Tim Wallace? Iba a pedirle a Nadine y Sean que ayudaran con las grabaciones de videovigilancia. Tim está disponible para apoyo adicional si lo quieres para las entrevistas a testigos.

—Eso es brillante, gracias. Y bienvenidos de nuevo, vosotros tres. Es bueno teneros aquí. —Kay recorrió con la mirada la agenda—. Bien, Tim, ¿puedes ponerte al día con Laura sobre las declaraciones que ha tomado del personal del hotel hasta ahora y ayudarla a localizar a cualquiera que no estuviera trabajando hoy y que pudiera haber visto a Tansy el viernes? Necesitaremos eso antes del miércoles por la mañana si es posible.

—Lo haré, jefa.

—Bien, finalmente, las lagunas en nuestro conocimiento también incluyen localizar al padre de Tansy, este Joseph Throndsen del que nos habló Georgina Leneghan. Ella le ha dado a Dave Morrison esta vieja fotografía, pero tiene más de veinte años y dice que no ha tenido contacto con él desde que la abandonó cuando Tansy tenía tres años. Eso es ahora…

—¡Ese es Joey! —exclamó Nadine, luego se sonrojó cuando todos se volvieron para mirarla—. ¿No es así? Quiero decir, el pelo es más corto en esa foto, y probablemente se lo esté tiñendo estos días.

—¿Lo conoces? —dijo Kay, incrédula—. ¿Cómo?

—Bueno, no lo conozco exactamente, jefa…

—Continúa.

—Es solo que… Quiero decir, creo que es Joey Twist.

—¿Quién?

—Joey Twist. Solo lo reconozco porque ha estado en todas las redes sociales la semana pasada. Creo que es el bajista de esa banda que se suponía que iba a encabezar el sábado por la noche, ¿no?

CAPÍTULO 21

—Bien, Nadine, quiero que trabajes con Kyle para armar un historial completo de Throndsen, Twist, o quien sea —dijo Kay, caminando de un lado a otro sobre la alfombra.

Sus pensamientos se agolpaban unos sobre otros ante la identificación del padre de Tansy por parte de la joven policía, y se detuvo un momento frente a la pizarra blanca, obligándose a concentrarse y dar un paso a la vez, tal como le había inculcado años atrás su mentor, el comisario Devon Sharp.

—Ian, necesito que averigües cómo podemos ponernos en contacto con él. ¿Ese mánager suyo, Kasprak, te dio una tarjeta cuando nos vio en el parque el sábado?

—No, jefa.

—A mi tampoco, pero estoy segura de que tendrá un sitio web para su empresa. Prueba ahí primero, y si no, tendrá que ser una búsqueda de fuentes abiertas. Coordina con Nadine y Kyle si necesitas hacer eso, solo para asegurarte de que no estás duplicando lo que ellos han logrado averiguar. —Kay miró su reloj—. Y será mejor que le dé un informe a Sharp mientras vosotros empezáis con eso. El resto, revisad vuestros horarios para el resto de la semana con Debbie. Encontraréis las últimas asignaciones de tareas en HOLMES2, pero si tenéis alguna pregunta, venid a hablar conmigo o con el oficial Barnes.

Esperó mientras sus agentes y personal administrativo regresaban a sus escritorios, luego recogió su bolso y móvil de al lado del teclado de su ordenador y se dirigió a la puerta.

Una vez afuera, se detuvo para inhalar el aire más fresco al costado de la comisaría, luego se apresuró a doblar la esquina hacia Palace Avenue y se encaminó hacia el río Medway.

El empuje y el traqueteo de los autobuses cargados de escolares de todas las edades atascaban la calle, mientras los coches y furgonetas de reparto zigzagueaban entre ellos a lo largo de los carriles dobles que serpenteaban alrededor del centro de la ciudad. Las aceras estaban igualmente abarrotadas, y se encontró esquivando cochecitos y carritos mientras padres agobiados llamaban a los hermanos mayores para que dejaran de correr tan cerca del tráfico.

Optando por atravesar corriendo el tráfico detenido en el cruce en lugar de esperar las luces del paso de peatones, caminó por el cementerio centenario de la Iglesia de Todos los Santos, cuyo diseño gótico se curvaba alrededor de un sendero torcido que serpenteaba junto a antiguos tejos.

Momentos después, se dejó caer en un banco de madera ubicado en el recodo de un muro de arenisca junto al antiguo colegio y exhaló un suspiro de alivio cuando el ruido del tráfico disminuyó un poco.

Aquí, podía oír sus propios pensamientos.

Un fuerte graznido comenzó río arriba desde su posición, y su boca se torció.

—Eso me delatará —murmuró, sacando su móvil y marcando el número de un nombre familiar.

—¿Kay? ¿Cómo va todo? —ladró Sharp a modo de saludo.

—Lento, pero te debo un informe de progreso —dijo, observando cómo cuatro patos pasaban flotando en la corriente—. Sin embargo, hemos tenido un par de buenos avances hoy.

Hubo una pausa al otro lado del teléfono después de otro fuerte graznido, y luego Sharp se rio entre dientes.

—¿Escondida en el lugar de siempre?

—Solo por un momento. De otra manera, nunca habría podido hablar contigo en paz.

—¿Has comido algo hoy?

A pesar de la tensión bajo la que se encontraba, Kay se rio.

—No, pero...

—Se lo diré a Rebecca.

—No, no lo hagas, por el amor de Dios, jefe.

—De acuerdo, siempre y cuando me prometas que conseguirás algo de camino de vuelta a la comisaría. No le sirves de nada al equipo si...

Kay puso los ojos en blanco.

—Jefe, ¿quieres oír sobre los avances?

Fue su turno de reír.

—Deja de cambiar de tema, y sí, adelante.

Le informó sobre el trabajo de Laura para encontrar dónde se había estado quedando Tansy, y luego la perspicacia de Nadine sobre quién era el padre de Tansy.

Sharp emitió un silbido bajo cuando ella terminó, uno que afortunadamente era varios decibelios más silencioso que el de Barnes.

—Eso es un buen progreso. Así que supongo que estás tratando de localizarlo para una entrevista, ¿verdad?

—Sí, con suerte podemos hacerlo venir para una formal mañana por la mañana. Supongo que todavía están en la zona porque ese concierto del sábado se suponía que era el inicio de su gira.

—Hmm. Será interesante escuchar lo que tiene que decir por sí mismo. Aún no le has dicho a los medios que han identificado a Tansy, ¿verdad?

—Todavía no, y menos mal si tenemos razón sobre este bajista siendo su padre. Sería una manera terrible para que él se entere de otra forma.

—Cierto. —Sharp hizo una pausa—. Ese nombre me suena familiar.

—Bueno, eran una banda bastante conocida en ciertos círculos durante un tiempo, jefe. —Sonrió.

—No me refiero musicalmente. Throndsen, quiero decir. ¿A quién tienes haciendo las verificaciones de antecedentes sobre él?

—Kyle, y Nadine, dado que ella es quien nos dio el avance. Barnes está actualmente localizando al mánager para que podamos organizar esta entrevista. ¿Por qué?

Escuchó el roce de papeles al otro lado de la línea, luego una silla crujió como si su ocupante se hubiera reclinado en ella antes de responder.

—Echa un vistazo a los arrestos de hace veinte años, cerca de cuando la madre dice que los abandonó —dijo—.

Podría no ser nada… Podría estar confundido, pero revisa a ver si aparece algo.

El corazón de Kay se saltó un latido.

—¿Crees que tiene antecedentes?

—Tal vez. Vale la pena echar un vistazo, de todos modos. Como dije, podría estar equivocado, pero es un nombre inusual. —Sharp hizo una pausa y habló con alguien en el fondo antes de volver a ella—. Voy a tener que irme. La comisionada asistente ha solicitado mi presencia en una reunión de gestión, y odiaría decepcionarla.

Kay escuchó la ironía en su voz.

—Tendremos que hacerte volver aquí, jefe, para que puedas enseñarles un par de cosas a los jóvenes.

—Descarada. —Se rio—. Llámame si me necesitas, Kay.

—Gracias.

Terminando la llamada, miró la pantalla por un momento, luego vio el número de notificaciones en su aplicación de correo electrónico, echó una última mirada anhelante a las tranquilas aguas del río y se dirigió de vuelta a la sala de incidentes.

Pasando por una cafetería, solo por si acaso se topaba con la esposa de Sharp en el camino.

CAPÍTULO 22

Barnes estaba en su escritorio manteniendo una animada conversación con Nadine y Kyle cuando Kay volvió a entrar en la sala de incidentes.

Sonrió al ver sus expresiones cuando se acercó.

—Supongo que tenéis información para mí —dijo, colocando su lata de gaseosa a medio terminar junto a la pantalla de su ordenador y apoyándose en su escritorio—. Venga, contadme, y luego os diré lo que he oído de Sharp.

—Lo tenemos —dijo Barnes, girando su pantalla hacia ella—. Joseph Throndsen, sin segundo nombre, nacido en Chatham, actualmente a principios de los cincuenta. Apareció en una búsqueda en internet en una noticia de cuatro años antes del nacimiento de Tansy.

—¿De qué trata la noticia? —Kay se agachó junto a su silla y miró la pantalla.

—Solo un premio que le habían dado a una empresa local para la que trabajaba. Él fue citado diciendo que el jefe era un buen empleador. Hay varias citas así en el artículo —dijo Barnes, desplazándose por la página—.

Parece que esto solía ser una iniciativa anual durante unos seis años por esa zona. Los premios se centraban en pequeñas empresas del norte de Kent, supongo que para darles un poco de exposición extra. Nadine ha comprobado el registro de Companies House y el empleador de Throndsen quebró tres años después.

—Vaya ayuda a los negocios locales, ¿eh?

—Sí —Barnes se rio—. Después de eso, sin embargo, lo perdemos.

—¿Lo perdéis?

—A Throndsen. Debió cambiar su nombre legalmente en algún momento cercano al nacimiento de Tansy.

—Interesante. —Kay se enderezó cuando Kyle le entregó un papel—. ¿Qué es esto?

—Una copia de una solicitud para pedir más información a los Archivos Nacionales sobre ese cambio de nombre, jefa. Tienen todos los registros hasta 2003, así que podemos verificarlo de esa manera. Lo solicité en línea justo antes de que volvieras. La página web dice que puede tardar hasta diez días en responder, pero pensé que sería una buena verificación cruzada en caso de que Joey Twist lo niegue.

—Vale, gracias. Cuando hablé con Sharp, dijo que reconocía el nombre de Joseph Throndsen. ¿Alguno de vosotros ha comprobado nuestros registros en busca de condenas anteriores?

—No hay condenas, jefa —dijo Nadine—. Pero puedo revisar los registros de arrestos.

—Hazlo. Nunca he visto a Sharp equivocarse en algo así. Mira unos años antes y después de que se entregara ese premio empresarial. Sharp dijo que cree que algo ocurrió alrededor de la época en que abandonó a Georgina y a Tansy.

—Haré una búsqueda de empresas de esa época que empleaban a exdelincuentes —dijo Barnes—. Si esta que ganó el premio aparece en la lista, podría haber alguien de ese tiempo que recuerde a Throndsen. Ya hemos completado una búsqueda en redes sociales de los nombres en el registro de Companies House, pero algunos de los antiguos contactos podrían seguir por ahí si podemos hacer una referencia cruzada de alguna manera.

—Buena idea. ¿Cómo os fue organizando una entrevista con él? ¿Conseguisteis un número de teléfono de su mánager?

—Sí. —Barnes agitó una nota adhesiva rosa—. Kasprak y la banda están actualmente encerrados en un hotel en Brighton, así que dice que subirá con Throndsen, o Twist, como se le conoce ahora, mañana por la mañana. Creo que no quieren que nos acerquemos al hotel. Demasiados admiradores alrededor, aparentemente.

—Sí, eso pondría un freno a la gira de reunión, ¿verdad? —Kay miró la pizarra, todos los hilos en su mente retorciéndose lentamente en un nudo apretado que le oprimía el estómago—. ¿Sabemos sus movimientos planeados mientras están en Brighton?

—Kasprak dijo que tocarán en un festival al aire libre allí durante el fin de semana. —Barnes torció el labio—. Dijo que están en "modo de control de daños" después de que su gran concierto de regreso fuera cancelado.

—Jesús.

—Estamos revisando las redes sociales de la banda en

este momento para ver si Tansy los seguía —dijo Kyle—. Eso no arrojó nada bajo sus propios perfiles, pero…

—Podría haber creado una cuenta alternativa solo para seguirlo —terminó Kay—. ¿Cuántos seguidores hay que revisar?

El rostro de su último protegido decayó. —Hay más de quince mil en una de las cuentas.

—Joder. Bueno, es lo que hay. Ian, cuando entrevistemos a Throndsen, quiero decir Twist, tendremos que averiguar si Tansy se comunicaba con él a través de alguna de esas aplicaciones de redes sociales. Podría haber evitado los mensajes de texto y el correo electrónico.

—Buen punto, jefa. Empezaré a redactar el plan de la entrevista ahora y te lo enviaré por correo electrónico cuando termine, ¿te parece bien?

—Perfecto. Si te vas a quedar hasta tarde para hacer eso, yo conduciré el resto de la semana.

—Trato hecho. Pero yo elijo la música.

# CAPÍTULO 23

Kay sacó la llave del encendido, cerró los ojos y apoyó la cabeza contra el asiento del coche mientras el motor hacía tictac y se enfriaba.

El viaje de regreso a casa desde la sala de incidentes había sido tranquilo, pero su mente seguía volviendo a las decisiones que había tomado desde que se descubrió el cuerpo de Tansy Leneghan el sábado por la mañana, y las dudas amenazaban, a pesar de su considerable experiencia.

Sí, habían tenido un avance con respecto a que el padre de la joven estuviera en las proximidades de su asesinato, pero ¿era eso mera coincidencia o indicativo de algo mucho más oscuro?

—No existen las coincidencias —murmuró, saliendo del coche.

Cruzando la grava removida que bordeaba su camino de entrada, miró el todoterreno cubierto de polvo estacionado frente al garaje. Un camino estrecho conducía por el lado de la esquina izquierda de la casa, y suponiendo que Adam probablemente estaría trabajando en el huerto terminando la valla, se abrió paso más allá de una budleia descuidada que colgaba sobre la cerca de la propiedad vecina y se dirigió hacia la puerta trasera.

Normalmente mantenían el pestillo cerrado, pero había adivinado correctamente y encontró a su pareja silbando en voz baja mientras regaba los adoquines del patio, el suave siseo de presión del tanque de agua proyectando arcoíris en el aire mientras la humedad se encontraba con la cálida tarde de verano.

—Creí oír que llegaba un coche —dijo Adam, cerrando el grifo y envolviéndola en un abrazo sudoroso —. Justo estaba pensando que era hora de una cerveza fría también.

—Yo las traeré. De todos modos quiero cambiarme y ponerme unos pantalones cortos. —La mirada de Kay cayó sobre los adoquines de concreto restantes, detectando un conjunto de huellas de pezuñas hendidas y sucias que conducían hasta el césped—. Oh, ¿tu visita ya está aquí? Me preguntaba de qué eran las marcas de neumáticos extra en la entrada.

—El padre de Scott me prestó su remolque para ganado. Me costó un par de intentos dar marcha atrás en ese ángulo tan cerrado desde la carretera, pero era más seguro que tratar de descargarlo en medio del callejón.

—¿Él?

Él le guiñó un ojo. —Trae las cervezas y te veo abajo en el huerto. Te lo presentaré.

—De acuerdo.

Kay entró por la puerta trasera a la cocina, dejó su bolso en la encimera central y colgó su chaqueta de traje en el respaldo de uno de los taburetes antes de subir corriendo las escaleras para cambiarse.

Mientras arrojaba sus pantalones y blusa al cesto de la ropa sucia y se ponía unos pantalones cortos y una camiseta, recordó la última vez que Adam había traído a casa un animal grande.

Aquella vez había sido una cabra, una que había insistido en comerse la mayoría de las rosas ornamentales plantadas por el dueño anterior de la casa, así como varias de las verduras que Kay había estado intentando cultivar. La cabra finalmente había sido devuelta a su dueño después de unos días traumáticos para el jardín, y ella había jurado no repetir la experiencia.

—Al menos no está en el jardín, sea lo que sea —murmuró, luego se puso un viejo par de zapatillas deportivas y bajó las escaleras.

Después de sacar dos botellas frías de cerveza del fondo del refrigerador, salió apresuradamente, serpenteando entre un seto de aligustre y cruzando el arroyo.

Un profundo balido la recibió, y su mandíbula cayó.

—¿Una oveja?

Adam levantó la vista de su móvil y sonrió, luego señaló a la oveja que la miraba fijamente desde un lugar sombreado junto a un nuevo abrevadero galvanizado, con sus ojos pálidos entrecerrados. —Te presento a Hovis.

—¿Hovis?

—Al parecer le gusta el pan.

Kay se rio. —Esa sí que es nueva. ¿Es amigable?

—Sí, aunque un poco malhumorado después de haber sido empujado a ese remolque antes. No está comiendo mucho en este momento, pero dale unas horas para que se adapte y sospecho que estará bien.

Colocando su móvil y las dos botellas de cerveza en la ornamentada mesa de hierro forjado junto a Adam, Kay se acercó a la oveja y extendió su mano. —Hola, tú. ¿Vas a ayudar a mantener el césped bajo control, eh?

La oveja parpadeó, luego estiró su nariz y olfateó antes de volver al agua.

—¿Estará bien aquí solo?

—Terminé de construir el cobertizo para él esta mañana, así que tiene refugio durante la noche mientras se adapta. Estaba solo en el último lugar, pero veremos cómo le va. —Adam metió la mano en su bolsillo, sacando un abrebotellas en un llavero y abrió las cervezas, entregándole una mientras ella se sentaba—. Hay suficiente espacio aquí para otro si parece que se está sintiendo solo.

—Salud —dijo Kay, chocando su botella contra la de él—. Por Hovis, entonces.

—Y por no tener que cortar el césped por aquí nunca más.

Ella dio un largo trago, luego gruñó cuando su móvil vibró sobre la superficie metálica. —Voy a tener que contestar esto, lo siento… ¿Hola?

—¿Jefa? Soy Nadine. ¿Tienes un minuto?

—Sí, lo tengo.

—Es solo que el oficial Barnes me pidió que investigara el comentario del comisario Sharp sobre el pasado de Joey Twist, quiero decir Throndsen. Se fue hace diez minutos, pero creo que podría tener algo.

—Continúa.

—Ocurrió hace veinte años, mientras trabajaba como soldador en ese negocio en Chatham. Fue arrestado después de hacer amenazas contra su esposa. Los registros son un poco confusos porque fueron escaneados al nuevo sistema hace una década más o menos.

Kay apartó la cerveza y apoyó un codo en la mesa. —¿Fue acusado?

—No, jefa. He verificado dos veces y Georgina nunca continuó con el asunto. Fue liberado dentro de las veinticuatro horas con una advertencia verbal sobre mantenerse alejado del alcohol; aparentemente había estado en el pub discutiendo con alguien antes de que uno de los vecinos llamara a la policía a la casa.

—Así que tiene mal genio. Interesante.

—También llamé a Diane, la oficial de enlace familiar en casa de Georgina, antes de llamarte, jefa. Quería comprobar cuándo Georgina solicitó el divorcio de Throndsen. Resulta que fue seis meses después de este incidente. Le dijo a Diane que se mudó con sus padres hasta que consiguió una orden de alejamiento para mantenerlo lejos de ella y de Tansy, antes de poner la casa a la venta y mudarse a donde está ahora en Kingswood. Sus padres la ayudaron con la compra.

—¿Le dijiste a Diane que íbamos a entrevistar a Throndsen por la mañana?

Hubo una ligera pausa, y luego: —No lo hice, jefa. No me pareció prudente dadas las circunstancias, por si querías corroborar algo con Georgina después de hablar con él.

Kay sonrió. —Bien pensado. ¿Había algo más?

—No, jefa, eso es todo.

—Excelente trabajo. Vete a casa y nos vemos mañana.

Al terminar la llamada, se reclinó en su asiento y dio otro sorbo a su cerveza, con la mirada perdida en la hierba a sus pies.

—¿Progreso? —la voz de Adam interrumpió sus pensamientos.

—Tal vez. —Parpadeó, saliendo de su ensimismamiento y luego miró a su otra mitad al otro lado de la mesa—. Eso espero.

—Bien. —Apuró su cerveza, se levantó y se estiró—. Voy a darme una ducha rápida antes de que comamos. ¿Quieres otra de estas cuando vuelva?

—Por favor, y luego encenderé la barbacoa. Compré pescado y ensalada de camino a casa.

—Suena bien.

Lo observó arrastrarse de vuelta a la casa, luego agarró su móvil y abrió una aplicación de búsqueda web, sus pulgares escribiendo rápidamente el video que buscaba.

Era granuloso, databa de mucho antes de los días de alta definición de los teléfonos inteligentes, pero quien lo había filmado había estado a la izquierda del escenario cuando la banda de Joey Twist tocó lo que sería su último concierto.

El comentario debajo del video explicaba que el concierto había sido en un local alemán con capacidad para 2.500 personas que una vez había sido el ayuntamiento.

En efecto, a mitad del segundo set, y en lo que parecía ser un caso de payasadas de borrachos, Thomas "Thommo" Smith, el guitarrista, se paseó hasta donde Twist acechaba el lado derecho del escenario y hacía headbanging al ritmo de un coro estridente con la multitud frente a él, y luego extendió su pie enfundado en una bota de cuero.

Twist tropezó, casi cayendo sobre el altavoz de monitoreo frente a él. Por poco evitó desaparecer de cabeza en la trinchera entre el escenario y la barrera de seguridad, luego miró furioso a Smith. En un fluido movimiento, cruzó hasta donde Smith estaba sonriendo de oreja a oreja y golpeó a su compañero de banda directamente en la nariz antes de lanzar su bajo contra la batería y abandonar el escenario.

El video terminó poco después, con el camarógrafo emitiendo una serie de maldiciones al hacerse evidente que Twist no regresaría y que el concierto había terminado.

Kay bajó su móvil y apuró su cerveza, observando a Hovis mientras deambulaba de un lado a otro mordisqueando tentativamente los mechones de hierba alrededor de la base de los manzanos, su mente ya enfocada en la entrevista del día siguiente con Twist.

Dadas las amenazas contra Georgina y luego el ataque a Smith, aunque exacerbado por la adrenalina y quizás cualquier sustancia que la banda estuviera consumiendo en ese entonces, parecía que el hombre tenía un temperamento fuerte.

Pero, ¿era ese temperamento suficiente para asesinar a su propia hija?

Y, ¿por qué?

# CAPÍTULO 24

Ian Barnes caminaba de un lado a otro por las baldosas que recubrían el pasillo que conducía desde la zona de recepción de la comisaría hasta las salas de interrogatorios, golpeando una carpeta manila contra su pierna al ritmo de sus pasos.

Conocía de memoria el contenido de la carpeta, habiendo pasado la mayor parte de la noche anterior examinando los datos recopilados sobre Joey Twist y familiarizándose con la historia del bajista, tanto de sus esfuerzos musicales como de lo que Kyle y Nadine habían averiguado sobre el trabajo anterior del hombre.

Los primeros años eran escasos en el mejor de los casos, poco más que migajas esparcidas aquí y allá como el artículo de periódico sobre el premio empresarial.

El hombre aparecía en publicaciones de redes sociales bajo el nombre de la banda, pero no había nada que sugiriera que mantenía un perfil personal en ninguna de las plataformas.

Al menos no públicamente.

Se habían solicitado las notas sobre el arresto en Chatham antes de que su carrera musical despegara, pero Barnes albergaba pocas esperanzas de que alguien las encontrara dados los años transcurridos. Tuvieron suerte de que Nadine hubiera encontrado la escasa información que tenía, y no dudaba que el interés de Kay se había despertado con la revelación.

Ella parecía preocupada cuando lo recogió de su casa hace cuarenta minutos para hacer el viaje al centro para asistir al interrogatorio, confesándole confidencialmente que estaba preocupada sobre cómo abordarlo dado el hecho de que el mánager del hombre estaría presente en lugar de cualquier representación legal.

Sin embargo, Barnes se mantuvo estoico.

El tiempo lo diría, y estaba ansioso por empezar.

Mirando el reloj sobre el marco de la puerta que daba a la recepción, su labio superior se curvó al ver que la manecilla de los minutos marcaba cinco minutos después de la hora acordada.

A estas alturas, Twist y Kasprak deberían haber firmado y estar sentados a la mesa en la sala de interrogatorios dos, la que estaba a su izquierda, y sin embargo aquí estaba él, todavía esperando.

Una sombra cayó sobre la alfombra en el extremo más alejado del pasillo, acompañada por el sonido de pasos y luego Kay dobló la esquina, con expresión decidida.

—¿Está aquí?

—Aún no. —Barnes levantó la barbilla hacia el área de recepción cuando ella se unió a él—. Pero hablando del rey de Roma.

Observó a través de la ventana de vidrio reforzado en

la puerta de partición cómo dos hombres se acercaban al mostrador principal, Kasprak llevando una chaqueta negra similar a la que usaba en el festival del sábado sobre una camiseta blanca lisa y vaqueros, su cabello gris hasta el cuello peinado hacia atrás por un par de gafas de aviador que brillaban bajo las luces del techo.

Twist lo seguía, más alto por un par de pulgadas, brazos y piernas delgados compensados por una ligera barriga y cabello rubio desaliñado.

—Definitivamente teñido —murmuró Kay.

—Miau.

Ella rio por lo bajo y se apartó de los dos hombres mientras los registraban. —Te dejaré liderar este, dado que probablemente conoces esa carpeta de memoria. ¿Algún punto destacado del que deba estar al tanto además del arresto histórico?

—Nada fuera de lo común, jefa. De todos modos, es hora de empezar a investigar. —Le lanzó una sonrisa maliciosa cuando la puerta de recepción se abrió y un agente malhumorado condujo a los dos hombres hacia ellos—. Señor Kasprak, señor Twist. Qué amables en acompañarnos.

Barnes los condujo a la sala de interrogatorios, encendió el equipo de grabación y recitó la advertencia formal, observándolos a ambos mientras leía las palabras.

Kasprak jugueteaba con los botones de su chaqueta, un ceño perpetuo arrugando su frente mientras Twist parecía agitado, inclinándose lejos de su mánager y manteniendo su mirada firmemente en la mesa, con las manos en su regazo. En contraste con su mánager, llevaba una camiseta de marca que mostraba lo que Barnes suponía era el último álbum de la banda y vaqueros azules rotos. Tatuajes descoloridos cubrían su brazo izquierdo en un diseño que se arremolinaba y curvaba bajo su manga.

Completada la advertencia, Barnes abrió la carpeta y se tomó un momento para leer por encima los documentos en su interior. Su colega tenía razón, conocía el contenido de memoria, pero la acción nacía del hábito, una forma de marcar el ritmo de la entrevista y asegurar que se usara el tono correcto dado que estaba tratando con un padre en duelo aún inconsciente.

—En primer lugar, ¿puede confirmar, señor Twist, que hasta que cambió su nombre por declaración jurada, de hecho era conocido como Joseph Throndsen?

El hombre frente a él levantó la cabeza bruscamente, sus penetrantes ojos azules nublándose. —Lo era. ¿Por qué?

—En un momento. ¿Puede confirmar también que el hombre en esta fotografía es de hecho usted? ¿En esta empresa de soldadura en Chatham?

—Sí, soy yo. —Twist resopló—. Hace una eternidad.

—¿Cuánto tiempo estuvo allí?

—Empecé como aprendiz para el padre del dueño cuando tenía dieciséis, así que supongo que casi diez años.

—¿Por qué se fue?

Los ojos de Twist se estrecharon aún más. —Si me está haciendo esa pregunta, entonces ya sabe la respuesta.

—Me gustaría escucharlo de usted.

—Tuve un... altercado con mi ex esposa en ese momento. —El hombre se encogió de hombros—. Me gustaba beber en aquella época.

Kasprak soltó una carcajada y le dio una palmada en el hombro a Twist. —Todavía te gusta.

—Continúe —dijo Barnes, lanzando una mirada de advertencia a Kasprak—. ¿Qué pasó?

—Yo… sentí que ella me había atrapado —dijo Twist—. Solo llevábamos saliendo cuatro meses cuando me dijo que estaba embarazada. Pensé que tomaba la píldora o algo así. Solo tenía veintitrés años. Me dejó aturdido, se lo aseguro. No estaba listo para ser padre, joder. Estaba concentrado en mi música, ¿sabe? Lo último que quería era atarme a una esposa y un hijo. Pensé que lo había hecho a propósito, para hacerme sentar cabeza. Eso es lo que su madre quería que hiciera. Pero antes de darme cuenta, los nueve meses pasaron volando y ahí estaba yo con una hija recién nacida. La ex y yo nos casamos dos semanas antes de que naciera. —Se encogió de hombros—. No quería ser padre, pero también quería hacer lo correcto con ella.

—Así que se emborrachó una tarde después del trabajo, ¿y…?

Un ligero rubor se extendió por el cuello de Twist. —No estoy orgulloso de lo que hice, ¿entiende? Logré equilibrarlo todo los primeros tres años, pero cuando tuve la oportunidad de mudarme a Londres, tuve que aprovecharla. Era ahora o nunca, ¿sabe? Para entonces ya discutíamos todo el tiempo. Así que me tomé unas copas para calmar los nervios, volví a casa para decirle que ya no aguantaba más. Quería el divorcio. —Parpadeó, bajando la mirada mientras se pasaba la mano por el antebrazo tatuado—. Me dijo que podía olvidarme de tener algo que ver con mi hija. Esa fue la última vez que vi a Tansy.

—Mire, detective, ¿de qué se trata todo esto? —dijo Kasprak con impaciencia. Señaló a Twist—. Joey tiene una prueba de sonido en Brighton a las tres en punto y el tráfico está fatal. Podría haberle preguntado todo esto por teléfono.

—Una pregunta más. —Barnes sacó una fotografía de una bolsa de pruebas de la carpeta, girándola para que Twist pudiera ver la bufanda azul pálido dentro—. ¿Reconoce esto?

El hombre palideció, sus dedos temblando mientras se estiraba para tocar la fotografía. —La reconozco, pero no entiendo…

Barnes juntó las manos, tomó un profundo respiro y pronunció las palabras que había estado temiendo desde que comenzó la entrevista.

—Señor Twist, lamento mucho tener que decirle esto, y no hay una manera fácil de hacerlo, pero su hija Tansy fue encontrada muerta el sábado por la mañana.

# CAPÍTULO 25

—Aquí. Café, con dos de azúcar.

Kay le entregó a Brian Kasprak uno de los vasos para llevar y observó cómo su colega regresaba a la sala de interrogatorios número dos, dejando la puerta abierta.

Twist ahora estaba desplomado en su silla, con los ojos enrojecidos mirando fijamente la mesa mientras Barnes se deslizaba silenciosamente en el asiento opuesto y le acercaba un vaso idéntico al otro hombre.

Habían acordado un descanso y por eso Barnes guardaba silencio, esperando hasta que el equipo de grabación se reiniciara y continuara el interrogatorio.

Por ahora, ella observaba y esperaba.

—Así que por eso no quería hablar con él por teléfono. —Kasprak se alejó unos pasos, se apoyó contra la pared de yeso del pasillo y brevemente se pellizcó el puente de la nariz. Bajó la mano con un suspiro—. Cristo, qué desastre.

—¿Sabía usted que tenía una hija?

—No tenía ni idea. Nunca la mencionó. Supongo que

como él dijo, una vez que se mudó a Londres se concentró en la banda.

Kay quitó la tapa de su café y sopló sobre la superficie antes de unírsele. —¿Cuánto hace que conoce a Joey?

—Me acerqué a la banda en un concierto de presentación en Londres hace mucho tiempo, cuando apenas se estaban estableciendo en la escena allí. Yo había gestionado bandas durante años y vi mucho potencial. Eran buenos músicos, tenían cierto aspecto... calculé en ese momento que había un hueco en el mercado para lo que estaban haciendo... y tenían buenas canciones. Joey era uno de los miembros fundadores, e integral en las negociaciones para que yo asumiera su gestión. —Kasprak esbozó una sonrisa triste antes de tomar un sorbo de café —. Incluso si no triunfaban aquí, había un enorme mercado en el continente para el tipo de música que tocaban, así que ese se convirtió en nuestro enfoque durante el primer año o dos, hasta que tuvimos un éxito veraniego en el Top 30 en el Reino Unido. El resto es historia.

—Hasta hace quince años.

Kasprak resopló. —Sí. Hasta eso.

—Cuénteme qué pasó.

—Eh, no sé... tal vez los había estado presionando demasiado reservando conciertos uno tras otro, pero como dije, Europa era nuestro patio de juegos. Ganábamos buen dinero allí con ventas de álbumes, reservas de conciertos, mercancía... todo. Tenían una base de admiradores realmente sólida que los apoyaba, a diferencia de lo que sucedía aquí. Seré honesto, detective Hunter, su chispa se apagó hace mucho tiempo aquí en el Reino Unido, pero

Europa simplemente no se cansaba de ellos. Teníamos suerte si nos ponían en la radio comercial aquí en ese momento. Después de ese éxito en el Top 30, probablemente tuvimos dos o tres buenos años en el Reino Unido antes de que comenzara a volverse silencioso. Pasamos de encabezar conciertos a apenas sobrevivir como teloneros de las bandas más jóvenes. —Hizo una mueca—. Vergonzoso en realidad, dado el talento en la banda.

—Hábleme de la ruptura.

Kasprak puso los ojos en blanco. —Los dos siempre tuvieron mal genio, pero Joey era el peor. Nada grave, más bien como una rabieta que se acumulaba con el tiempo… ya sabe, el clásico caso de la gota que colma el vaso. Podía superar algunos de los problemas más grandes, pero los más pequeños… y Thommo sabía cómo provocarlo. Así que lo hacía. Demasiadas veces.

—¿Pero en el *escenario*?

—Eso se había estado gestando un tiempo. Tuvieron una discusión entre bastidores antes del concierto, algo menor que creció simplemente porque todos estábamos estresados por un artículo de la prensa musical alemana que insinuaba que el nuevo álbum de ese año era un último intento desesperado por evitar el olvido. Joey pensaba que Thommo no se lo estaba tomando lo suficientemente en serio… No sé. Pensé que era gracioso cuando Thommo le puso el pie, para ser honesto. Quiero decir, era la típica cosa infantil que haría de vez en cuando. Solo que Joey se lo tomó mal… y lo golpeó.

—He visto el video en línea. ¿Qué pasó después de que el resto de la banda abandonara el escenario?

—Fue un caos. Thommo fue directo al camerino para enfrentarse a Joey. Yo y uno de los tipos de seguridad tuvimos que separarlos de nuevo. Estaban peleando como un par de adolescentes en un patio de recreo, así es como lo describió Danny, el cantante, y no estaba lejos de la verdad. Luego Joey se fue, tomó un taxi de vuelta al hotel, empacó sus cosas y se largó al aeropuerto. Eso fue todo. — Kasprak levantó la mirada al techo por un momento—. Tenga en cuenta que yo tenía la paciencia de un santo… todavía la tengo. Por eso aún puedo hacer este trabajo sin sufrir un paro cardíaco. Pero los bastardos me dejaron lidiar con las consecuencias por mi cuenta. Comunicados de prensa, entrevistas, atender llamadas de Melanie, la presidenta del club de admiradores en el Reino Unido… y ella es una mujer formidable cuando es necesario.

Kay le dedicó una sonrisa comprensiva. —Debe ser muy eficiente.

Los ojos de Kasprak se suavizaron. —Sí, lo es. Y se mantuvo fiel a ellos todo este tiempo. Ha sido fundamental para promocionar esta gira de regreso. Es por personas como ella que lo hacemos. Y no podríamos hacerlo sin ellas.

—¿Parte de la familia, entonces?

—Exactamente, detective —dijo, agitando su vaso de café hacia ella—. Exactamente.

—Entonces, esta gira de reunión… ¿cómo sucedió dado el pasado de enemistad entre Joey y Thommo?

Sonrió. —Fue fácil. Son iguales a todos los otros viejos dinosaurios del rock que hay por ahí. Sus ahorros y pensiones no valen casi nada porque las compañías discográficas se llevaron la mayor parte de las regalías hace tiempo, pero si has recuperado los derechos de autor de tus canciones (y este grupo los tiene, porque yo negocié su contrato con la compañía discográfica en aquel entonces y me aseguré de que así fuera) puedes independizarte y empezar de nuevo. Especialmente si tienes la calidad de sus canciones. Hay un mercado para este material ahora, gente de nuestra edad recordando su juventud, los niños ya han crecido así que no tienen que preocuparse por las niñeras para poder ir a un concierto. Y por supuesto, sus admiradores tienen ingresos disponibles estos días. Dinero fácil.

—¿Cuáles son sus planes para ellos?

La sonrisa de Kasprak se volvió depredadora. —¿Extraoficialmente?

Kay hizo el gesto de cerrarse los labios con una cremallera, y él continuó.

—Han estado escribiendo material nuevo. El plan es entrar al estudio en septiembre, grabar un nuevo álbum y lanzar un nuevo sencillo antes de Navidad. Para ser precisos, un sencillo *navideño*. Nos forraremos, especialmente porque se lanzará de forma independiente.

—Inteligente.

—Las bandas lo han estado haciendo durante años. Mire a ese tipo que escribió ese éxito del rock a principios de los setenta. Lo está petando... —La voz de Kasprak titubeó en sus últimas palabras, y se sonrojó—. Quiero decir, mala elección de palabras, pero...

—¿Jefa?

Kay miró por encima de su hombro para ver a Barnes haciéndole señas.

—Está listo, jefa. ¿Continuamos?

CAPÍTULO 26

Laura hizo una pausa, con la mano sobre una desvencijada puerta blanca de madera que se aferraba a sus bisagras con determinación sombría, luego miró por encima del hombro al alto oficial uniformado que la acompañaba y sonrió.

—Ya era hora de que te dejaran salir por buen comportamiento, sargento.

Tim Wallace esbozó una sonrisa burlona. —Aparentemente, pensaron que necesitabas que alguien te vigilara. Vamos, date prisa, tenemos que hablar con dos personas más después de la señorita Lightfoot.

Se quitó la gorra y bajó el volumen de su radio mientras ella abría la puerta con cuidado, haciendo que sus herrajes gimieran ominosamente.

El camino que conducía a la casa semiadosada de finales de los años 50 no había corrido mejor suerte. Se habían formado grietas en el concreto con mechones de hierba pálida asomando por los huecos, los bordes del camino estaban cubiertos de hierba cana y dientes de león, y las raíces de un enorme magnolio habían creado fracturas que zigzagueaban hacia el escalón de entrada.

Laura sorteó hábilmente todo eso y un pulcro montón de excremento de gato antes de golpear con los nudillos en un panel de vidrio esmerilado en el centro de la puerta, observando las cortinas de encaje amarillentas en las ventanas delanteras.

Una bocanada de humo cargado de nicotina precedió al saludo del residente cuando la puerta se abrió, un hedor nauseabundo que fue deliberadamente soplado hacia sus ojos, haciéndolos lagrimear.

—¿Qué queréis?

Resistiendo el impulso de toser, Laura se apartó por un momento y parpadeó, luego miró al hombre malhumorado de unos veinte años que la fulminaba con la mirada a través de la rendija.

—Buenos días —dijo ella—. Nos preguntábamos si podríamos hablar con Zena Lightfoot.

—¿De qué se trata?

—Cosas de trabajo. ¿Está en casa?

—Esperad. —Empujó la puerta para cerrarla, luego gritó a alguien en la casa que había dos polis en la puerta queriendo hablar, su borrosa figura desapareciendo en la penumbra más allá del cristal esmerilado.

Pasaron unos minutos, y luego la puerta se abrió para revelar a una mujer de aproximadamente la misma edad vestida con una camiseta sin mangas azul celeste y vaqueros ajustados, su cabello y maquillaje impecables.

Ella tampoco estaba fumando un cigarrillo.

—Oh. —Sus cejas se alzaron con sorpresa al ver la placa extendida de Laura—. ¿Qué está pasando?

—¿Zena Lightfoot?

—Sí...

Laura sonrió. —No hay nada de qué preocuparse. Soy la detective Laura Hanway, este es mi colega, el sargento Wallace. Queríamos hablar rápidamente sobre uno de los huéspedes que se alojó en el hotel el viernes por la noche.

—Pero yo no estaba trabajando entonces. —Los ojos de Zena se movieron entre los dos oficiales—. ¿Por qué necesitan hablar conmigo?

—Usted tomó una reserva directa por teléfono de alguien llamada Tansy Leneghan el jueves. Uno de sus colegas dijo que habría sido inusual porque la mayoría de sus reservas se hacen a través de agencias online de terceros. ¿Puede recordar la llamada telefónica?

Zena cruzó los brazos y se apoyó en el marco de la puerta, con intriga cruzando su rostro. —Sí, puedo recordarla, y ese debe haber sido Warren con quien hablaron, ¿verdad? Se lo mencioné cuando entró a su turno.

Mirando a través de su libreta, Laura trató de contener la emoción que burbujeaba. —El sistema del hotel decía que la reserva se hizo justo después de las dos y media de la tarde del jueves. ¿Hubo algún retraso entre recibir la llamada de Tansy y poner la reserva en el sistema?

—No, lo hice en ese momento mientras ella estaba al teléfono; de lo contrario, una de esas terceras partes que mencionó podría haber conseguido la habitación si hubiera habido una demanda repentina. Había ese festival, así que solo nos quedaban unas pocas habitaciones disponibles. —La frente de la mujer se arrugó—. Es cierto, tuve que darle una de las habitaciones en el extremo más alejado del hotel, lejos del spa. Pero a ella no le importó. Dijo que tenía otros planes.

—¿Tienen mucha oportunidad de hablar con los huéspedes cuando llaman?

—No siempre. Pero como Warren les dijo, no recibimos muchos huéspedes que llamen para hacer una reserva. La mayoría se hace en línea. Creo que ella había intentado con varios de ellos, pero todos aparecían como llenos. Creo que estaba probando suerte y, como resultó, siempre guardamos algunas habitaciones para emergencias como esa, o en caso de que haya un problema con una habitación reservada y necesitemos mover a alguien con poco aviso. —Zena se frotó los brazos—. Miren, ¿qué está pasando? ¿Por qué todas estas preguntas sobre ella? ¿Ha ocurrido algo?

—¿Alguien del trabajo se ha puesto en contacto con usted?

—No, bloqueo el número cuando no estoy de turno en caso de que intenten que vaya con poco aviso. —Su nariz se arrugó—. Pueden ser un poco descarados así, esperando que deje todo porque están con poco personal.

—¿Puede...?

La puerta se abrió de golpe, y el hombre que había respondido antes pasó empujando a Zena y Laura antes de bajar pisando fuerte por el camino.

Laura observó con perplejidad. —¿Quién es él?

—Mi idiota hermano. No le haga caso. Es un dolor de cabeza. —Zena entrecerró los ojos mientras él se abría paso a través de la puerta y subía a un coche destartalado que alguna vez pudo haber sido verde en una vida pasada—. Y un vago.

El coche tosió para arrancar con un gemido agonizante, el tubo de escape traqueteando y expulsando humo azul mientras su hermano se alejaba conduciendo.

—Imbécil —murmuró, y luego dirigió una dulce sonrisa a Laura—. Disculpe, ¿qué estaba diciendo?

—Mire, no hay una forma fácil de decirle esto y voy a pedirle que no lo comparta con nadie hasta que se haga un anuncio formal en las noticias esta noche porque todavía estamos hablando con los familiares, pero la mujer con la que habló, Tansy, fue encontrada muerta en Mote Park el sábado por la mañana.

—Dios mío. —Zena llevó una mano temblorosa a sus labios—. Escuché que habían encontrado a alguien… Pensé que era una sobredosis de drogas o algo así.

—Nuestra investigación está en curso, pero puede entender por qué estamos tratando de comprender sus últimos movimientos antes de su muerte. ¿De qué hablaron cuando ella llamó para hacer la reserva?

—Dios, no puedo recordar. Creo que… mencionó algo sobre su madre viviendo cerca, eso es. Me pregunté por qué, si ese era el caso, no se quedaba con ella, pero no se pueden hacer preguntas así, ¿verdad? Es decir… ustedes pueden, pero yo no.

—¿Preguntó sobre qué planes tenía mientras visitaba Maidstone?

—No, pero tuve que preguntarle si era por negocios o placer porque es algo estándar. Si hubiera dicho placer, tal vez habría cambiado a un huésped con llegada tardía a otra habitación para darle la opción de una más cerca del spa, ¿sabe? Pero dijo que era por negocios. Por eso la puse en el extremo más alejado; nuestros clientes de negocios a menudo prefieren estar apartados en un lugar más tranquilo por la noche, especialmente cuando el bar y el restaurante se vacían más tarde en la noche.

—¿Definitivamente dijo que viajaba por negocios?

—Sí. De todos modos, estará en la hoja de reserva.

La mano de Laura automáticamente se sumergió en su bolso, sacando una fotocopia bien doblada y la inclinó hacia la otra mujer. —Aquí. ¿Dónde dice eso? ¿Puede mostrármelo?

—Claro. —El dedo índice de Zena trazó la tenue impresión en la parte superior de la página, bajando hasta los elementos de línea que mostraban que Tansy había comprado una habitación con desayuno, luego clavó su uña en una abreviatura en letra pequeña cerca del pie de página—. Ahí lo tiene. Ese es el código que usamos para una reserva de negocios.

—¿Y cómo pagó?

—No lo hizo. No les pedimos a los huéspedes de negocios que paguen hasta que se van, y de todos modos, dijo que estaba usando el manos libres y no podía sacar su tarjeta de débito mientras conducía. —Zena observó mientras Laura guardaba los papeles en su bolso, y luego agitó su dedo—. Espere. Dijo algo mientras yo estaba escribiendo los últimos detalles de la reserva.

—¿Qué fue?

—Dijo que si alguien venía al hotel o llamaba preguntando si ella estaba aquí, teníamos que decirles que no. Lo cual me pareció un poco extraño dado que acababa de hacer una reserva de negocios. Es decir, si está aquí por negocios, ¿no querría que quien sea con quien se fuera a reunir supiera dónde estaba para que pudieran acordar una hora para verse?

Laura frunció el ceño. —Tiene razón, yo también lo querría.

## CAPÍTULO 27

Una vez que todos estuvieron nuevamente sentados en la sala de interrogatorios, Barnes reinició el equipo de grabación, confirmó quiénes estaban presentes y lanzó su siguiente pregunta, con voz suave.

—Joey, cuando hablamos con su esposa, ella dijo que usted la había abandonado cuando Tansy tenía tres años, y sin embargo, usted ha confirmado que, según las notas del arresto, estaba ebrio y la amenazaba. ¿Por qué cree que Georgina mintió después de todos estos años?

El hombre se encogió de hombros. —No lo sé. Quizás eso es lo que estaba acostumbrada a decirle a Tansy. Para protegerla, ¿sabe?

—¿Qué pasó después de que los vecinos llamaron a la policía?

—Lo tiene en ese archivo, ¿no?

—Me gustaría escucharlo de usted.

—Me arrestaron y me dijeron que me mantuviera alejado de ella. Luego me enteré por un amigo en común que no iba a presentar cargos, así que fui a la casa para disculparme. Todavía no quería atarme a criar a una niña, pero quería intentar arreglar las cosas de alguna manera. —Twist suspiró, pellizcando un trozo suelto de uña—. No tuve la oportunidad; en el momento en que abrió la puerta, comenzó a arrojar mi ropa al escalón y me dijo que no quería tener nada que ver conmigo, y que en lo que a ella concernía, tampoco iba a tener ningún contacto con nuestra hija. Ya estaba tocando en lo que evolucionó a la formación actual de la banda, así que los chicos y yo empacamos y nos mudamos a Londres. Pensamos que nos daríamos un año para escribir y juntar suficiente dinero para grabar nuestro primer álbum, apuntando a un nicho de mercado que recordaba a las bandas de glam rock y blues rock de los 80. Thommo se unió a nosotros ese año y coescribió la mayoría de las canciones conmigo.

—Ese es Thomas Smith, ¿verdad?

—Sí. Thommo.

—El tipo al que golpeó en el escenario hace quince años.

—Supongo que podría llamar a la nuestra una "relación de amor-odio" —dijo Twist, y se encogió de hombros—. Pasábamos tanto tiempo juntos que era inevitable que nos irritáramos mutuamente de vez en cuando.

—Son como un viejo matrimonio la mayor parte del tiempo —dijo Kasprak.

Barnes le lanzó una mirada fulminante. —Si pudiera mantener sus pensamientos para usted mismo en este momento, por favor.

El mánager levantó las manos y se reclinó en su silla,

debidamente reprendido, y Barnes volvió su atención a Twist una vez más.

—¿Cuándo cambió su nombre legalmente de Joseph Throndsen?

—Justo antes de que empezáramos a grabar el primer álbum.

—¿Por qué?

—Supongo que quería cortar todos los lazos con mi pasado. Hacer borrón y cuenta nueva. Tenía un buen presentimiento sobre la banda y las canciones, y no quería que nada me detuviera.

—¿Estaba su hija presente cuando tuvo esa discusión con su esposa?

—Ella estaba... estaba en la sala de estar. —La boca de Twist se torció—. No vio nada, pero debe habernos escuchado. Si entendió lo que estaba pasando a esa edad, no lo sé.

—¿Volvió a ver a su hija alguna vez?

—N-no. No hasta que ella se puso en contacto.

Kay contuvo la respiración mientras Barnes miraba sus notas.

—¿Cuándo fue eso? —dijo.

—Hace unas dos semanas. Dijo que había contratado a un investigador privado para encontrarme. —Twist esbozó una sonrisa triste—. Siempre pensé que era inteligente, como su madre.

—¿Dijo por qué?

—Sí. Dijo que una de sus amigas había hecho lo mismo, reconectando con su padre después de que él se había ido, y supongo que sintió curiosidad sobre lo que me había pasado a mí. No tenía idea de que había cambiado mi nombre o de lo que había estado haciendo desde que ella tenía tres años. —Twist frunció el ceño—. Georgina nunca le dijo una palabra, aunque debe haberlo sabido. Quiero decir, cuando tuvimos ese sencillo exitoso, estábamos por todas partes. No se podía escapar de nosotros. Debe haber visto fotos en línea y esas cosas. Supongo que por eso Tansy tuvo que involucrar a un investigador privado. Se topó con un muro de ladrillos porque cambié mi nombre. Simplemente desaparecí de la faz de la tierra en lo que a ella concernía, y estaba decidida a encontrar algunas respuestas.

—¿Cómo lo rastreó el investigador privado?

—Igual que usted, supongo. Podría haberme reconocido y atar cabos. No lo sé, ella nunca lo dijo. —Tragó saliva—. Y nunca pude preguntarle. Nunca podré.

Barnes le dio al hombre un momento para componerse, pasándole una caja de pañuelos. —Dígame qué pasó después de que Tansy se puso en contacto hace dos semanas. ¿Cómo lo hizo?

—A través de una cuenta de correo electrónico que creó solo para que pudiéramos hablar entre nosotros. También creó un nuevo perfil en redes sociales para que pudiéramos enviarnos mensajes. Creo que todavía estaba un poco tímida sobre dar el paso adelante, y ciertamente no quería que su madre se enterara. Después de decir quién era y cómo me había rastreado, dijo que quería que nos encontremos. Estábamos sumergidos en ensayos de último minuto en Surrey en ese momento, pero le dije que nuestro primer concierto estaba programado para ese festival aquí. Ella dijo que podía venir a verme, pero yo... supongo que estaba nervioso. Quiero decir, ¿qué pasaría si la prensa se enterara de la historia? ¿Qué pasaría si Georgina se enterara? Tansy dijo que no le diría a su madre, no hasta que hubiéramos hablado primero, pero necesitaba estar seguro. Yo… como dije, supongo que tenía miedo. No quería arruinarlo. No la había visto en más de veinte años.

Sonrió a través de lágrimas frescas. —Es la viva imagen de su madre a esa edad. Quiero decir, era…

—¿Dónde se encontraron?

—Brian había hecho una reservación para toda la banda en un pub en una de las carreteras más tranquilas que salen de Maidstone para mantenernos alejados del festival en sí. Todos los hoteles importantes estaban reservados por los poseedores de entradas de todos modos, excepto por algunas habitaciones individuales aquí y allá. El pub tenía habitaciones y alojamiento separado del bar y el restaurante, así que estábamos escondidos.

—Necesitaremos los detalles completos de la reserva de usted.

Twist miró a Kasprak antes de responder. —Sí, no será un problema. No pude decirle a Tansy dónde estaba hasta finales de la semana pasada porque Brian tenía que mantener todo en secreto en caso de que los fanáticos se enteraran…

—El lugar suele estar reservado para bodas, así que pagamos un servicio premium por nuestra privacidad —agregó Kasprak, y luego cerró la boca de nuevo cuando Barnes levantó la mano para silenciarlo.

—¿Cómo llegó ella allí? —le dijo a Twist.

—En taxi. Estábamos paranoicos de que los fanáticos se enteraran de nosotros, así que caminó por la carretera desde el hotel alrededor de media milla y acordó que el conductor la recogiera allí.

—¿Planeaba hacer lo mismo en el camino de vuelta?

Twist asintió. —Me ofrecí a pagar. Ya había gastado suficiente para encontrarme.

—¿A qué hora llegó al pub?

—Como a la una y media de esa noche. Estaba todo cerrado, por supuesto, pero la puerta de la sala de banquetes en la parte de atrás, la que usan para bodas y esas cosas, estaba abierta, así que encontramos una mesa allí. Yo tenía una botella de vino del bar, así que nos sentamos y charlamos durante una hora más o menos. —Twist sonrió a través de lágrimas frescas—. Fue genial, de verdad. Simplemente *conectamos*, ¿sabe? Me encantó escuchar sobre lo que había estado haciendo, todo sobre sus estudios y cuáles eran sus planes para este año. Dijo que se iba de viaje en un par de meses, así que la convencí de que se uniera a nosotros en la gira por Europa durante una semana o dos, y ella saltó ante la oportunidad.

—¿A qué hora se fue? —dijo Barnes suavemente.

—El taxi llegó justo después de las tres. Ya estábamos corriendo un riesgo enorme al reunirnos, con los fanáticos y la prensa y todo enfocado en la reunión de la banda, y no quería que nadie la viera. No hasta que hubiéramos hablado un poco más y decidido cómo íbamos a contárselo a Georgina antes de que los medios se enteraran.

—¿Y la vio usted subir al taxi?

—La observé desde la ventana, sí. Él estaba estacionado en la calle frente al pub. Supongo que no quería arriesgarse a entrar al estacionamiento y despertar a alguien. Antes de que Tansy se fuera, hicimos planes para vernos el domingo por la mañana, pero cuando no apareció, me pregunté si le habría mencionado nuestro encuentro a Georgina y habría cambiado de opinión. — Sorbió, se sonó la nariz ruidosamente y luego se llevó las manos a los ojos—. Oh, Dios.

—Encontramos el teléfono móvil de Tansy en su habitación de hotel. ¿Por qué no lo llevó consigo a su encuentro?

—Simple. No quería que nuestro primer encuentro en veinte años quedara registrado. No tiene idea de cómo puede ser la prensa cuando se lo propone. Quería protegerla de todo eso el mayor tiempo posible.

Barnes se reclinó en su asiento, tamborileó con los dedos sobre sus notas durante un minuto, y luego miró fijamente al hombre al otro lado de la mesa.

—Señor Twist, ¿puede decirnos dónde estuvo entre las tres y las seis de la mañana del sábado?

El músico bajó la mirada hacia sus manos entrelazadas.

—Estaba con Melanie.

—¿Que estabas qué? —La cabeza de Kasprak giró hacia su cliente, con la mandíbula caída—. Me estás tomando el pelo.

—Un momento, ¿quién es Melanie? —preguntó Barnes.

La atención de Kasprak volvió bruscamente hacia él.

—Melanie Cranwick. La mujer que dirige su maldito club de admiradores, ella es quién.

# CAPÍTULO 28

Gavin contuvo un bostezo, se frotó los ojos cansados y volvió a concentrarse en la gran pantalla del ordenador frente a él.

Sobre su cabeza, una rejilla de aire acondicionado enviaba un débil intento de brisa refrescante hacia su cuero cabelludo, cuyo resultado no hacía más que cosquillear el vello fino en la parte posterior de su cuello.

Al menos este lado de la sala de incidentes era un poco más tranquilo, aunque significara que tuviera que encajar su cuerpo en una silla que colindaba con un archivador que debería haberse llevado a reciclar hace tres años. Cada vez que usaba el ratón, su codo chocaba contra el metal, emitiendo un golpe sordo que moría casi tan pronto como se producía.

El escritorio había sido empujado contra otro que de alguna manera se había maniobrado en un hueco entre una pila de cajas de archivo de un caso recientemente cerrado y un par de sillas de oficina volcadas, ambas con ruedas faltantes.

El agente Sean Gastrell asomó la cabeza por encima de su pantalla de ordenador por un breve momento, luego volvió su mirada a las imágenes grabadas que cada uno estaba viendo. —Creo que fue un error comer en nuestros escritorios. Deberíamos haber salido a tomar un poco de aire fresco.

—Quizás. —Gavin parpadeó, su mano alcanzando automáticamente la lata de bebida energética junto al teclado del ordenador—. Pero habríamos perdido media hora revisando estas, y Dios sabe que hay suficientes.

—Hace tiempo que no veía imágenes de vigilancia tan buenas —reflexionó Sean—. La calidad de las grabaciones de videovigilancia que obtenemos del ayuntamiento es horrorosa a veces. Algunos de estos dispositivos domésticos están años luz por delante de lo que ellos usan.

—¿Hiciste mucho de esto en los Marines?

El agente se encogió de hombros. —Solo ocasionalmente si estábamos haciendo un reconocimiento de un lugar. No muy a menudo. Hice mucho cuando estaba en periodo de prueba después de unirme aquí. Pensé que era un castigo por haber metido la pata en algo en la academia.

Gavin levantó la mirada para ver que Sean tenía la vista firmemente clavada en su pantalla. —Normalmente lo es.

—Maldita sea, lo sabía.

Ambos se rieron, y luego Gavin se recostó en su silla con un suspiro cuando terminó la grabación. —Bueno, no había absolutamente nada en el último lugar del que tenemos imágenes en las unidades de negocios de Turkey

Mill. ¿Cuál es el siguiente de las casas a lo largo de Willington Street?

—Actualmente estoy viendo el archivo que termina en 345-8, y casi he terminado.

—De acuerdo, empezaré el siguiente y nos turnaremos. —Gavin movió el ratón sobre la carpeta del sistema y seleccionó el archivo que necesitaba—. Solo quedan otros cuarenta y cinco. Podríamos terminar al final del día.

—Dependiendo de a qué hora quieras que termine tu día.

—Cierto.

Comprobando las notas adjuntas de Debbie contra el archivo que abrió, Gavin vio que se había obtenido de Gareth Torsney, el hombre al que Laura y Kyle habían entrevistado el domingo por la tarde y que dirigía su negocio de reparación de coches desde su casa.

Impresionado por la forma sistemática en que el hombre había catalogado los archivos que se habían proporcionado, Gavin tomó otro sorbo de gaseosa y presionó el botón de reproducción, preparándose para otra hora de revisión de archivos.

—Lo dejaremos hasta las tres y luego saldremos a tomar aire —dijo—. Eso debería mantenernos ocupados hasta las seis por lo menos.

—Suena como un buen plan —fue la respuesta.

Apoyando la barbilla en la mano, Gavin ajustó los controles para que la grabación se reprodujera a tres veces la velocidad normal, mostrando la entrada de los Torsney frente a la calle, y el ángulo de la cámara capturando la parte trasera de uno de los coches aparcados fuera del garaje y la puerta delantera, que había estado cerrada durante la noche. Algo colgaba entre la puerta y un poste, y se dio cuenta de que Torsney probablemente había enrollado una cadena gruesa alrededor para evitar que alguien robara un vehículo.

La hora en la esquina inferior derecha de la pantalla era poco después de la una de la madrugada del sábado, y una vez que pasaron dos taxis con licencia, la carretera quedó en silencio salvo por el ocasional coche que pasaba sin detenerse.

Justo antes de las dos de la madrugada, un zorro se coló por debajo de la puerta y trotó hacia el pequeño parche de césped a la izquierda de la cámara antes de desaparecer por el lateral de la casa, y luego terminó la grabación.

Gavin suspiró, vio que Kyle había comenzado el siguiente archivo de la lista, y así seleccionó el de abajo y repitió el ejercicio.

Esta vez, el ángulo de la cámara mostraba la parte trasera de la casa, siendo ahora las tres y media.

Con la luz ambiental de la calle cortando por el lateral de la propiedad, apenas podía ver la valla de madera que separaba el jardín de Mote Park, una franja pálida de color interrumpida por las formas más oscuras de los arbustos que la bordeaban.

No había vida silvestre a la vista, ningún movimiento en absoluto, y su mirada se desvió hacia la hora actual en la parte superior de la pantalla.

Otros diez minutos, y tomaría ese descanso que él y Sean tenían pendiente. De lo contrario…

Algo parpadeó en la pantalla, y su atención volvió rápidamente a la grabación.

Entrecerró los ojos, ajustó los controles para aumentar el contraste y pulsó el botón de pausa.

Había algo allí, estaba seguro.

Justo al lado de la más alta de las plantas en la esquina izquierda del jardín donde el seto del vecino ahogaba la valla y creaba un hueco oscuro que la iluminación de la calle no podía penetrar.

—Maldita sea —murmuró, lamentando su distracción. Presionó el botón de rebobinar y se quedó mirando la pantalla.

Justo cuando sentía la necesidad de parpadear, una figura emergió del lateral de la casa, sus movimientos furtivos mientras bordeaba el límite del césped más alejado de la farola y se apresuraba hacia la valla trasera.

—Joder —respiró.

La cabeza de Sean se sacudió, el sonido de él clavando su dedo en el teclado para pausar el video que estaba viendo apenas se registró en la mente de Gavin antes de que el agente se moviera hacia su lado de los escritorios.

—¿Has encontrado algo?

Golpeó la pantalla en respuesta. —Ahí. Alguien acaba de escabullirse por el lateral de la casa y hacia la valla trasera. Quienquiera que sea, está en ese parche oscurecido en este momento, y…

—Se ha ido. —Sean se inclinó hacia adelante—. ¿Va a intentar trepar?

Observaron en silencio cómo la figura trepaba y usaba sus brazos para impulsarse, desapareciendo de la vista.

La grabación terminó unos segundos después, y Gavin se recostó en su asiento, atónito.

—Entonces, ¿era ese el asesino de Tansy, o quien volvió y le cortó las yemas de los dedos?

# CAPÍTULO 29

Kay bajó el parasol, miró con fastidio los semáforos más allá del parabrisas y deseó que cambiaran a verde, con los hombros tensos.

A su lado, Barnes apuñalaba los ajustes de la radio del coche, pasando de emisora en emisora antes de decidirse por un número de disco de mediados de los setenta.

A pesar de su frustración por el tráfico congestionado, ella se rio. —Típico de ti elegir eso.

—Mejor que ese rock glam de los ochenta que estabas poniendo la semana pasada. —Se acomodó en su asiento—. Así que… Joey Twist.

—Sí. —Kay metió la marcha y aceleró, adelantando a un autobús que esperaba para salir del bordillo antes de girar a la izquierda hacia las afueras de la ciudad—. Dios, no te lo puedes imaginar, ¿verdad? Tener noticias de tu hija después de más de veinte años, solo para descubrir que ha sido asesinada horas después de verla.

—¿Dónde estaba Kasprak mientras Joey se reunía con Tansy? ¿Te lo dijo?

—Tuve una charla en privado mientras le mostrabas a Joey dónde estaban los baños de hombres después de la entrevista. Al parecer, estaba al teléfono con una emisora de radio alemana promocionando la gira y el nuevo álbum en uno de sus programas nocturnos de rock. ¿Lograste localizar a esa mujer, Melanie, con la que dijo que estuvo después de que Tansy dejara el pub?

—Lo hice, pero no contestaba al teléfono, así que le dejé un mensaje.

—Vale. ¿Y qué hay de las transcripciones del teléfono de Joey? ¿Te las envió?

—Sí, Kasprak envió por correo electrónico algunas capturas de pantalla y Debbie las está guardando en el sistema antes de irse hoy. Corroboran lo que dijo sobre Tansy contactándolo a través de una cuenta de redes sociales diferente a las habituales, por eso no pudimos encontrarlas. Voy a presionar a Andy Grey para que acceda a su móvil lo antes posible y ver con quién más podría haber estado hablando usando esa cuenta.

—Avísame si necesitas que lo acelere —dijo Kay, activando el intermitente al acercarse al giro hacia la calle de Georgina Leneghan—. Y pídele a Debbie que consiga que alguien hable hoy con los amigos de Tansy para ver si sabían que se había puesto en contacto con su padre.

—Me encargo.

Escuchó mientras su colega llamaba a la sala de incidentes y transmitía sus instrucciones mientras ella reducía la velocidad para adelantar a un caballo y su jinete, luego entró en el camino de entrada de Georgina y aparcó junto a un hatchback verde de diez años que no había visto antes.

Diane, la nueva oficial de enlace familiar, abrió la puerta principal. —¿Jefa?

—Perdón por no avisar antes. ¿Es ese tu coche?

—Sí. Vine con Hazel la última vez, pero la han llamado de vuelta a Chatham.

—De acuerdo. —Kay miró por encima del hombro mientras Barnes cerraba de golpe la puerta del coche y se apresuraba hacia ella, metiendo el móvil en el bolsillo de su chaqueta—. Necesitamos hablar con Georgina.

—Por supuesto. —Diane se hizo a un lado, cerrando la puerta tras ellos—. Subiré un momento a ver si está despierta. Se acostó hace una hora más o menos.

—¿Cómo lo está llevando dadas las circunstancias?

—No muy bien. Su médico de cabecera logró venir ayer por la tarde después de las horas de consulta y le recetó algo, así que salí esta mañana a recogerlo. Fuera lo que fuese, la dejó somnolienta muy rápido.

Kay se mordió el labio, sintiendo una punzada de culpabilidad. —Está bien. Ve si está despierta y si no le importa hablar con nosotros. Hazle saber que es urgente, ¿quieres? Podemos volver más tarde, pero preferiría no hacerlo.

—No hay problema, jefa.

Barnes dio vueltas por la habitación después de que la oficial de enlace familiar desapareciera, con los hombros caídos mientras observaba las fotografías dispuestas en el alféizar de la ventana y en las estanterías. —No puedo imaginar lo que está pasando. Cuando pensé que iba a perder a Emma por culpa de ese asesino…

Se interrumpió, negando con la cabeza.

—Lo sé. —Kay se unió a él, cogiendo una de las

fotografías con marco plateado y observando a la joven con toga de graduación que le sonreía—. Y estas son nuevas, ¿verdad? Hay más fotos aquí que la última vez.

Barnes arrugó la nariz, mirando con desagrado las flores que llenaban los jarrones por todas partes. —Odio el olor de los lirios.

—Yo también.

Se quedó en silencio al oír voces en la habitación de arriba, el crujido de las tablas del suelo antes de que llegara a sus oídos el sonido del agua corriente.

Momentos después, Diane reapareció y comenzó a recoger los pañuelos de papel arrugados que estaban esparcidos alrededor de los cojines del sofá. —Se está dando una ducha rápida.

—¿Cómo te está yendo? Esta es tu primera asignación como oficial de enlace familiar en solitario, ¿verdad?

—La segunda. Aunque no se hace más fácil. —La agente hizo una pausa, mirando la fila de fotografías—. No es que deba serlo. Quiero decir, si no nos importara, no atraparíamos a los bastardos que hacen esto a las familias, ¿verdad?

Se quedaron en silencio al oír pasos en las escaleras, y luego la puerta se abrió suavemente y Georgina Leneghan entró arrastrando los pies, con el rostro pálido.

—Siento haberles hecho esperar —murmuró, cruzando hacia el sofá y hundiéndose en la suave tela. Extendió la mano y atrajo un cojín hacia ella, apretándolo contra su pecho.

—Siento que hayamos tenido que molestarla —dijo Kay.

La mujer se encogió de hombros. —Créame, prefiero

estar ayudándoles que estar tumbada pensando que no puedo hacer nada. ¿Han encontrado a quien le hizo esto a mi hija?

—Tenemos varias pistas que estamos investigando en este momento…

Los hombros de Georgina se hundieron. —Así que eso es un no. ¿Qué querían de mí?

—Hablamos con Joey Twist esta mañana. —Kay suavizó su voz al ver la expresión de shock que cruzó el rostro de la otra mujer—. Nos contó sobre los eventos que llevaron al divorcio, y que usted declaró en ese momento que él no podía tener nada más que ver con Tansy. ¿Es eso correcto?

—Lo es, sí. —Georgina se mordió el labio—. Solo quería lo mejor para ella, entiéndalo. Joseph, Joey, y yo, lo intentamos, de verdad que sí, pero no creo que estuviéramos destinados a estar juntos en una relación a largo plazo. Sé que se sintió atrapado cuando me quedé embarazada. No fue mi intención, pero no podía soportar… yo solo… Cuando ella nació, era la cosita más hermosa que jamás había visto. Supe que haría cualquier cosa para protegerla… y fallé.

Nuevas lágrimas rodaron por sus mejillas, y sorbió mientras Diane se acercaba a una mesa de roble con lámpara y sacaba un puñado de pañuelos de papel de una caja colorida que desentonaba con la atmósfera sombría.

Kay esperó mientras las dos mujeres hablaban en voz baja, luego tomó aire profundamente. —¿Sabía usted que Tansy se había puesto en contacto con su padre?

—No, no lo sabía… —los ojos de Georgina se

agrandaron mientras miraba a Diane y luego de vuelta a Kay—. ¿Por qué no me contaría algo así?

Kay permaneció inmóvil, dejando que el silencio se extendiera mientras la madre de Tansy se mordisqueaba una cutícula y miraba fijamente la alfombra.

—A menos que… —Bajó la mano—. Cuando cumplió dieciocho años, dijo que quería saber más sobre él. Por supuesto, para entonces la banda se había separado después de aquella pelea entre Joey y Thommo años atrás, y yo no tenía idea de cómo contactarlo… y aunque lo supiera, no quería que ella tuviera nada que ver con él.

—¿Por qué no?

—Porque es un bastardo egoísta. —La mujer sorbió por la nariz, enderezando un poco la espalda mientras levantaba la mirada hacia Kay—. Y sabía que si lo conocía, él la encantaría y le contaría todo tipo de mentiras sobre mí, y que ella se dejaría llevar por el glamour de lo que solía hacer… la banda, quiero decir. Olvidaría que fui yo quien la crio sola, que *yo* fui quien trabajó tan jodidamente duro para darle la mejor infancia posible a pesar de no tenerlo a él. No quería perderla. Y ahora la he perdido…

Kay suspiró, el dolor y la pena de la mujer apuñalando su propio corazón. —Tansy utilizó un detective privado para localizar a Joey, y se puso en contacto con él la semana pasada. Se registró en un hotel en Maidstone en lugar de venir directamente aquí porque ella y su padre habían acordado reunirse la noche del viernes. Él ha confirmado que ella salió del pub donde se alojaba la banda en los días previos al festival justo después de las tres de la madrugada, cuando se fue de allí en un taxi. Actualmente estamos tratando de localizar al conductor.

—Jesús. —Las manos de Georgina temblaban mientras se secaba las mejillas con el pañuelo—. Eso significa que su padre fue una de las últimas personas en verla con vida, ¿no es así?

—Así es, sí.

—¿Y qué pasa si no pueden localizar a este taxista?

Kay frunció los labios. —Entonces volveremos a examinar los movimientos de su ex marido esa noche.

# CAPÍTULO 30

Kay dio un sorbo a una botella de cerveza fría y se protegió los ojos con la mano mientras el sol comenzaba a hundirse tras el perfil de la casa de su vecino.

Una ligera brisa ondulaba la hierba alta alrededor de sus pies, y se movió de lado cuando un gran escarabajo negro se paseó entre las briznas, brillando cuando la luz incidía sobre su cuerpo acorazado.

Levantó la mirada al oír un balido gutural y vio a Hovis trotando hacia ella, antes de detenerse y agachar la cabeza hacia un montón fresco de heno que Adam había colocado en un pesebre improvisado bajo uno de los árboles.

La oveja ignoró meticulosamente a la libélula turquesa que revoloteaba sobre el abrevadero de acero galvanizado junto a su comida, pero de vez en cuando echaba un vistazo por encima del hombro hacia donde estaba sentada Kay.

—No tengo nada mejor que eso, así que no me mires así —dijo ella.

Malhumorado, Hovis volvió su atención al pesebre.

Adam colocó una bandeja cargada en la mesa junto a ella, sentándose enfrente antes de chocar su cerveza contra la de ella. —Estás un poco reticente esta noche. Supongo que ha sido un día difícil.

—Sí. —Se giró para mirarlo mientras él le entregaba un platillo pequeño, y observó la variedad de alimentos que había servido en diferentes cuencos. Aceitunas, hummus, galletas saladas y salmón ahumado se disputaban el espacio entre rebanadas de pan de masa madre recién cortado y más—. Esto tiene buena pinta.

—Podía oír tu estómago rugir desde la cocina.

Ella se rio. —Sí he comido hoy, ¿sabes?

—Puedo llamar a Barnes para comprobarlo.

—Él me respaldará. —Sonriendo, se lanzó a por la comida, amontonando un poco de todo en su plato antes de recostarse en su silla. Pinchó una aceituna—. No tuve la oportunidad de preguntarte anoche: ¿has tenido noticias de esa revista sobre el artículo que enviaste?

Adam le guiñó un ojo en respuesta, luego se levantó y rodeó el árbol hasta llegar a una pila de leña cortada que estaban guardando para hacer mantillo para el jardín.

Kay frunció el ceño, luego sonrió cuando él emergió de detrás de la pila con un cubo de acero inoxidable.

El cuello verde oscuro y el papel dorado de una botella de champán sobresalían de él, y en la otra mano sostenía dos copas de cristal, sonriendo mientras las colocaba frente a ella.

—Sí, y recibí el contrato esta tarde —dijo, abriendo hábilmente la botella con un suave *plop*—. Y me han pedido que escriba el artículo principal para la misma edición.

—Eso es fantástico. —Kay apartó su plato y levantó la cara para besarlo, tomando una de las copas—. Felicidades.

—Gracias. —Chocó su copa contra la de ella, tomó un sorbo y se sentó de nuevo—. Con suerte, una vez que se publique en la edición de invierno, podría ver más ofertas en el circuito de conferencias sobre ese tema. Será bueno para hacer contactos de todos modos. Es difícil decir quién podría leerlo; la revista tiene una audiencia internacional.

—Entonces, ¿eso significa que podrías tener la oportunidad de hablar en conferencias y cosas así?

—Quizás, sí. Y si puedes despegarte del trabajo de vez en cuando, podríamos tomarnos un descanso de vez en cuando si quieres.

—Eso estaría bien. —Señaló con la barbilla hacia Hovis—. Supongo entonces que tiene un certificado de buena salud por la forma en que está devorando ese heno.

—Y aún no ha logrado averiguar cómo cruzar el puente hacia el jardín —dijo Adam entre bocados—. Quizás no le guste el sonido del agua corriente.

—No *hay* agua corriente. Ese lecho del arroyo ha estado seco durante seis semanas, aparte de algún charco aquí y allá. Creo que es solo cuestión de tiempo antes de que descubra el césped. Y ni hablar de esas rosas; nunca se han recuperado de que aquella cabra las destrozara.

—No te preocupes, estaba planeando construir una puerta de este lado del arroyo, por si acaso. Creo que la orilla es demasiado empinada para que él baje, así que no creo que lo intente mientras tanto.

Kay entrecerró los ojos mirándolo. —¿Estás seguro?

—Totalmente. Podría haberlo intentado cuando era más joven, pero ahora no.

—Aunque una puerta estaría bien. Por la forma en que me ha estado mirando, tengo la sospecha de que ya está haciendo planes.

## CAPÍTULO 31

Un tenue resplandor dorado bañaba las paredes de la sala de incidentes cuando Kay entró poco después de las siete de la mañana del día siguiente.

Los sonidos apagados de los niveles inferiores de la comisaría se filtraban por las escaleras y a través de la puerta tras ella; el golpe de una celda al cerrarse y risas le llegaron mientras colocaba su bolso bajo el escritorio y se acercaba a la pizarra.

El resto del equipo llegaría en breve, pero ella necesitaba este espacio, este momento para sí misma para reflexionar sobre la investigación hasta la fecha.

Apretando la mandíbula, recorrió con la mirada las notas que ella y Barnes habían añadido desde que regresaron de la escena del crimen el sábado por la mañana, consciente de que la hora dorada para recopilar evidencias y ganar impulso en el caso había pasado hace mucho, lo que aumentaba la desesperación que la consumía.

Sus ojos se posaron en las fotografías de Joey Twist

que Gavin había clavado en la pizarra, una mostrando al hombre a principios de sus veinte cuando aún se llamaba Joseph Throndsen, y la otra de aquella fatídica noche cuando golpeó a su compañero de banda en el escenario, lo que resultó en una pausa de quince años.

Un descanso de quince años que había llevado a una gira de reunión y a un encuentro con su hija perdida hace mucho tiempo antes de que fuera brutalmente asesinada.

—¿Por qué? —susurró, dirigiendo su atención a la fotografía de Tansy que Georgina había proporcionado—. ¿Por qué alguien te mató? ¿Y por qué te mataron allí?

Tragó saliva, observando la sonrisa abierta de la joven, sus ojos brillantes y su piel radiante. Una vida entera por delante, truncada por una muerte violenta y aterradora.

—Buenos días, jefa.

Kay se giró al oír la voz de Gavin, arqueando una ceja mientras el agente lanzaba hábilmente una lata vacía de bebida energética al contenedor de reciclaje junto a la puerta al entrar en la sala.

—Supongo que eso fue el desayuno.

Él sonrió.

—El desayuno número uno. Comeré algo más tarde. Y estás empezando a sonar como Sharp, jefa.

—Ni lo menciones. ¿Te lo imaginas? —Indicó con la barbilla hacia la pizarra—. ¿Alguna idea sobre el motivo aún?

—No. —Sacando su teléfono móvil del bolsillo y dejándolo sobre su escritorio, se unió a ella y miró fijamente la fotografía de Tansy—. Estaba despierto pensando en ello a las dos de la mañana, y yo… quiero decir, ¿*mataría* su propio padre a su hija?

Kay se mordió el labio antes de responder.

—No lo sé. ¿Por qué lo haría? Cuando hablamos con él ayer, dijo que habían estado haciendo todo tipo de planes para pasar más tiempo juntos.

—Pero solo tenemos su palabra de que la vio subir a ese taxi.

—Hasta ahora. —Miró más allá de él mientras la sala de incidentes comenzaba a llenarse con más oficiales y personal administrativo, luego vio a Laura y Barnes acercándose—. Voy a buscar un café y luego comenzaremos con la reunión informativa. Hay un montón de información que revisar, así que bien podríamos hacerlo todos juntos.

—Te ahorré el viaje al hervidor —dijo Barnes, entregándole un vaso para llevar—. Pensé que querrías empezar lo antes posible esta mañana.

—Gracias, eres un lector de mentes. Bien, reúnelos.

En cuestión de momentos, un pequeño grupo se había reunido alrededor de la pizarra frente a ella, sus rostros atentos.

Kay se tomó un momento para mirar a cada uno de ellos, dio un asentimiento tranquilizador a un par de nuevos asistentes administrativos que se habían unido al equipo desde otra investigación, luego se volvió hacia Laura.

—Comencemos con las entrevistas al personal del hotel.

—Un par de puntos interesantes, jefa —dijo la agente —. Zena Lightfoot era la empleada que trabajaba el jueves por la tarde y que tomó la reserva de Tansy. Declaró que Tansy dijo que viajaba por negocios, así que Zena la puso en esa habitación; aparentemente son más tranquilas en ese lado del hotel. Además, Tansy le dijo a Zena que pusiera una nota en la reserva de que si alguien preguntaba si se estaba alojando allí, debían decir que no.

Kay frunció el ceño.

—¿Alguna idea de por qué?

—No por parte de Zena, pero localizamos al empleado que estaba trabajando en el turno de noche, Chris Brandle. Dijo que Tansy le pidió que le pidiera un taxi justo después de la una, pero cuando le explicó que la recogería en las puertas de recepción, ella pidió que la encontrara más arriba en la calle. Hay una parada de autobús al otro lado de la carretera de doble sentido antes de llegar a la rotonda, y allí es donde le pidió que le dijera al conductor que la recogiera. Él confirma que llamó a la compañía de taxis para hacer esos arreglos.

—Por favor, dime que conseguiste el nombre del conductor.

—Tim recibió un mensaje de ellos a última hora de la tarde de ayer pasando sus datos —dijo Laura, sonriendo—. Y voy a hablar con él esta mañana.

—Excelente trabajo, ambos. Mantenme informada sobre eso. Twist nos dijo que Tansy llegó al pub donde se alojaba a la una y media, así que comprueba si lo que te dice el conductor coincide con eso. Gav, te toca a ti y a Sean.

—Jefa, creemos que hemos tenido un avance. —Gavin consultó las notas en su mano, luego se acercó al mapa de Mote Park y las calles circundantes que habían sido clavadas al lado de la pizarra—. Hemos terminado de revisar las grabaciones de seguridad doméstica proporcionadas por los residentes de los alrededores, pero las imágenes que nos dio Gareth Torsney han resultado ser las más interesantes. *Alguien* accedió a su jardín a las tres y media del sábado por la mañana y una de sus cámaras de seguridad muestra a esa persona saltando la valla hacia el parque.

El corazón de Kay golpeó sus costillas.

—¿Alguna idea de adónde fue?

—Aún no —dijo Sean—. Estoy revisando de nuevo las grabaciones de las otras propiedades para ver si puedo detectar a alguien que coincida con la descripción de esta persona moviéndose por esa calle, aunque solo podemos ver que lleva ropa oscura, así que...

—¿Alguien te está ayudando con eso?

—No, pero...

Kay levantó la mano y se volvió hacia Debbie.

—Esto es prioritario. ¿A quién podemos asignar?

La agente uniformada volvió corriendo a su escritorio y regresó con un documento de tres páginas que hojeó rápidamente. —Si sacamos a dos novatos de los teléfonos, pueden ayudar a Sean.

—Hazlo. Como dije, esto es prioritario. Kyle, ¿algo interesante sobre los compañeros de banda de Joey?

—Nada fuera de lo común, jefa. Algunas infracciones menores aquí y allá en su juventud, pero nada en nuestros archivos. —El detective en prácticas se encogió de hombros—. La mayor parte de la investigación que hice sobre ellos fue a través de sitios web de fanáticos, que luego corroboré con Kasprak. Ciertamente parece que la pausa de quince años suavizó cualquier animosidad que hubiera entre ellos la última vez que estuvieron de gira.

—Me imagino que la promesa de más dinero también ayudó —dijo Kay, antes de dejar que la subsiguiente oleada de risas sardónicas se apagara y dirigir su atención hacia Barnes—. ¿Alguna noticia sobre la mujer que dirige el club de admiradores?

—Nada de ella todavía —respondió su colega, agitando su teléfono móvil en el aire—. La llamaré de nuevo después de esto para insistir.

—Por favor. Cuanto antes podamos corroborar la declaración de Joey sobre con quién estaba antes y después de esa reunión con su hija en la madrugada del sábado, mejor. Especialmente si Laura puede localizar al taxista para respaldar eso también. —Sus ojos encontraron a Gavin de nuevo—. ¿Alguien ha investigado si hemos tenido ataques similares a este en nuestra área? ¿O informes recientes de agresiones que podrían haber llevado a una escalada de violencia?

—Hice un informe el lunes, jefa —dijo él—. Hubo media docena que pensé que podrían ser relevantes, pero después de que los uniformados entrevistaran a las personas involucradas, todas sus coartadas se confirmaron. No aparecieron asesinatos sin resolver con tendencias similares al de Tansy, y tampoco hubo nada en el sistema recientemente sobre ataques en el parque o sus alrededores.

—Bien, hazme un favor y amplía tu búsqueda a nivel del condado. Habla con Paul Solomon en Northfleet para ver si ha oído algo parecido en su jurisdicción antes, y si no encuentra nada, avísame y lo trataré con Sharp para que nos envíe ayuda allí para investigar en los archivos. —Enrolló la agenda y la golpeó contra su pierna mientras su mirada recorría la pizarra una vez más—. Tal vez hay algo del pasado de Joey que hemos pasado por alto. Debs, ¿obtuviste algo de los amigos de Tansy?

—Hemos terminado de recopilar declaraciones de sus compañeros de universidad y sus colegas de Bristol —dijo la agente uniformada—. Pero tengo una amiga suya de sus días de escuela aquí en Kent con la que pensé que tal vez quisieras hablar tú misma. Han mantenido el contacto todos estos años, y Natasha dice que a menudo, cuando Tansy venía a visitar a su madre, se reunían para tomar algo. Pensé que tal vez Tansy le habría confiado algo sobre su búsqueda de su padre, pero no quise discutirlo por teléfono con ella. Vive cerca de Tenterden y trabaja desde casa.

—Perfecto. Gracias, Debs. Dame su número e iré a hablar con ella hoy. ¿Recibimos el informe final de Harriet?

—Lo recibimos, jefa. Lo he leído, pero no te va a gustar.

—¿Por qué no?

Debbie frunció los labios antes de responder. —Porque la evidencia forense que ella y su equipo recopilaron no es concluyente sobre la teoría de Lucas de que podrían haber estado involucradas dos personas en el asesinato y la mutilación de Tansy.

—Mierda. —El corazón de Kay se hundió al ver las mismas expresiones abatidas en los rostros de sus colegas que estaba segura de llevar ella misma—. Así que no sabemos si necesitamos buscar a uno o dos sospechosos. Joder, eso abre un abanico muy amplio.

—Harriet me pidió que te informara que ahora tiene a

su equipo procesando todas las demás evidencias recolectadas alrededor del perímetro de la escena del crimen. Se han centrado en donde se descubrió a Tansy y en seguir la teoría de Lucas. También confirma que encontraron más de treinta muestras en la habitación del hotel —añadió Debbie—. Parciales, en su mayoría. Es decir, una vez que tengamos un sospechoso podemos comparar esas huellas dactilares, pero es muchísima información para examinar, jefa, y…

—Primero necesitamos un sospechoso. —Kay se pasó una mano por el pelo, luego arrugó la agenda y la arrojó sobre su escritorio—. O dos.

CAPÍTULO 32

—¿Natasha Berrington? Soy la inspectora Kay Hunter, y este es el oficial Ian Barnes. Mi colega, el agente West, habló con usted ayer. ¿Podría hablar con usted un momento?

La veinteañera en el umbral de la pequeña casa adosada parecía haber pasado las últimas veinticuatro horas con la misma ropa que llevaba puesta, su rostro sin rastros de maquillaje.

Ni de sueño, de hecho.

Parpadeó, resopló apartando un mechón de pelo castaño oscuro de sus ojos y se apoyó contra el marco de la puerta, cruzando los brazos sobre su amplio pecho. —¿No podrían haber llamado antes? Estoy en medio de una actualización de software y el cliente ha estado al teléfono toda la noche. Estoy agotada.

—Esto no llevará más de un minuto. —Kay mostró su sonrisa más encantadora y dio un paso adelante—. Esperábamos que pudiera contarnos más sobre su amiga, Tansy.

Una ola de tristeza atravesó las facciones de Natasha, y parpadeó conteniendo las lágrimas. —Lo siento. Estoy cansada, eso es todo. Por supuesto, pasen.

Kay dejó que Barnes entrara delante de ella, luego cerró la puerta principal mientras un camión articulado rugía al pasar, el PVC haciendo poco para contrarrestar el ruido.

Un estrecho pasillo había sido empapelado alguna vez con un diseño floral ligero y luminoso, sin duda en un intento de compensar la falta de luz natural en el sombrío espacio. La mayor parte de la pared a su izquierda estaba oculta por cajas de diversas formas y tamaños, algunas desbordadas de libros y varios objetos decorativos, una con media docena de teclados de ordenador diferentes asomando por un hueco en la parte superior.

—Estoy a punto de mudarme —explicó Natasha por encima del hombro, guiándolos hacia una cocina en la parte trasera de la propiedad—. Normalmente no vivo en un cuchitril, pero solo hay tanto espacio para estas cosas y el trastero que he reservado no estará disponible hasta el martes.

—¿Se queda por la zona?

—Nah, me voy al norte. Más o menos. Mi novio ha aceptado un trabajo en Milton Keynes, así que hemos comprado una casa en las afueras.

Kay recorrió con la mirada la vajilla desordenada y los cajones abiertos de la cocina, notando las cajas de cartón sin montar apiladas contra la puerta del horno. —¿Cuándo se va?

—El miércoles de la semana que viene. —Natasha se apoyó contra el borde del fregadero y volvió a cruzar los brazos sobre el pecho—. ¿Qué querían saber? Le dije todo lo que sé a la mujer con la que hablé ayer.

—¿Cuándo fue la última vez que habló con Tansy?

—Em, probablemente hace una semana. Iba a venir a ver a su madre y normalmente quedamos para tomar algo. No salgo mucho por el trabajo en este momento, así que no había tenido la oportunidad de ir a Bristol a verla desde hace un tiempo.

—¿Cómo la notó?

Los hombros de Natasha se alzaron y luego cayeron antes de que un suspiro escapara de sus labios. —No puedo creer que estemos hablando de ella así. Ni siquiera sé qué decirle a su madre. Probablemente se esté preguntando por qué no he llamado. Pero… Tansy parecía estar bien cuando hablamos. Ocupada, estaba en el trabajo cuando llamó. Así que fue una llamada un poco apresurada.

—¿Parecía ansiosa o feliz?

—Solo… ocupada. Un poco agobiada quizás, pero lo atribuí al trabajo. Como dije, estoy trabajando a todas horas en este momento, así que probablemente no estaba prestando mucha atención, excepto para anotar a qué hora quedaríamos el sábado por la noche.

—¿Eso fue el sábado pasado?

—Sí.

—¿Hizo algún cambio en ese plan?

—No. ¿Por qué?

—¿Tansy le contó algo más sobre su viaje aquí, quizás algo sobre alguna reunión que pudiera estar planeando tener?

—No. —Natasha frunció el ceño—. ¿Por qué? ¿Qué está pasando?

—¿Le dijo que esperaba reunirse con su padre mientras estaba aquí?

—¿Qué? —Las cejas de la mujer se dispararon hacia arriba—. ¿Me está tomando el pelo? ¿Ese pedazo de mierda? ¿Cuándo se puso en contacto con ella?

—Él no lo hizo. Ella lo hizo. Tansy contrató a un investigador privado para localizarlo. —Kay observó cómo Natasha dejaba caer las manos al fregadero, agarrándose a la superficie como si intentara evitar caerse—. ¿No tenía ni idea?

—No… por qué… vaya.

—¿Tansy solía guardarle secretos?

—Yo… nunca. Bueno, supongo que no. Quiero decir, no me contó lo de su padre, así que quién sabe, ¿verdad? —La mirada de Natasha cayó al suelo de baldosas baratas—. Mierda.

—¿Cuánto tiempo hacía que conocía a Tansy? —dijo Barnes.

—Desde la escuela primaria. Empecé tres meses después del inicio del primer trimestre porque mi madre y mi padre se mudaron desde España. Mi madre había estado trabajando como traductora en el servicio diplomático pero quería estar más cerca de sus padres. Consiguió un trabajo en Londres cuando volvimos aquí, y mi padre a menudo estaba fuera, trabajaba en plataformas petrolíferas, así que mis abuelos solían cuidarme y esas cosas.

—¿Así que eran cercanas?

Natasha asintió, una gruesa lágrima rodando por su

mejilla antes de apartarla con un manotazo y sorber. —Muy cercanas. Por eso duele que no me contara lo de su padre.

—Tal vez quería esperar a ver cómo iba la reunión con él —dijo Kay—. Después de todo, dijo que habían quedado para tomar algo el sábado por la noche, ¿no?

—Supongo que sí.

—¿Cómo se comunicaban usted y Tansy? ¿Por llamada? ¿Por mensaje de texto?

—Una aplicación de mensajería. A veces a través de redes sociales si compartíamos una publicación que habíamos visto, ¿sabe?

—¿Y cuál era su nombre de cuenta en esas aplicaciones?

Kay esperó mientras Barnes anotaba los detalles, luego volvió su atención a Natasha. —¿Esas eran las únicas cuentas que usaba con usted?

—¿Qué quiere decir?

—¿Alguna vez usó una cuenta de redes sociales diferente cuando se ponía en contacto con usted?

—No. ¿Por qué haría eso?

—Tansy estaba usando una cuenta diferente para organizar la reunión con su padre —explicó Kay—. Creemos que estaban preocupados de que los medios se enteraran de otra manera.

El labio de Natasha se curvó. —Quiere decir que *él* estaría preocupado por los medios. Apuesto a que todos están en control de daños o como sea que lo llamen ahora, ¿no? ¿O es que ese mánager suyo está calculando cómo sacar el máximo provecho del asesinato de Tansy?

—¿Conoce a Brian Kasprak?

—No. Solo lo que he leído hoy en línea. Esa gira suya, todo es por el dinero, ¿no?

Kay ignoró la pregunta. —¿Hay alguien más con quien Tansy podría haber contactado antes de volver aquí? ¿Algún otro compañero de la escuela o de un trabajo anterior, quizás?

—No creo. —Natasha levantó las manos frustrada—. Créame, si supiera algo sobre por qué la mataron y quién pudo haberlo hecho, se lo diría. Haría cualquier cosa para recuperarla, y si no puedo tener eso, entonces quiero ayudarles a encontrar al bastardo que la mató.

La mirada de Kay se desvió hacia Barnes cuando su móvil vibró. Sus ojos se abrieron al ver el número en la pantalla antes de lanzarle una mirada de disculpa y salir corriendo hacia la puerta, con voz en un murmullo bajo. Volviéndose hacia Natasha, sacó una tarjeta de visita de su bolso y se la entregó.

—Gracias por su tiempo, y lamento mucho su pérdida. Si se le ocurre algo, cualquier cosa que pueda ayudarnos, no dude en llamar a mi número directo. No importa la hora que sea, intentaré contestar y si no puedo, le devolveré la llamada lo antes posible, ¿de acuerdo?

—De acuerdo.

Cinco minutos después, Kay se unió a su colega, que ya se había subido al coche y arrancado el motor.

—¿Qué está pasando? —dijo, abrochándose el cinturón de seguridad mientras él aceleraba alejándose del bordillo.

—La mujer del club de admiradores, Melanie

Cranwick, acaba de llamar. Tiene que ir a trabajar en una hora, pero dice que puede hablar con nosotros ahora si nos damos prisa.

Kay agarró el reposabrazos de la puerta. —Bien, pues veamos qué tan rápido puedes llevarnos allí, ¿de acuerdo?

# CAPÍTULO 33

Laura puso su móvil en modo silencioso y luego miró el letrero de metal rayado y descascarado que colgaba precariamente de un soporte de hierro forjado sobre una puerta de madera sucia de color blanco marfil.

Proclamaba que la compañía de taxis operaba desde 1976, y se preguntó si alguien había pasado un pincel por la fachada en los años intermedios, o si la unidad industrial de techo bajo y ondulado era simplemente una ocurrencia tardía para lo que por lo demás parecía ser un negocio próspero.

El gran panel de doble acristalamiento incrustado en la mitad superior de la puerta parecía no haber sido limpiado en la última década, y el vidrio que podía ver estaba salpicado de pegatinas que sugerían que podría haber cámaras de videovigilancia en funcionamiento, pero que definitivamente no se guardaba dinero en efectivo en las instalaciones.

Frunció el ceño, tratando de recordar cuándo había usado efectivo para pagar un taxi, o incluso *usado* un taxi en lugar de su aplicación de transporte compartido preferida, luego desechó el pensamiento cuando Kyle cerró el coche del grupo que les habían asignado esa mañana y se acercó paseando.

—Vamos a buscar a este Toby McKinnon entonces —dijo ella—. Esperemos que esté aquí.

—¿Estaba trabajando hoy?

—No hasta las diez, por eso estamos aquí ahora. —Laura miró su reloj mientras cruzaban el asfalto lleno de baches—. Nos da media hora para hacer la entrevista antes de que empiece su turno.

Estaba medio tentada de bajarse la manga de la chaqueta para abrir la puerta, tal era la mugre que manchaba la superficie del mango, y en su lugar se apoyó contra ella con el hombro. Resistiendo el impulso de arrugar la nariz ante el hedor penetrante de olor corporal que llenaba la oficina en forma de caja, se acercó al hombre marchito sentado detrás de un mostrador elevado, con una expresión de cansancio perpetuo grabada en sus facciones.

Un atisbo de interés cruzó su rostro cuando ella sacó su placa, y luego se reclinó y bramó por encima de su hombro.

—¿Toby? Esa policía está aquí para hablar contigo.

Hecho esto, ignoró a ambos y volvió a girarse hacia un monitor de ordenador de aspecto antiguo mientras la consola negra frente a él se iluminaba y sonaba el timbre de un teléfono.

Laura se estremeció ante el volumen que llenó la habitación, luego se volvió cuando una tos educada se filtró a través del ruido.

—Soy Toby —dijo un cuarentón robusto que estaba de pie junto a un archivador gris rayado y abollado con los pulgares metidos en los bolsillos de sus vaqueros—. ¿Quieren pasar al garaje? Aunque no lo crean, es un poco más tranquilo allí.

Esbozó una sonrisa pícara, luego giró sobre sus talones y los guio, pasando junto a dos escritorios de madera cubiertos de archivadores de palanca y papeles arrugados.

El labio de Laura se curvó cuando las suelas de sus zapatos se pegaron al suelo de linóleo barato, apartando su disgusto por lo que pudiera estar pisando, y lo siguió hasta la parte trasera de la oficina y a través de una puerta cortafuegos que podría o no haber pasado la última inspección de salud y seguridad.

Contuvo un jadeo cuando entraron al garaje.

En contraste con el estado de la oficina de recepción, el lugar estaba impecable y se asemejaba a una versión más grande de la elegante operación de Gareth Torsney.

Manchas de aceite cubrían el suelo de concreto aquí y allá, y el polvo se acumulaba en las esquinas, pero los bancos de trabajo que bordeaban el espacio estaban ordenados y organizados. Un tablero de corcho similar al utilizado por el equipo de investigación en la sala de incidentes se extendía por encima con una colección de órdenes de trabajo y hojas de tareas clavadas en filas ordenadas para facilitar la referencia.

McKinnon se acercó a una radio que sonaba en la esquina más alejada del banco de trabajo y la bajó antes de hacerles señas para que se acercaran a una mesa plegable de metal y cuatro sillas a su lado. —¿Esto servirá? Solo lo usamos para el descanso ocasional para tomar té, eso es todo. Es mejor que tratar de escucharnos por encima de Maurice allí, y evita que esté escuchando a escondidas.

Laura sonrió mientras tomaba asiento mientras Kyle sacaba su libreta de su chaleco utilitario. —Supongo que él estará decepcionado.

—Lo superará. Bien, debo fichar en unos veinte minutos si no quiero perder dinero. ¿Querían preguntarme sobre un trabajo el viernes por la noche, verdad?

—Así es. Vamos a hacer esto formal dadas las circunstancias, así que comenzaré por advertirle sus derechos y luego si tiene alguna pregunta sobre eso antes de que empecemos, puede hacerla. ¿De acuerdo?

McKinnon se enderezó en su asiento. —Sí, de acuerdo. No significa que esté bajo sospecha ni nada, ¿verdad?

Laura ignoró la pregunta y en su lugar leyó la advertencia antes de lanzarse a la entrevista. —¿Puede confirmar que recibió una solicitud el viernes por la noche para recoger a una mujer en una parada de autobús a lo largo de la carretera desde el hotel donde se alojaba?

—Sí. Vino a través del despachador de aquí. Janie estaba trabajando esa noche. Creo que usted habló con ella para organizar esta reunión, ¿verdad? —Metió la mano en el bolsillo de su camisa y sacó una libreta muy usada—. Mantengo un registro de todos mis trabajos aquí, solo como respaldo para que cuando me paguen pueda verificar que tengo todo, ¿sabe a lo que me refiero?

Laura esperó mientras él hojeaba las páginas.

—Aquí tiene. Acababa de dejar a un pasajero en ese hotel cerca del Castillo de Leeds, así que la recogí a la una y cuarto.

—¿Cómo parecía estar cuando la vio?

—No borracha. —Sonrió, luego se puso serio cuando el rostro de Laura permaneció impasible—. Creo que por eso la recuerdo tan bien. No estaba vestida para una noche de fiesta, aunque llevaba un vestido de verano. Tenía puesto un cárdigan gris que se aferraba alrededor de sí misma cuando me detuve en la parada de autobús. No hacía tanto frío, así que tal vez estaba nerviosa o algo así.

—¿Dijo algo durante el viaje?

—No realmente. —Se encogió ligeramente de hombros—. Intenté hablar con ella, ya sabe, solo preguntándole cómo había sido su día. Ella como que murmuró "bien" y luego confirmé a dónde quería que la llevara, y eso fue todo hasta que llegamos al pub. Entonces me dijo que necesitaba mantenerlo en silencio porque no quería despertar a nadie, y si podía dejarla en la parte de atrás cerca de la puerta de la cocina.

—¿Le pareció extraño eso?

—Un poco, supongo. Pero ella es la cliente, ¿verdad? Y el cliente siempre tiene la razón.

—¿Cómo pagó?

—No lo hizo. Un tipo salió por la puerta y me entregó veinte libras. En efectivo, quiero decir.

—¿Qué le dijo?

—No mucho. Me preguntó cuánto era la tarifa, me pagó, me dijo que me quedara con el cambio y me pidió si podía recogerla a las tres. —McKinnon se inclinó hacia adelante, apoyando los codos en las rodillas—. Claro que, para entonces, ya había adivinado lo que se traía entre manos.

—¿A qué se refiere?

McKinnon le dirigió una sonrisa lasciva.

—¿Un pub en medio de la nada? ¿Un hombre mayor, una mujer joven y dentro y fuera en una hora? Vamos, usted es la detective.

—Era su hija —gruñó Laura—. Y la asesinaron pocas horas después de que usted la viera con vida por última vez.

El taxista palideció.

—¿Su… su hija? ¿Qué quiere decir con asesinada?

—Cuénteme qué pasó cuando la recogió. Dijo que este hombre le pidió que volviera a las tres en punto…

—Pero ese es el asunto. No lo hice.

—¿Qué?

—Sí. Recibí una llamada como a las tres menos diez. Ya estaba de camino cuando sonó mi teléfono y un tipo (supongo que era él, su padre, como usted dijo) me dijo que ella había hecho otros arreglos y que no me preocupara. Luego colgó.

A Laura se le secó la garganta.

—Entonces, espere un momento… ¿me está diciendo que nunca volvió al pub después de dejarla?

—Así es. Una vez que se canceló ese trabajo, llamé a Janie y le dije que estaba disponible. Conseguí otro trabajo en unos cinco minutos, recogiendo a un par de tipos de una discoteca en el centro y llevándolos de vuelta a Kemsing porque los trenes no estaban funcionando. Mire, está aquí en mi libreta.

—Voy a necesitar una copia de eso.

—Como guste. Hay una fotocopiadora en la oficina.

Laura se puso de pie, luego hizo una pausa.

—¿Puede mostrarme las llamadas recientes en su móvil? Necesitaré el número del que recibió esa llamada.

Mientras esperaba que McKinnon tocara la pantalla de su móvil, Laura trató de ignorar los latidos de su corazón mientras una náusea la envolvía.

Finalmente, el taxista giró la pantalla hacia ella.

—Aquí tiene. Entró a las dos cincuenta y tres.

—Mierda —susurró Laura—. Es un número diferente.

# CAPÍTULO 34

—Diecisiete minutos. No está mal, oficial —dijo Kay, mirando su reloj—. ¿Estás seguro de que no tienes ancestros finlandeses por ahí?

Barnes apuntó el llavero por encima de su hombro, luego frunció el ceño cuando las mejillas de la inspectora se marcaron con hoyuelos. —No. ¿Por qué?

—He oído que son los mejores pilotos de rally —dijo ella—. Pensé que se suponía que yo iba a conducir toda la semana de todos modos.

Lanzándole las llaves en respuesta, él contuvo una sonrisa y se dirigió hacia una puerta de madera recién barnizada incrustada en un grueso seto de laurel. —Se me olvidó.

—Debe ser cosa de la edad.

Él se rio, sabiendo muy bien que sus habilidades de conducción eran legendarias dentro del equipo de investigación, y que Gavin se estaba convirtiendo rápidamente en un serio contendiente por el título de quién podía llegar más rápido a la escena del crimen. —Vosotros, los jóvenes, tenéis un largo camino por recorrer antes de que me alcancéis.

Oyendo una risita sobre su hombro, empujó la puerta para abrirla, la mantuvo abierta para Kay y luego la siguió por un pulcro camino pavimentado que estaba bordeado a cada lado por exuberante césped.

Coloridos macizos de flores enmarcaban la propiedad, y maceteros de madera a juego estaban colocados a ambos lados de una puerta principal abierta a través de la cual podía escuchar una emisora de radio local tocando el último éxito del Top 10.

Golpeó con los nudillos contra el panel de madera y escuchó un despreocupado "¡Adelante!" desde algún lugar en las profundidades de la casa.

En lugar de entrar a un pasillo, se encontró en una sala de estar con un techo alto y una ventana con vistas al jardín delantero. Una estufa de leña descansaba inactiva dentro de un hogar de piedra en el lado más alejado de la habitación, frente al cual se había colocado un jarrón con flores secas.

Fotografías en blanco y negro adornaban la pared a la izquierda del hogar, y mientras él y Kay se detenían para mirarlas, reconoció a muchos miembros de grupos de rock de los años setenta y ochenta, todos posando con la misma mujer, su sonrisa amplia y sus ojos brillantes.

—Veo que han encontrado mi galería de pícaros.

Se volvió al oír la voz para ver una versión ligeramente mayor de la misma mujer colocando una cesta de ropa llena sobre la colorida alfombra frente al sofá, su cabello recogido en una cola de caballo desordenada.

—¿Melanie Cranwick?

—Esa soy yo. Usted debe ser el oficial Barnes.

—Y esta es mi inspectora, Kay Hunter.

Melanie hizo una pausa con las manos en las caderas. —Bien, entonces, ¿qué necesitan de mí? En la tele suelen ofrecer tazas de té en este momento.

Barnes sonrió, levantando la mano. —No hace falta té, gracias. ¿Nos sentamos?

—Si quieren. —Se hundió en los cojines mientras Kay sacaba su libreta y Barnes citaba la advertencia formal.

No dio ninguna indicación de pánico por su presencia y, de hecho, pensó que parecía aburrida por todo el asunto.

—¿Cuánto tiempo llevan usted y Joey Twist saliendo? —comenzó él.

Una sonrisa astuta cruzó sus labios. —Extraoficialmente, unos veinticinco años. Supongo que la base de admiradores más amplia supo de nosotros para cuando la banda se separó hace quince años.

—¿Discuten mucho?

—¿Por qué?

—Responda a la pregunta, por favor.

—De vez en cuando, supongo. Nada importante, solo que a veces ambos nos frustramos, supongo, igual que cualquier relación que ha dado unas cuantas vueltas.

—¿Ha sido alguna vez violento con usted?

—No —dijo enfáticamente—. Definitivamente no.

—¿Siguieron viéndose durante la pausa de la banda?

—De vez en cuando. —Extendió la mano y tiró de un hilo suelto en sus vaqueros rotos—. Quiero decir, ninguno de los dos busca nada serio. Veo a otro tipo de vez en cuando. Antes de que pregunte, Joey sabe que no somos exclusivos, y yo sé que él ha visto a otras mujeres a lo largo de los años.

—¿No le importa?

Se encogió de hombros. —No. Me casé joven, a los dieciocho, y fue un desastre. Me divorcié justo después de mi vigésimo primer cumpleaños, y juré no volver a pasar por el altar después de eso. Lo que Joey y yo tenemos me va bien.

—¿Tiene hijos?

—No, gracias a Dios. —Se rio, una carcajada estridente que iluminó su rostro—. Tengo tres sobrinas y un sobrino y, créame, unas pocas horas con ellos eliminan cualquier deseo de maternidad de mi sistema durante unos meses.

—¿Sabía que Joey tenía una hija?

—¿Tansy? Sí. Sin embargo, no la ha visto desde que su ex lo echó hace años. Creo que dijo que tenía unos tres años la última vez que la vio.

Barnes observó su rostro cuidadosamente. —¿Entonces él no le dijo que se reunió con ella en las primeras horas del sábado por la mañana?

—¿Qué? —Melanie se enderezó, con la mandíbula caída.

—Tansy se puso en contacto con él hace poco —continuó Barnes—. Quería verlo, así que acordaron que ella iría al pub donde la banda se alojaba el viernes por la noche.

—Pero yo estaba con él el viernes por la noche. Yo… —Se hundió de nuevo en los cojines, su mirada cayendo sobre la alfombra—. Hijo de puta… Justo después de la una se levantó de la cama y empezó a ponerse la ropa. Le pregunté adónde iba, pensando que se dirigía al bar para robar una copa o algo así, y me dijo que había recordado que Brian había organizado una entrevista en video con un programa de música de Estados Unidos. No podía creer que Brian pudiera ser tan imbécil haciendo una tontería así la noche antes de su concierto de regreso, pero Joey parecía feliz por ello. Ahora sé por qué…

—¿Mencionó a Tansy en algún momento?

—No. Ni siquiera cuando volvió a la habitación. *Pensé* que sonaba más animado de lo habitual. Normalmente, si hacen una entrevista tan tarde, puede estar de muy mal humor. Él, y los demás, se cansan de responder las mismas preguntas una y otra vez. —Sacudió la cabeza maravillada—. Estaba… *feliz*. No podía dejar de hablar sobre el concierto y cómo iba a ser el comienzo de una nueva fase en su vida y todo eso. —Melanie suspiró—. Entonces, ¿cuándo la conoceremos el resto de nosotros?

Barnes miró por encima de su hombro hacia donde Kay estaba sentada, estoica, con la mirada fija en su libreta, luego volvió su atención a Melanie y tomó un profundo respiro. —¿No se lo ha dicho?

—¿Ahora qué? —La mujer dio una sonrisa sardónica—. ¿Más secretos?

—Su hija murió poco después de salir del pub el sábado por la mañana.

Melanie palideció. —¿Murió? ¿Quiere decir en un accidente?

—No, fue asesinada. Su cuerpo fue encontrado en el parque por dos de los voluntarios de limpieza. ¿Nadie le ha contado sobre esto?

—No… Yo… No he hablado con Joey desde el lunes.

Es decir, escuché que una mujer murió en el festival, pero pensé que era una sobredosis de drogas o algo así.

—Nosotros mismos hablamos con él apenas el martes. Tengo que preguntarle, Melanie: ¿a qué hora volvió Joey a su habitación esa noche?

—A las tres y trece. —Levantó la mano cuando él abrió la boca—. Lo sé con seguridad porque no podía volver a dormir, así que estaba desplazándome por las redes sociales en mi móvil. Las páginas de la banda estaban llenas de comentarios de los admiradores emocionados por el concierto del sábado por la noche, así que estaba tratando de adelantarme respondiendo a algunos y compartiendo el resto.

—¿Se quedó con usted el resto de la noche?

—Sí. Nos levantamos a las ocho porque él tenía otra… —Se interrumpió con un resoplido amargo—. Entrevista. Y esta vez, realmente era una entrevista porque la escuché. Era con una estación de radio en Cardiff donde tienen previsto tocar la próxima semana. Supongo que aún van a dar ese concierto, ¿no?

—Tendría que consultarlo con Joey —dijo Barnes con suavidad.

# CAPÍTULO 35

—Pensé que esto sería mejor que una llamada telefónica —dijo Gavin, señalando una mesa en el rincón más alejado de la cafetería franquiciada.

El lugar estaba haciendo un buen negocio a través de la ventanilla para automovilistas, pero en el interior estaba menos de la mitad lleno, siendo los clientes más cercanos dos mujeres y un niño pequeño que chillaba a todo pulmón.

Hizo una mueca ante el crescendo en aumento y luego le dirigió al detective Paul Solomon una sonrisa resignada. —Al menos no nos escucharán.

El detective de Northfleet sonrió. —Supongo que tú y Leanne aún no van por ese camino.

—Ni lo menciones.

Se quedaron en silencio mientras cada uno devoraba un pastel que había sido recalentado en el microondas momentos antes, y después de terminar, Gavin sacó su libreta y un bolígrafo antes de dar un sorbo a su café.

—Gracias por verme con tan poca antelación.

—No hay problema. ¿Cómo van las cosas en Maidstone?

—Ocupados, como te puedes imaginar con esta muerte en el festival.

—Me lo imagino. ¿Algún progreso?

Gavin arrugó la nariz. —Todavía no.

—De acuerdo. —Paul se limpió la boca con una servilleta de papel antes de tirarla sobre su plato vacío y apartarlo—. ¿En qué puedo ayudarte?

Bajando la voz a pesar de la distancia entre ellos y los otros clientes, y el ruido del niño pequeño que ahora reía mientras una de las mujeres lo mecía sobre su rodilla, Gavin pasó a una nueva página de su libreta. —La víctima fue estrangulada, y luego su asesino, o alguien más, porque los resultados de la autopsia son ambiguos, le quitó las yemas de los dedos. ¿Alguna vez te has encontrado con algo así por aquí?

La mirada de Paul se dirigió a la ventana mientras uno de los clientes para llevar pasaba conduciendo, y permaneció en silencio por un momento antes de responder. —No se me ocurre nada, no… y llevo aquí un tiempo. Estrangulamientos, sí. Pero la eliminación de las yemas de los dedos… tal vez, no lo sé. Hace unos siete u ocho años, hubo un… ¿Qué estás pensando de todos modos? ¿Que se hizo para retrasar la identificación?

—Exactamente. Y lo logró durante unos días. —Gavin hizo una pausa mientras una camarera se acercaba a limpiar la mesa de al lado—. Resulta que era la hija de uno de los miembros de la banda que iba a tocar el sábado por la noche.

El rostro de Paul se volvió hacia él una vez más, con la ceja arqueada. —¿Coincidencia?

—No lo sabemos. —Suspiró, dejando caer el bolígrafo sobre la mesa—. Quiero decir, no tenemos nada. Absolutamente nada. Esperaba que si algo similar hubiera sucedido por aquí, tendríamos otro ángulo que investigar, pero...

—Te diré qué, haré algunas llamadas, solo por si acaso hay algo en los registros que no conozca. Quiero decir, tantos registros se consolidaron y se trasladaron a la sede central en los últimos años que bien podría haber algo enterrado allí de cualquiera de las dos divisiones, ¿verdad? —Esbozó una sonrisa maliciosa—. Estoy seguro de que hay un par de agentes en prácticas a los que puedo convencer para que trabajen unas horas.

—Cierto. —Gavin intentó inyectar algo de entusiasmo en su voz, pero su mente ya estaba pensando en cómo iba a darle la noticia a Kay.

—Y llamaré a un amigo que trabaja para los de Essex. Tal vez haya algo así al otro lado del estuario que no sepamos.

—Sí, de acuerdo, gracias. Me gusta esa idea.

—Muy bien entonces. —El móvil de Paul vibró, y deslizó la pantalla antes de alcanzar y terminar el resto de su café—. Lo siento, es el jefe. Tengo una reunión en la oficina sobre una redada que tendrá lugar esta noche.

—No te preocupes. Gracias por la ayuda.

—Cuando quieras.

—Cuídate.

—Lo haré.

Paul hizo un gesto de despedida por encima del

hombro mientras se apresuraba a pasar junto a los otros clientes y salía por la puerta, su coche saliendo disparado del estacionamiento momentos después.

Después de ver partir al detective mayor, Gavin bebió un sorbo de café y hojeó sus notas, su frustración profundizándose.

Si Paul, o los dos desafortunados agentes en prácticas que estaban a punto de ser reclutados para ayudar, no podían encontrar nada que vinculara el asesinato de Tansy con otro caso, entonces ¿qué seguía?

Trabajar con Kay había inculcado una sed de justicia en él y en los otros miembros del equipo, y cuando recordó la visión del cuerpo mutilado de Tansy entre las hierbas veraniegas del parque, una ira surgió dentro de él.

Actualizando su libreta con lo que Paul le había dicho y haciendo una lista de puntos sobre lo que el otro detective iba a hacer a continuación, se obligó a relajar los hombros, y luego dio un pequeño salto cuando su móvil vibró.

El número de móvil de Sean Gaskell llenó la parte superior de la pantalla, y respondió, manteniendo la voz baja.

—Piper.

—¿Gav? ¿Qué tan lejos estás de la comisaría en este momento?

—A unos treinta minutos si me apresuro.

—He estado revisando las imágenes de videovigilancia de nuevo —dijo el agente—. Creo que necesitas ver esto.

Gavin ya estaba empujando su silla hacia atrás y apresurándose hacia la puerta. —¿Qué has encontrado?

—Esa persona que vimos en la cámara de seguridad en el jardín de Gareth Torsney. Creo que es Tansy Leneghan.

# CAPÍTULO 36

—¿Cuánto tiempo se tarda en traer una maldita pizza?

Kay levantó la vista de la pantalla de su ordenador y sonrió mientras Gavin caminaba de un lado a otro sobre la alfombra frente a la pizarra, con el estómago gruñendo ruidosamente.

El resto de la sala de incidentes estaba desierta, a excepción de su unido equipo de detectives, habiendo desaparecido el último agente veinte minutos antes, y el flujo y reflujo del tráfico de los desplazamientos de última hora de la tarde se había reducido ahora a un ronroneo constante más allá de las ventanas.

El sol estaba cayendo en el cielo ahora, dando una suave mancha amarillo-púrpura a las nubes que se acumulaban mientras, de vez en cuando, un destello de relámpago se reflejaba en su pantalla.

Parecía que finalmente habría un respiro del calor abrasador que había azotado el sureste del país esta última semana, y saboreaba la idea de acostarse en la cama escuchando la lluvia golpear el techo más tarde esa noche.

Apartando el ratón del ordenador, se recogió el pelo en una cola de caballo suelta y miró al agente mientras se detenía con las manos en las caderas, fulminando con la mirada la puerta.

—Tú fuiste quien pidió el pan de ajo extra —dijo ella—. Eso es probablemente lo que está tardando tanto.

Gavin le lanzó una mirada fulminante, y luego se rio.

—No te olvides de la mayonesa de ajo también, jefa. Hay que tenerla.

—Ahí lo tienes, entonces. —Frunció el ceño—. De todos modos, pensé que era tu turno de ir a buscarla.

—Pensé que como Kyle es el novato, aprovecharía mi superioridad dentro del equipo. —Seguía sonriendo mientras se daba la vuelta para mirar las notas actualizadas que ella había garabateado en la pizarra—. Y releer estas.

—No estoy segura de que ese sea el tipo de liderazgo que intento fomentar por aquí —dijo sonriendo—. Aunque, recordaré eso de la superioridad la próxima vez que esté repartiendo tareas. Puede que tenga que hacerte correr un poco más a menudo para probarlo.

Barnes se acercó con un rollo de papel de cocina medio usado, dejándolo en su escritorio antes de sacudir la cabeza.

—Honestamente, cualquiera pensaría que esto es un jardín de infantes escuchándoos a vosotros dos.

—Tendrías que haberlos oído a él y a Kyle antes —añadió Laura, siguiéndole con un paquete de seis cervezas que goteaban condensación—. Salí a comprar estas. ¿Está bien, jefa?

—¿Alguien te vio?

—No, usé esa enorme bolsa de la librería que me diste.

—Vale. Buen trabajo. —Kay tomó una de las cervezas y la abrió mientras su estómago rugía—. Está bien, Gav, tienes razón. Esa pizza está tardando demasiado.

Todavía se estaban riendo cuando Kyle entró, con los brazos cargados de cuatro cajas de pizza que procedió a colocar en la mesa junto a la pizarra.

—Antes de que empecéis a quejaros, estaban cortos de personal y alguien hizo un pedido de ocho pizzas antes que el nuestro —dijo, y luego se hizo a un lado mientras Gavin y Laura se lanzaban sobre la comida—. Y uno de vosotros, cabrones, pidió pan de ajo extra.

—Gracias, Kyle —dijo Kay, entregándole una cerveza —. Bien, vamos a comer.

La conversación se centró en los chismes de la oficina antes de que ella compartiera la noticia sobre la nueva adición a su hogar, y Barnes se atragantó con un bocado de pan de ajo antes de golpearse el pecho con el puño.

—Maldita sea, jefa, pensé que habías dicho nunca más después de aquella cabra.

—Lo sé, lo sé. Adam me asegura que Hovis no cruzará el arroyo hacia el jardín. —Echó un vistazo por encima del hombro cuando un rumor de truenos que se acercaban hizo temblar las ventanas—. Especialmente si tenemos una buena lluvia esta noche. Habrá más agua en él, y sé que lo llamamos puente, pero en realidad es solo una tabla de madera. No es muy estable, así que dudo que Hovis se arriesgue.

Se volvió para ver cuatro caras incrédulas mirándola fijamente.

—¿Qué?

—Creo que tenemos que empezar una porra —dijo Gavin.

Kyle rebuscó en su cartera y luego sacó un billete de cinco libras.

—Yo me apunto.

—Yo también. —Laura corrió hacia su bolso y volvió con su monedero—. Esto es pan comido. ¿Qué os parece? ¿Elegimos un día o una hora?

—Ambos —dijo Barnes, entregando su contribución —. Y yo me pido la primera opción. Mañana por la tarde, entre las doce y las cinco. No creo que pueda contenerse una vez que se dé cuenta de que el supuesto puente aguantará su peso.

—Oh, vamos. ¿En serio? —Kay observó mientras Gavin recogía el bote de dinero y luego se lo agitaba—. ¿Qué? ¿Quieres que me una?

—Sería descortés no hacerlo, jefa.

—No. De ninguna manera. —Se limpió las manos con una hoja de papel de cocina, luego señaló la pizarra—. Volvamos al trabajo.

Ignorando sus risitas ahogadas, se acercó a la pizarra y reunió sus pensamientos.

—Muy bien, Gav. Ven aquí, cuéntame sobre la teoría de Sean de que esta es Tansy en estas imágenes de videovigilancia.

El agente terminó de sellar un sobre con el bote de la porra dentro, luego se unió a ella.

—Creo que tiene un buen punto, jefa. Quiero decir, obviamente las fotos se pixelaron más cuanto más intentamos ampliarlas, pero hizo lo mismo con un par de fotos de su cuenta normal de redes sociales, no la oculta que Joey nos alertó, y mira, la misma figura se ve en esta cámara gestionada por el ayuntamiento caminando por New Cut Road hacia el parque. La complexión del cuerpo es sorprendentemente similar.

—Sí, pero no lleva un vestido, Gav. —Kay señaló la fotografía de la escena del crimen—. Y lo llevaba cuando esos voluntarios la encontraron. Y Joey confirmó que este era el mismo vestido que llevaba cuando se encontraron. La merodeadora de Sean lleva lo que parecen pantalones de chándal. Y una sudadera. ¿Cómo explicas eso?

—No lo sé. Pero en las imágenes de vídeo tienen el mismo tipo de forma de andar y quiero decir, ¿quién lleva ese tipo de ropa a esa hora de la noche? Y, mira, llevan el pelo recogido en la foto del jardín de Torsney, y aquí en la otra foto. —Señaló las fotos de las redes sociales de nuevo—. Tansy tendía a llevar su coleta un poco tirada hacia la izquierda cada vez, mira. Leanne hace lo mismo, es solo un hábito natural. Es el lado por el que se ata el pelo, así que cuando termina, tiene esa misma inclinación.

—Es una posibilidad remota. —Kay miró de reojo a su colega, oyendo la desesperación en su voz—. Pero, está bien. Digamos que es Tansy, entonces. ¿Qué estaba haciendo merodeando por el jardín de Torsney?

—Más al grano, jefa, quien sea que la recogió del pub después de su encuentro con Joey no la mató —dijo Barnes—. Entonces, ¿quién canceló el taxi, quién la recogió y…?

—¿Quién le dio una sudadera y un pantalón de chándal? —completó Laura—. ¿Y dónde están ahora?

Kay se volvió hacia ella. —¿Cómo te fue rastreando el

número que se usó para cancelar su viaje en taxi de vuelta al hotel?

—Sin suerte. —Laura contuvo un eructo y luego dejó su lata de cerveza—. Disculpa. Revisé los números de móvil que tenemos de las personas con las que hemos hablado hasta ahora, como Georgina, Joey, Brian Kasprak y Melanie Cranwick, y no coincide con ninguno de ellos. He ampliado la búsqueda también, y no aparece nada. Quien llamó a la empresa de taxis no es alguien con quien nos hayamos cruzado todavía.

—O lo es, pero estaba usando una tarjeta SIM diferente. ¿Alguna idea de si es un número de contrato o de prepago?

—No hasta que la compañía de comunicaciones me responda, y eso podría ser…

—En este siglo o en el próximo. —Kay suspiró—. Maldita sea, simplemente no podemos conseguir una pista tangible, ¿verdad? Kyle, ¿cómo le va a Harriet con el resto del material recogido del sitio del festival el sábado?

El miembro más nuevo del equipo de detectives dejó la porción de pizza que había estado contemplando y le lanzó una mirada de advertencia a Laura. —Mía. Jefa, hablé con Patrick en el laboratorio forense antes de que terminaran su turno esta tarde y dijo que esperan terminar los preliminares para el fin de semana. Es solo que debido a la naturaleza de algunas de las cosas, como los contenedores de riesgo biológico que se usaron para recoger agujas usadas, está tomando más tiempo de lo habitual. Sin mencionar el enorme volumen de evidencia que recolectaron. Apenas terminaron ayer por la tarde.

—¿Ayer?

—Sí. Patrick dijo que tuvieron que trabajar con los organizadores del festival mientras desmantelaban la zona de acampada y las carpas de refrescos y luego procesar todo eso también...

—Jesús.

—Y tienen a tres de su equipo de vacaciones esta semana y no se les permite traer contratistas para cubrirlos. —Kyle cogió su trozo de pizza—. No repetiré lo que Patrick dijo sobre eso.

Kay dejó que sus palabras se asentaran por un momento mientras bebía su cerveza. —Así que estamos a días de obtener cualquier hallazgo de eso. No es de extrañar que el informe de Harriet fuera inconcluso sobre la teoría de Lucas de que dos personas podrían estar involucradas en el asesinato de Tansy.

—¿Crees que habrá algo que nos ayude entre esa búsqueda periférica? —dijo Barnes.

—Ya no sé qué pensar. Gav, ¿qué pasó con Paul Solomon en Northfleet? ¿Algo que nos ayude?

—Dijo que va a pedir a un par de agentes en prácticas para que hagan una búsqueda en los archivos, pero no pudo recordar nada parecido a esto en su tiempo allí. También va a hablar con un conocido en la Policía de Essex, por si acaso.

—Suena bien. ¿Qué hay de Sean? ¿Va a continuar con las imágenes de videovigilancia mañana?

—No hay más que revisar, jefa. Terminó esta tarde temprano, pero Tansy, o quien sea que sea, no aparece en ninguna otra grabación. —Señaló con la barbilla hacia la pizarra—. Eso es todo lo que tenemos. A menos que...

—¿En qué estás pensando?

—Es solo algo que se me ocurrió mientras hablaba con Paul antes. Cuando mencionó lo de consultar con Essex sobre posibles similitudes con casos que hayan tenido. Me distraje cuando Sean llamó con las noticias sobre las imágenes de videovigilancia, pero iba a ver si podía encontrar a alguien en Sussex y Surrey para hacer las mismas verificaciones. Por si acaso. Es decir, no tenemos nada más, ¿verdad?

—Todavía no, Gav. Todavía no. —Kay recorrió una vez más la pizarra con la mirada, tensando los hombros—. Pero lo tendremos. No dejaré que el asesino de Tansy se salga con la suya por lo que le hizo.

# CAPÍTULO 37

Una hora más tarde, gruesas gotas de lluvia azotaban las ventanas, y rayos de color púrpura y blanco surcaban el cielo oscurecido, iluminando las paredes de la sala de incidentes con un resplandor fantasmal.

De vez en cuando, uno de los teléfonos al otro lado de la habitación sonaba con un suave tono monótono antes de ser desviado automáticamente al centro de llamadas de Northfleet, mientras Kay estaba sentada en su escritorio mirando fijamente la pantalla de su ordenador, con la barbilla apoyada en la mano.

El resto de su equipo se había marchado en grupo, cada uno ofreciendo palabras de aliento al salir por la puerta, y ella sonrió al recordar su determinación y resolución.

Reclinándose en su silla, rodeó con sus dedos la lata tibia de cerveza y miró el reloj en la pared detrás del escritorio de Barnes.

Adam llegaría en media hora, ya que sus citas de la consulta vespertina terminarían antes de que pasara a recogerla, y ella había aprovechado que no tenía que conducir a casa, cogiendo la lata extra del paquete antes de tirar el cartón en el contenedor de reciclaje junto a la fotocopiadora.

En lugar de observar la tormenta que se acercaba, había optado por releer las declaraciones de las entrevistas realizadas hasta la fecha, examinando las recopiladas de las propiedades vecinas alrededor del parque y centrándose en Joey Twist y su séquito.

—Tiene que haber *algo* aquí —murmuró, pasando las páginas de la declaración pulcramente mecanografiada de la conversación de Laura y Kyle con el taxista, antes de apartarla frustrada.

La chaqueta gris que Toby McKinnon había mencionado que Tansy llevaba en ese viaje seguía desaparecida, y hasta ahora no tenían pistas sobre quién podría haber sido responsable de cancelar su reserva para llevarla de regreso al hotel.

Y luego estaba la teoría de Sean y Gavin sobre la joven que intentaba entrar al parque sin ser notada por los guardias de seguridad del festival. Había muchos otros incidentes durante los primeros días del festival de música en los que los contratistas de seguridad habían expulsado a personas que intentaban entrar gratis, y Kay estaba segura de que había muchos otros que habían evadido ser capturados.

¿Podían estar seguros de que la persona que habían visto era Tansy, o perderían un tiempo valioso persiguiendo una pista que no llevaba a ninguna parte?

Su mirada se posó en la declaración de Brian Kasprak, y se preguntó qué tipo de control de daños estaría tramando el mánager tras la revelación de que la hija de Joey había sido asesinada.

La banda había emitido un comunicado hace tres horas, justo a tiempo para el ciclo de noticias de las seis, y ella se preguntó con un giro cínico de sus labios si Kasprak lo había hecho para asegurar la máxima cobertura para la gira de reunión ahora retrasada, y el subsiguiente nuevo álbum.

Ciertamente, había un lado despiadado en ese hombre.

Cuando recogió la declaración, las páginas grapadas se abrieron en la última, con la firma de Kasprak estampada debajo de las líneas pulcramente mecanografiadas y fechada ayer.

Tanto él como Joey Twist habían optado por esperar mientras se transcribía la entrevista, y Kay había añadido su propia conversación con Kasprak como un anexo formal a su declaración original, la fotocopiadora oscureciendo el efecto del bolígrafo negro que le había entregado al hombre antes de que añadiera su nombre con un floreo.

—Cualquiera pensaría que estabas firmando malditos autógrafos —murmuró, hojeando sus palabras.

Recordó las declaraciones tomadas a los otros miembros de la banda, cada una haciendo eco a la otra, que a pesar de la bien ganada reputación de sus años más jóvenes, estaban aprovechando la ubicación remota del pub y teniendo noches relativamente tranquilas antes de encabezar el festival el sábado.

Dos de ellos pudieron mostrar publicaciones en redes sociales que habían enviado diciendo a los admiradores lo mucho que esperaban verlos pronto, uno estaba teniendo una videollamada con su hija que vivía en Portland, Oregon y Thommo (antiguo némesis de Joey Twist y ahora compañero de banda una vez más) tenía coartada proporcionada por su esposa, que se había unido a la banda para el tramo del Reino Unido de su gira de regreso.

Kay frunció el ceño, su atención volviendo a centrarse en la declaración en su mano mientras una idea rondaba los bordes de sus pensamientos. Pasando las páginas, encontró la parte donde ella y Kasprak habían estado hablando en el pasillo fuera de la sala de interrogatorios.

Golpeó el texto con su dedo índice, su mente acelerada.

—Si estabas haciendo una entrevista de radio para promocionar el regreso, ¿por qué no estaba contigo ninguno de los otros miembros de la banda? ¿No querría el presentador hablar con alguno de ellos?

Dejando la declaración a un lado, golpeó el teclado del ordenador una vez para despertar la pantalla, introdujo su contraseña y rápidamente abrió una nueva ventana. Después de escribir el nombre de la banda junto con las fechas del viernes y sábado, añadió las palabras "entrevista de radio" y "Alemania", y luego observó cómo el motor de búsqueda comenzaba a mostrar sus resultados.

Ignoró los primeros listados, notando que todos eran enlaces patrocinados de una forma u otra, y se desplazó hacia abajo en la página.

Justo ahí, en la séptima línea, estaba lo que buscaba.

—Te tengo.

Al hacer clic en el enlace, encontró un archivo de audio incrustado bajo el título de la página. Ignorando el texto debajo del video, ya que su alemán era prácticamente inútil aparte de deducir que efectivamente estaba escuchando la entrevista que Kasprak le había mencionado, presionó el botón de "reproducir".

La voz del presentador comenzó el procedimiento con una breve introducción extraída sin duda de uno de los comunicados de prensa de Kasprak, y luego la risa distintiva del mánager de la banda llenó los altavoces y la entrevista comenzó en serio.

Afortunadamente, era en inglés y mientras escuchaba, Kay se dio cuenta de que no había nada nuevo que aprender de la conversación: el presentador simplemente se estaba apegando a un guion que sin duda había usado para innumerables entrevistas con bandas antes, y Kasprak estaba empeñado en vender el álbum y la gira como el evento musical de rock más grande del año.

Mientras la entrevista llegaba a su fin, su atención volvió a vagar hacia el texto debajo del video, y se desplazó un poco más hacia abajo.

—Hmm. —Hizo una pausa cuando el texto se acabó después de solo dos párrafos—. Eso no es una transcripción. ¿Y por qué hay una fecha diferente?

Encontrando la opción de traducir en la parte superior de la pantalla, su mirada volvió al texto.

—Mierda. —Apartó el resto de la lata de cerveza mientras su cerebro procesaba lo que estaba leyendo—. No fue una entrevista en vivo.

# CAPÍTULO 38

—¿Qué quieres decir con que no fue una entrevista en vivo?

Barnes se abrochó el cinturón de seguridad antes de agarrarse al reposabrazos de la puerta mientras Kay aceleraba desde la acera, evitando por poco al gato blanco y negro de su vecino que salió disparado de debajo de un coche aparcado.

—Fue grabada dos días antes del asesinato de Tansy —dijo ella, frenando bruscamente y maldiciendo por lo bajo mientras un autobús escolar esperaba en el cruce—. Se transmitió en las primeras horas del sábado por la mañana, pero no era en directo.

—Mierda. Así que Kasprak está mintiendo.

—Sí.

—Joder. ¿Dónde está ahora? ¿Lo sabemos?

—Hice que nuestros colegas de Sussex le informaran en persona anoche que se espera que esté aquí a las nueve de esta mañana y que quizás quiera traer a un abogado.

—¿Le arruinaron el sueño de belleza?

—Probablemente.

—Bien. —Barnes se acomodó un poco más en su asiento mientras ella se incorporaba a la fila de tráfico que se dirigía hacia el centro de la ciudad—. Significa que habrá pasado la mayor parte de la noche organizando esa representación legal.

—Y preparando lo que nos va a decir.

—¿Cómo quieres abordarlo?

—Me gustaría que lo dirigieras tú. Él ha visto cómo operas cuando entrevistaste a Joey, y después de la forma en que estuvo charlando conmigo el martes, podría verme más como una confidente. Podríamos usar eso a nuestro favor. —Suspiró—. Tal vez.

—Un avance increíble, jefa —dijo con admiración.

—Solo tuve suerte, eso es todo. —Tamborileando con los dedos sobre el volante, observó cómo un grupo de niños de edad preescolar eran guiados a través de un paso de cebra frente a ella como una fila de patitos desaliñados, sus coloridos impermeables proporcionando un vivo contraste con los cielos grises y la llovizna que envolvía la ciudad—. Necesitamos más, Ian. Un motivo, para empezar. Y si Sean y Gavin tienen razón sobre que Tansy entró al parque de alguna manera… Es decir, por qué… Oh, no lo sé. Por el amor de Dios, vamos, gente, el semáforo está en verde. Lo siento.

—No pasa nada. Nos está afectando a todos.

Miró a su colega, esperando ver una sonrisa reveladora formándose en sus labios, pero él llevaba la misma expresión de consternación que ella estaba segura que marcaba su frente. Dirigiendo su atención al espejo retrovisor, se vio a sí misma y gimió. —Voy a tener arrugas de preocupación al final de este caso, eso es seguro.

—Tal vez deberías cambiar algo de esa cafeína que estás bebiendo por agua, jefa. La hidratación, esa es la clave, según dicen.

—Vete a la mierda. —Se rio—. Oh, gracias a Dios. Knightrider Street está despejada. Vamos.

Cinco minutos después, entró en el estacionamiento de la comisaría y se apresuró tras Barnes, asintiendo en agradecimiento mientras él pasaba su tarjeta de seguridad por la puerta y la guiaba escaleras arriba hasta la sala de incidentes.

—Bien, así que repasaré todo contigo antes de que lleguen —dijo, mirando el reloj. Abriendo la carpeta de manila sobre su escritorio, la giró hacia él y comenzó a revisar la documentación que había reunido la noche anterior antes de que Adam llegara—. Esta es una copia de la declaración original de Kasprak junto con la adicional que firmó después de que él y yo habláramos en el pasillo. Quería que firmara esto por si algo volvía a Joey, particularmente dado cuánta información compartió Kasprak sobre cómo se involucró en la banda en primer lugar. Y luego aquí hay un resumen de su historia personal y empresarial que he obtenido de la inteligencia de fuentes abiertas, ya sabes, redes sociales, información del Registro Mercantil, entrevistas relacionadas con negocios que ha hecho a lo largo de los años. Solo hice una lista de puntos para facilitar la referencia, pero las URLs de los artículos originales están guardadas en el sistema en caso de que quieras consultarlas después.

—Esto es bueno, jefa —murmuró Barnes, tomando la

hoja de referencia de ella—. ¿Qué hay de preguntas específicas?

—Creo que deberías empezar por ponerlo cómodo, amable y amistoso, y luego lo golpeas con la mentira descarada sobre la entrevista de radio siendo su coartada para su paradero. —Resopló apartando el flequillo de su cara y alzó una ceja cuando sonó el teléfono de su escritorio y reconoció el número de extensión de la recepción—. ¿Listo para la batalla?

Él recogió los papeles y cuadró los hombros. —Más que nunca.

# CAPÍTULO 39

A pesar de su anticipación por la entrevista y su desesperación por ver arrestado al asesino de Tansy, Kay se aseguró de comportarse con un aire de autoridad confiada cuando se acercó a la recepción.

Asintió al agente uniformado detrás de la pantalla de seguridad de plexiglás, luego cruzó hacia donde Brian Kasprak estaba sentado junto a un hombre corpulento con un traje gris sombrío, siendo una corbata azul pálido alrededor de su cuello la única concesión al color.

El propio Kasprak llevaba sus característicos vaqueros y chaqueta negra sobre una camiseta blanca, aunque notó con una fugaz sensación de satisfacción que tenía bolsas bajo sus ojos enrojecidos y se había cortado al afeitarse esa mañana, a juzgar por el maquillaje corrector aplicado en su cuello.

—Señor Kasprak, gracias por ser puntual —dijo ella—. Y usted es...

—Steven Javernick —dijo el abogado, entregándole

una tarjeta de visita—. No puedo expresarle cuánto lamento…

—Entonces no lo haga. —Kay se dio la vuelta y los guio hacia la puerta de seguridad reforzada antes de pasar su tarjeta y mantenerla abierta para ellos—. Por aquí, por favor.

Barnes estaba de pie al final del pasillo e hizo señas a los dos hombres. Había elegido la sala de interrogatorios más alejada, dando deliberadamente a Kasprak tiempo suficiente para contemplar la seriedad de la situación en la que se encontraba mientras pasaba por cada puerta cerrada.

Kay observó cómo el hombre disminuía la velocidad a medida que se acercaba a su colega, retrasando la inevitable confrontación que estaba a punto de desarrollarse.

Se detuvo brevemente antes de seguir a Javernick a la sala, y luego nuevamente cuando dio una vuelta completa, observando las paredes lisas de yeso beige y las cuatro sillas alrededor de una mesa metálica cubierta de laminado.

—Señor Kasprak, si pudiera tomar asiento, comenzaremos —dijo Barnes, desabrochándose la chaqueta y sacando una silla para Kay frente al abogado.

Ella escuchó mientras su colega recitaba la advertencia formal y observó cómo la nuez de Adán de Kasprak subía y bajaba en su garganta, con la mirada fija en la superficie de la mesa.

Se aclaró la garganta antes de confirmar su nombre y ocupación, fue a juntar las manos, pero pareció pensarlo mejor y las dejó caer sobre su regazo fuera de la vista, afectando un gesto relajado que no engañó a nadie.

Barnes comenzó la entrevista con un resumen para la grabación. —Señor Kasprak, cuando habló con mi colega, la inspectora Hunter, el martes, usted declaró que conoce a Joey Twist desde principios de los 2000 y que lo ha representado consistentemente a él y a la banda desde entonces, incluso durante su pausa de quince años. Además, afirmó que en el momento en que Tansy Leneghan se reunía con su padre en el pub en las primeras horas del sábado, usted estaba siendo entrevistado por una emisora de radio alemana. ¿Desea cambiar algo de esa declaración?

El mánager de la banda negó con la cabeza. —No.

—¿Cuándo se organizó la entrevista?

—Hace unas semanas. Alemania es uno de los mercados más grandes de la banda y toda la reunión ha impactado en la prensa de música rock allí. Hay mucha anticipación por el nuevo álbum, así que cualquier cosa como esa entrevista ayuda a que los promotores se involucren con la gira de este año. —Parte de la confianza de Kasprak regresó mientras se adentraba en territorio familiar, su voz firme y sus hombros relajándose—. Significa algunas horas largas hablando con gente así, pero valdrá la pena.

—Bien, de acuerdo. —Barnes abrió la carpeta manila y empujó dos páginas—. Para los propósitos de la grabación, le estoy mostrando al señor Kasprak una impresión del sitio web de la emisora de radio alemana que muestra una captura de pantalla de un clip de audio y algo de texto debajo. La segunda página es la traducción al inglés de la misma página. Las URLs de cada una aparecen en el pie de página de la impresión. Hábleme de esto, señor Kasprak. ¿Qué dice?

El hombre metió la mano en un bolsillo interior de su chaqueta y sacó unas gafas, una expresión avergonzada cruzando sus facciones. —Tiempo de confesión. Necesito estas para leer cualquier cosa menor a catorce puntos estos días.

Kay observó mientras se ponía las gafas antes de inclinarse para leer el texto, y notó con cierta satisfacción que el color desaparecía de su rostro.

—Em… Yo… eh. —Kasprak se quitó las gafas—. Estoy seguro de que hay una explicación razonable, yo…

—Ciertamente espero que así sea —dijo Barnes, y luego esperó, sin apartar la mirada del rostro del hombre.

Los segundos se arrastraron, y entonces el mánager de la banda se aclaró la garganta. —Oh, es cierto. Sí. Fue el jueves por la noche cuando grabé la entrevista con ellos, no el viernes. Con todo lo que estaba pasando antes del festival, debo haber confundido los días. Lo siento.

Barnes golpeó la mano sobre la mesa, haciendo que Kasprak y su abogado saltaran. —No es suficiente, señor Kasprak. Estamos tratando con el brutal asesinato de una joven de veinticuatro años, específicamente la hija de uno de sus clientes. A menos que eso no sea suficiente para captar su atención y enfoque, déjeme decirle esto. Usted es actualmente nuestro único sospechoso en su muerte.

Los ojos del hombre se abrieron de par en par, su labio temblando. —Pero… pero yo no la maté.

—Pero usted *sí* sabía que ella se reuniría con su padre esa noche, ¿no es así?

—S-sí.

—¿Cómo se enteró?

Kasprak pareció recuperar parte de su arrogancia y se formó una sonrisa astuta. —Ella contrató a un investigador privado para husmear y encontrar a su padre, ¿lo sabían?

Barnes permaneció en silencio, y el único sonido que llenaba la habitación provenía del leve rasgueo del bolígrafo del abogado sobre su bloc legal mientras tomaba notas furiosamente.

Kay se preguntó cuánto le habían dicho antes de la entrevista, y si estaba progresando como esperaba, o si el interrogatorio de su colega había suscitado preocupaciones sobre qué más podría estar ocultándole su cliente.

—No sé dónde lo encontró. Era tan sutil como el proverbial elefante en una cacharrería —continuó Kasprak, sacudiendo la cabeza con incredulidad. Se dio palmaditas en el pecho, sus ojos moviéndose entre los dos detectives —. Quiero decir, mírenme. He estado en el negocio de la música por más de treinta años. Estoy acostumbrado a detectar admiradores locos a kilómetros de distancia. ¿Realmente pensó que alguien siguiendo mi coche desde la oficina no llamaría mi atención? ¿Y ni hablar de llamar a mi asistente administrativa cuando no estoy allí para poder husmear y averiguar dónde estaba Joey estos días? Por el amor de Dios…

Javernick levantó un dedo de advertencia de su bloc legal y negó ligeramente con la cabeza antes de bajar la mirada una vez más, y su cliente se reclinó en su asiento.

—Todo lo que digo es que quienquiera que la ayudara, no fue tan discreto como ella pensaba. Es decir, ¿qué creía, que meter las narices en los asuntos de Joey no llamaría mi atención?

—¿Cómo se enteró de la reunión? —preguntó Barnes.

—Por accidente. Como dije, necesitas ojos en la nuca para hacer este trabajo, especialmente cuando se trata de todas las diferentes formas en que los admiradores intentarán acercarse a los miembros de su banda favorita. Honestamente, a veces es como arrear gatos. Si supieran cuánto… —Se interrumpió, luego suspiró—. Mire, estaba preocupado, ¿de acuerdo? Hay mucho en juego con este álbum y esta gira. *Mucho*. No quería que Joey perdiera el enfoque. Necesitaba que él…

Se interrumpió cuando un fuerte golpe en la puerta resonó en las paredes, y la cabeza de Kay giró mientras se abría y Kyle asomaba.

—Jefa, disculpa la interrupción, pero necesito hablar contigo urgentemente.

# CAPÍTULO 40

—Mejor que esto sea bueno, agente.

Kay observó a su nuevo detective en prácticas mientras se balanceaba de un pie a otro, y luego se dio cuenta de que no era por nervios. Una energía tangible emanaba de él, y su corazón se aceleró.

Kyle se mordió el labio mientras Barnes cerraba la puerta de la sala de interrogatorios, luego caminó unos pasos y les hizo señas para que se acercaran, bajando la voz.

—Acabamos de recibir una llamada de Andy Grey de forense digital —dijo—. Finalmente logró acceder al teléfono móvil de Tansy y entró en la cuenta de redes sociales que ella creó para enviar mensajes a su padre.

—Gracias a Dios por eso —siseó Barnes—. Y ya era hora.

—¿Qué encontró? —Kay reprimió el impulso de alcanzar y sacudir a Kyle para que se apresurara, dándose cuenta de que sin duda estaba aprendiendo a entregar sus noticias en pequeñas dosis de Gavin—. ¿Algo que pueda ayudarnos?

—Sí, sí. Él cree que sí, de todos modos. —Kyle hizo una pausa de nuevo, humedeciéndose los labios—. Va a enviar todas las capturas de pantalla y transcripciones para que Debbie pueda ingresarlas en HOLMES2 y distribuirlas al equipo de inmediato, pero dijo que había una persona que se puso en contacto con *ella* desde una cuenta separada y le envió un par de mensajes amenazantes sobre mantener su distancia de Joey y la banda.

—¿Qué? ¿Quién? ¿Cuándo? Es decir, en términos de tiempo, ¿cuándo abrió esa cuenta y cuándo comenzaron a llegar esos mensajes?

—La cuenta se abrió a principios del mes pasado, así que hace unas seis semanas. El primer mensaje, que decía algo así como "Sé lo que estás tramando y necesitas parar" se envió dos semanas después, a mediados de mayo.

—Pero dijiste que había un par de mensajes —dijo Barnes—. ¿Cuándo se envió el otro?

Kyle sonrió. —El miércoles pasado.

—Jesús. —Kay se alejó de él, cubriéndose la boca para evitar gritar de alivio a todo pulmón. Se alejó unos pasos, miró fijamente la puerta cerrada de la sala de interrogatorios, luego se giró y volvió a zancadas hacia sus colegas y tomó un profundo respiro—. ¿Qué decía ese?

—Fue al grano, jefa. Solo decía "Aléjate". Tansy no respondió a ninguno de ellos, pero definitivamente fueron entregados y vistos. Por lo que Andy puede decir, y por lo que sabemos de las declaraciones, Tansy era la única persona con acceso a esa cuenta.

—Bien, ¿Andy tiene alguna idea de quién envió esos mensajes?

—Solo una corazonada, y solo basada en la comparación de la actividad de esa persona en otra cuenta que es más oficial porque ambos mensajes fueron enviados desde una cuenta privada como la de Tansy. Me refiero a la cuenta *normal* de esa persona en ese sitio. Parece que el mensaje fue enviado a Tansy entre actividades en la cuenta oficial, y estaban *muy* activos en ella en el mismo período de tiempo debido al festival. —Negó ligeramente con la cabeza hacia Barnes, quien había tomado una brusca inhalación—. Y antes de que preguntéis, también verificó a todos los demás con quienes hemos hablado en relación con la reunión de Tansy con su padre.

—Maldita sea, Kyle —dijo Kay con impaciencia—. *¿Quién?*

El detective en prácticas señaló con el pulgar hacia la sala de interrogatorios. —Kasprak.

—Joder —respiró Barnes, golpeando la carpeta manila contra su pierna—. Lo tenemos.

—Aún no —dijo Kay—. Pero es un maldito buen comienzo. Kyle, ¿podrías hacerle saber a Andy que aprecio su ayuda? E ingresa esas transcripciones en HOLMES2 y deja una impresión de todo en mi escritorio para que pueda echarle un vistazo después de esta entrevista.

—Lo haré, jefa.

Lo vio irse y luego miró a Barnes, viendo la sonrisa lobuna que llevaba. —¿Supongo que quieres volver ahí dentro?

—Vamos, jefa.

La puerta golpeó la pared de yeso cuando su colega la abrió, y ella se estremeció ante el fuerte golpe que resonó por la habitación antes de cerrarla tras de sí y seguirlo hasta la mesa.

Su postura se mantuvo profesional mientras reiniciaba la grabación y recitaba una introducción formal, luego abrió la carpeta manila frente a él y miró a Brian Kasprak.

—¿Qué cuentas de redes sociales tiene, señor Kasprak?

El hombre frunció el ceño. —Em, las usuales.

Enumeró algunos nombres familiares, confirmó cómo se llamaban sus cuentas en ellos, y luego frunció el ceño. —¿Por qué?

—Háblenos de los dos mensajes que le envió a Tansy Leneghan diciéndole que evitara a su padre —dijo Barnes—. Específicamente, el segundo que dice "Aléjate".

—No sé nada de eso. —Kasprak levantó el mentón, el color subiendo a sus mejillas.

—¿Está seguro?

El hombre tragó saliva, pero no dijo nada.

—Bien —dijo Barnes imperturbable—, ¿qué hay del primer mensaje que decía "Sé lo que estás tramando y necesitas para"?

El abogado se inclinó y susurró al oído del mánager de la banda, sus palabras inaudibles desde donde Kay estaba sentada. Ella frunció el ceño a ambos hasta que Kasprak bajó la mirada a la mesa y asintió ligeramente.

—Está bien, yo... —Se detuvo para aclararse la garganta—. Sí envié ese, sí.

—¿Por qué?

—Es como dije. Me preocupaba que Joey perdiera el enfoque si ella venía husmeando. Además, mi primer interés está en cada miembro de esa banda y su bienestar. Tansy podría haber estado tras su dinero, ¿no? Es decir, no tengo nada en contra de que ella intente ponerse en contacto, pero necesitaba esperar. Al menos hasta que terminara la gira. Ella lo habría arruinado todo.

—¿De qué manera?

—Queriendo ir con ellos o algo así. Distrayéndolo. Quiero decir, Cristo, tenían veinte años sobre los que ponerse al día, ¿verdad? ¿Realmente cree que Joey habría entrado a un estudio para grabar un álbum en lugar de pasar tiempo con su hija?

—¿Le preguntó?

—No. No tuve la oportunidad, ¿verdad?

Barnes se inclinó más cerca, ignorando la mirada de advertencia de Steven Javernick. —Entonces, señor Kasprak, ¿dónde estaba exactamente cuando Tansy Leneghan estuvo en el pub la madrugada del sábado? Porque no estaba hablando con una emisora de radio alemana, ¿verdad?

Kasprak se pasó las manos por la cara antes de suspirar. —Estaba escondido en el almacén junto a la cocina. Oí a Joey moverse en su habitación y escuché voces, luego lo oí salir de la habitación y bajar las escaleras. Tienen que entender, es mi trabajo asegurarme de que ese grupo cumpla las promesas que hemos hecho a los promotores, así que si estaba tramando algo que pudiera poner en peligro el evento de ese día, iba a detenerlo. Él caminaba de un lado a otro en el bar, mirando por las ventanas. Era bastante obvio que estaba esperando a alguien, y no hacía falta ser un genio para saber quién, especialmente después de que ese detective privado contactara con la oficina. Así que fui a esconderme. Supuse que no querría que ella usara la puerta principal; la cocina era la opción obvia.

—¿Qué hizo cuando ella llegó?

—Fueron al bar, así que me escabullí… —Soltó un resoplido gutural—. Debí parecer un idiota arrastrándome a gatas por la cocina hasta el bar, pero no podía arriesgarme a que ninguno de los dos me viera. Lo escuché todo, por supuesto, cómo iba a arreglar para que ella saliera de gira con ellos, y cuánto esperaba pasar más tiempo con ella… Todo lo que me preocupaba, en realidad.

—¿Qué pasó cuando ella se fue?

El rostro de Kasprak decayó. —Si hubiera sabido lo que iba a pasar… Vi el taxi dejarla, ¿sabe? A través de la ventana del almacén. Así que antes de arrastrarme hasta el bar, llamé a la compañía y pregunté si se había reservado un viaje de vuelta. Lo habían hecho, así que dije que se habían hecho arreglos alternativos y que podían cancelarlo. Solo quería hablar con ella, hacerle ver que tenía que esperar, que tenía que dejar todos los asuntos familiares hasta el Año Nuevo, al menos hasta que terminara la etapa europea de la gira y hubiéramos alcanzado el número uno en Navidad…

—¿Usó su coche?

—Sí.

—¿Dónde está ahora?

—Aquí. Es decir, está en el aparcamiento a la vuelta de la esquina. Junto a ese museo de carruajes.

Barnes miró a ambos hombres. —Vamos a necesitar las llaves de su coche, señor Kasprak. Y tal vez quiera hacer arreglos de viaje alternativos para los próximos días.

—Eso es absurdo —balbuceó Javernick—. No pueden hacer eso. Mi cliente ha asistido a esta entrevista voluntariamente, y…

—Su cliente es actualmente el principal sospechoso en la brutal masacre y mutilación de Tansy Leneghan —dijo Barnes—. Así que sí, podemos. Las llaves, por favor.

Kasprak frunció el ceño, y luego sacó sus llaves del bolsillo con mano temblorosa y entregó el llavero del coche. —Quiero un recibo. Y si vuelve dañado, yo…

—Recibirá un recibo, no se preocupe. —Barnes deslizó el llavero hacia Kay y volvió su atención al mánager de la banda—. Entonces, ¿cómo persuadió a Tansy para que subiera a su coche?

—Supongo que estaba demasiado cansada para discutir —dijo Kasprak—. Aparqué calle abajo y encendí las luces cuando ella salió del pub, así que no pudo verme hasta que abrió la puerta trasera. Se rio un poco, y luego subió y me preguntó si había escuchado su conversación. Le dije que sí, y me preguntaba si al menos me escucharía mientras la llevaba a donde quisiera ir.

—¿Sabía dónde se alojaba?

—No, y nunca me lo dijo. Me pidió que la dejara en ese tramo de carretera junto a la tienda minorista y ese hotel, así que supuse que se alojaba allí. No hay nada más por allí, ¿verdad? Es decir, para todo el secretismo de esa noche, no estaba siendo precisamente inteligente al respecto.

—¿De qué hablaron?

—Solo intenté hacerla entrar en razón, eso es todo. Pero no quiso saber nada. —La mirada de Kasprak cayó a la mesa—. No estoy orgulloso de ello, no después de lo que pasó, pero perdí los estribos con ella. Era tan irritantemente ingenua sobre todo el maldito asunto.

—¿La golpeó?

La cabeza del hombre se levantó de golpe. —No. Por supuesto que no.

—¿Se enfureció y la golpeó? ¿Es eso lo que pasó? —La voz de Barnes no vaciló—. Lo hemos visto antes, Brian. Los nervios se tensan, la frustración… ya sabe. Un solo puñetazo es todo lo que se necesita. Tal vez cuando eso la dejó inconsciente, usted se asustó. Quizás decidió terminar el trabajo y asfixiarla, excepto que ella aún no estaba muerta, ¿verdad?

—No. No, no… yo no la maté. —La voz de Kasprak se elevó con desesperación—. Solo… solo gritamos un poco. Y luego ella dijo que quería ver dónde iba a tocar su padre más tarde ese día. Le dije que de ninguna manera le daría un pase entre bastidores, no allí de todos los lugares. Ella dijo que tenía que hacerlo, que no podía conseguir una entrada, y cuando me negué de nuevo, fue cuando me dijo que la dejara. Tan pronto como detuve el coche, ella salió, cerró la puerta de un golpe y se marchó furiosa.

—Y usted simplemente la dejó caminar sola.

Kasprak palideció. —Oiga, si hubiera sabido que esa iba a ser la última vez que la vería con vida, habría insistido en llevarla a donde se alojara. Lo juro.

Barnes se reclinó en su asiento por un momento y luego señaló la chaqueta de Kasprak. —¿Podría quitársela por un momento, por favor?

—¿Qué?

—Su chaqueta. ¿Podría quitársela, por favor?

El mánager de la banda miró a Javernick, quien

respondió con un encogimiento de hombros desconcertado.

—Oh, está bien. Lo que sea. —Kasprak se puso de pie, luego se quitó la chaqueta y levantó las manos—. ¿Algo más, detective? ¿Le gustaría que hiciera un número musical a continuación?

—Muéstreme sus brazos, por favor.

El hombre puso los ojos en blanco, pero luego giró sus brazos a izquierda y derecha.

Kay contuvo un suspiro.

No había ni una marca de arañazo a la vista, ni siquiera algún indicio de que tal lesión hubiera sido ocultada con el mismo maquillaje que el rasguño de afeitado.

Su corazón golpeó contra sus costillas.

—Señor Kasprak, ¿podría quitarse el maquillaje del cuello, por favor?

—¿Qué?

Ella extendió la mano hacia una caja de pañuelos junto al equipo de grabación y se la deslizó por la mesa. —Quítese el maquillaje, por favor.

Contuvo la respiración mientras él se frotaba la línea de la mandíbula, luego se inclinó más cerca. —¿Cómo se hizo ese arañazo?

—Me corté al afeitarme esta mañana.

—¿Le ocurre eso a menudo?

Él la fulminó con la mirada. —Me temblaba la mano. Supongo que tenía muchas cosas en la cabeza.

—Me lo imagino. —Kay volvió a su asiento y le hizo un gesto a Barnes con la cabeza.

Su colega se aclaró la garganta y luego se volvió hacia el equipo de grabación, con la mano suspendida sobre el botón de "stop". —Entrevista en pausa a las once cuarenta y tres.

Antes de que tuviera la oportunidad de detener la cinta, Javernick ya se estaba levantando de su asiento. —Mi cliente tiene asuntos importantes que atender esta tarde, detective.

—Tiene razón —dijo Kasprak, con desesperación en su voz—. Tengo que hablar con los promotores en Polonia sobre la financiación de la gira allí. Llevamos tres meses intentando programar esto.

—Oh, usted no va a ir a ninguna parte, señor Kasprak —dijo Barnes—. No hasta que hayamos corroborado *todos* sus números de teléfono con la compañía de taxis. Y también le invitaremos a proporcionar una muestra de ADN.

# CAPÍTULO 41

Kay se apresuró a entrar en la sala de incidentes, vio a Laura junto al hervidor y le hizo un gesto mientras se dirigía a su escritorio.

—Necesito que tú y Gavin traigáis a Melanie Cranwick para interrogarla —dijo, recogiendo las transcripciones de los mensajes de la cuenta oculta de redes sociales de Tansy que Kyle había dejado en una pila ordenada bajo el ratón de su ordenador—. Y por el amor de Dios, aseguraos de advertirle sus derechos.

—Claro, jefa. —Laura se giró para coger su chaqueta del respaldo de su silla y se echó el pelo sobre el cuello. Miró por encima del hombro cuando Barnes entró apresuradamente—. Supongo que ha habido un avance, ¿no?

—Kasprak fue quien canceló el viaje en taxi de Tansy de vuelta a Maidstone —dijo él—. Y fue él quien la llevó de vuelta, aunque jura que estaba bien cuando la dejó cerca del hotel.

—¿Conseguiste la muestra de ADN? —preguntó Kay.

—Ya está embolsada y con Hughes en recepción para el mensajero —dijo—. He llamado al laboratorio para avisarles de que es prioritario.

—Apuesto a que les encantó. ¿Cuánto dijeron que tardarían?

—Pedí un favor, así que tal vez, *tal vez*, lo tengamos antes del fin de semana.

—Jesús, eso espero. No me apetece tratar de convencer a un magistrado para que firme la orden de mantener a Kasprak bajo custodia más allá de las treinta y seis horas estándar. No sin algo concreto de qué acusarlo.

—¿Es un riesgo de fuga, jefa? —preguntó Laura.

—Espero que no —respondió Kay—. ¿Y tú sigues aquí porque…?

—Ya me voy.

La detective se apresuró a salir, arrastrando a Gavin lejos de la fotocopiadora al pasar y dirigiéndolo hacia la puerta.

—¿Esas son las transcripciones del teléfono de Tansy, jefa? —dijo Barnes, mirando por encima de su hombro—. Vaya. Parece que se volvieron muy habladores una vez que ella contactó con Joey.

—Sí, lo sé. —Kay examinó los textos, pasando cada página a Barnes para que terminara de leerla mientras ella revisaba el resto en orden cronológico—. Y parece que no estaba bromeando; una vez que superó el shock, se puede notar su entusiasmo en estos mensajes sobre organizar esa reunión, ¿no crees?

—¿Cuándo se envió el último?

Kay se dirigió a los últimos mensajes y tragó saliva ante la conmovedora escena. —Aquí, a la una y cinco de la madrugada del sábado: "Ya salgo para encontrarme con el taxi. ¡Nos vemos pronto! XX". Luego él respondió: "Te espero detrás del pub. Abriré la puerta de la cocina. No puedo esperar para verte al fin. XX".

Barnes tomó la página de ella y suspiró. —Y ella estaba muerta pocas horas después de esto. Dios mío, jefa.

—Bien, probablemente tengamos media hora hasta que Laura y Gavin regresen con Melanie. Aprovechémosla. Quiero que revises las cuentas de redes sociales de la banda, y yo me encargaré de las de ella. Elaboremos un perfil mejor que el esqueleto que tenemos actualmente y asegurémonos de que esta próxima entrevista valga la pena.

—Entendido, jefa.

———

Kay golpeó con los nudillos la puerta de la sala de interrogatorios número tres y la abrió para ver a Melanie Cranwick vestida con un suéter crema y vaqueros azules.

Estaba sentada junto a un abogado de oficio conocido que había sido designado para ella. Con tan poco tiempo de aviso y escasos fondos para el tipo de representación legal que Brian Kasprak había contratado, la mujer había seguido el consejo de Gavin y aceptado la ayuda de un bufete local de abogados defensores penales cuyas oficinas estaban muy cerca de la comisaría de Palace Avenue.

El hombre llevaba un traje gris oscuro barato y una expresión de cansancio permanente, aflojándose la corbata y saludando a Barnes con un gesto mientras su colega se sentaba y ponía en marcha el equipo de grabación, repitiendo la advertencia formal que Laura y Gavin le habían dado a Melanie menos de una hora antes.

—Melanie, nos gustaría empezar preguntándole sobre su relación con Brian Kasprak —dijo Barnes—. ¿Puede decirnos cómo empezó a trabajar para él?

—Supongo que tenía unos veintiuno o veintidós años. Recién divorciada de todos modos, y preguntándome qué hacer con mi vida. —Su mirada se volvió nostálgica—. Dios, eran buenos tiempos. Compartía un piso en Islington y trabajaba como secretaria temporal en un banco de la ciudad. Ganaba buen dinero, así que la mayoría de las noches salía a conciertos por la ciudad. Una de las bandas locales no tenía ni idea de cómo promocionarse y yo había visto lo suficiente para entonces como para saber cómo hacerlo por ellos, así que empecé a dirigir su club de admiradores. Se separaron unos seis meses después, pero para entonces ya conocía más o menos a Brian en la escena musical y estaba aburrida en mi trabajo, así que me ofrecí a trabajar para él en su lugar.

—¿Pagaba tan bien? —dijo Barnes, arqueando una ceja—. ¿Comparado con un banco?

Melanie contuvo una sonrisa traviesa. —Bueno, supongo que había otros beneficios. Joey era uno de ellos. En ese momento, más o menos estaba saliendo con él también.

—¿Cómo ha cambiado su papel con Brian a lo largo de los años?

—Dios mío, muchísimo. —Levantó las manos—. Quiero decir, ¿por dónde empezar? Internet aún estaba en su infancia comparado con lo que es ahora, las redes sociales eran… Quiero decir, la gente habla de ellas con cierta nostalgia ahora, pero honestamente eran una porquería. Es mucho más fácil promocionar a la banda ahora y mantenerse en contacto con sus admiradores. He estado dirigiendo ese aspecto para la banda durante todo este tiempo…

—¿Y las redes sociales de Brian? ¿Cuánto tiempo lleva gestionándolas?

—Solo este año, desde que se anunció la reunión. Verá, hay tanto que hacer con un proyecto como este. Está haciendo malabares con la financiación del álbum y la gira, hablando con promotores de giras de todo el mundo a todas horas, además de promocionar a la banda a través de sus propias cuentas de redes sociales para ayudar a despertar el interés de los inversores. —Se inclinó hacia adelante, bajando la voz en tono confidencial—. ¿Sabía que incluso se habla de que podría aparecer en el panel de jueces de uno de esos concursos de talentos de la televisión a finales de este año? Sería perfecto: es tan fotogénico y sabe *tanto* sobre la industria musical. Tenerlo como mentor de una estrella en ascenso sería increíble.

—¿Qué hizo mientras la banda estaba en pausa?

Parte del entusiasmo abandonó su rostro. —Tuve que buscar otro trabajo. Es decir, mantuve el club de admiradores, la página web y el boletín, pero Brian no podía pagarme mientras no hubiera ingresos. ¿Le dijo que los pagos de regalías se estaban agotando? Así que, sí, conseguí un trabajo cerca de aquí en el polígono industrial de Aylesford, trabajando para una empresa de biociencias hasta que me despidieron hace unos años, y luego conseguí otro trabajo en la oficina de una pequeña compañía de seguros aquí en la ciudad. —Sacudió la cabeza, emitiendo un suspiro teatral—. No puedo explicarle lo feliz que fui al decirles dónde podían meterse *ese* trabajo cuando Brian me llamó a finales de enero y me habló de los planes de la banda para volver a reunirse. Me ofreció mi antiguo puesto allí mismo, diciendo que no podían hacerlo sin mí. Por supuesto, Joey ya me había advertido que probablemente iba a suceder después de su reunión secreta con Thommo, pero aun así fue bueno escuchar la voz de Brian de nuevo.

—¿Cuándo se enteró Brian sobre Tansy?

—¿Qué? —Sus ojos se agrandaron.

—¿Qué hizo Brian cuando se enteró de que ella había contratado a un investigador privado para encontrar a su padre, Joey Twist?

—Yo… no lo sé. No sabía que él estuviera enterado de ella. Joey me lo dijo cuando ella se puso en contacto.

—¿Cuándo se lo dijo Joey?

—La semana pasada. El miércoles, creo.

—Pero usted lo sabía desde antes, ¿no es así, Melanie?

Ella levantó el mentón. —No sé de qué me está hablando.

—Brian le dijo que Tansy había contratado a un investigador privado para localizar a Joey. ¿Fue idea suya crear la cuenta secreta en redes sociales para enviarle un mensaje diciéndole que se mantuviera alejada, o fue idea de usted?

—Yo… no lo sé.

—¿Descubrió usted la contraseña de Brian para la cuenta secreta y envió un mensaje amenazante a Tansy diciéndole que "se alejara"? —Barnes abrió la carpeta manila y deslizó la captura de pantalla fotocopiada—. Esta de aquí. ¿Envió usted esto desde la cuenta de redes sociales de Brian Kasprak?

—N-no estoy segura. —Mantuvo las manos entrelazadas, como si temiera tocar la página—. No puedo recordarlo.

—Piense, Melanie. Es importante. Uno de ustedes conoce las cuentas de redes sociales de la banda al dedillo. Uno de ustedes estaba lo suficientemente asustado por el contacto de la hija de Joey como para amenazarla. Y uno de ustedes está mintiendo.

Se inclinó más cerca. —Y en este momento, ambos están bajo sospecha por su asesinato.

# CAPÍTULO 42

Los sollozos entrecortados de Melanie llenaban la sala de interrogatorios mientras Kay observaba impasible, con la mandíbula tensa.

Barnes deslizó una caja de pañuelos de papel y se mantuvo en silencio mientras el abogado de oficio consultaba su reloj.

—Quizás mi cliente podría tener cinco minutos para recomponerse —dijo en un tono monótono y aburrido—. Y me gustaría hablar con ella.

—De acuerdo. —Kay empujó su silla hacia atrás mientras su colega pausaba el equipo de grabación, y luego salió tras él al pasillo. Cerrando la puerta, se apoyó contra la pared de yeso y cruzó los brazos—. Bien, ¿qué opina?

Barnes torció la boca.

—No lo sé, jefa. Creo que ella envió ese mensaje, pero me cuesta creer que haya podido asesinar a Tansy. No me lo puedo imaginar.

—¿Y si sabe quién lo hizo? ¿Podría estar protegiendo a Kasprak?

Él se encogió de hombros y luego se giró cuando la puerta se abrió y el abogado de oficio asomó la cabeza.

—Mi cliente desea hacer una declaración —dijo.

Kay arqueó una ceja mirando a Barnes, y luego siguió a ambos hombres dentro de la sala, esperando mientras se reiniciaba el equipo de grabación. Después apoyó los brazos en la mesa y miró a la mujer frente a ella.

—Se nos está acabando la paciencia rápidamente, Melanie, así que vamos a escucharlo. No más mentiras.

—De acuerdo —susurró la mujer.

—Y por favor, hable más alto. Necesitamos asegurarnos de que la grabación pueda captar su voz.

Aclarándose la garganta, Melanie se enderezó, aunque su mirada nunca abandonó la mesa.

—Yo envié ese mensaje a Tansy diciéndole que se mantuviera alejada. Nunca quise que la mataran, yo no la maté. Cuando Brian me habló de la investigadora privada, no me dijo que Tansy era la hija de Joey. Solo me dijo que alguien estaba intentando localizar a Joey de su pasado, y que si se acercaba demasiado rápido podría poner en peligro todo el proyecto de reunión. Me prohibió decirle a Joey que él sabía sobre esta mujer de su pasado, y contárselo a cualquier otra persona de la banda. Creo que pensó que ella simplemente se rendiría si no podía encontrar una forma de contactar directamente con Joey. Él... nosotros dos... pensamos que se rendiría una vez que Brian cerrara cualquier posibilidad de una presentación.

Hizo una pausa para secarse los ojos con un pañuelo ya empapado, y luego tomó aire profundamente.

—Pensé que Tansy era alguien que Joey conocía románticamente, ya saben, de hace mucho tiempo. La gente hace eso, ¿no? Se dan cuenta de que deberían haber aprovechado una oportunidad con alguien hace veinte o treinta años y quieren ver si es posible cuando son mayores, e intentan reavivar algo. Supongo que me puse celosa, eso es todo. Descubrí esa cuenta secreta de redes sociales de Brian por accidente porque apareció en las notificaciones de mi cuenta habitual diciendo "¿conoces a esta persona?", probablemente porque yo administro todas las cuentas de la banda. Brian es como el resto de ellos, no muy bueno con la tecnología y las redes sociales —dijo con una sonrisa astuta—. Todos ellos son dinosaurios con esas cosas, créanme.

—¿Cómo supo que era su cuenta? No es su foto la que aparece, y está configurada como privada.

—¿Ven ese avatar que ha usado en el mensaje? —Levantó la mirada y señaló la transcripción impresa—. Es el mismo diseño que el tatuaje en su bíceps. Normalmente lo mantiene cubierto con la manga de la camiseta.

—¿Y logró entrar en esa cuenta? —dijo Barnes.

—Sí —resopló—. Usa la misma contraseña para todo, así que no fue difícil. Pero no había nada en esos mensajes que dijera que ella era la hija de Joey, ¿verdad? Así que pensé que estaba tratando de entrometerse en lo que Joey y yo tenemos. Ya saben, están a punto de alcanzar el éxito de nuevo con este nuevo álbum y la gira, así que por supuesto todo el mundo va a salir de la nada ahora e intentar subirse al carro, ¿no? Así que le dije que se mantuviera alejada. No quería que arruinara la gira, la música, la… la…

—¿La relación que tiene con Joey? —sugirió Barnes.

—Exactamente. Y luego ustedes van y me dicen que es su hija, ella aparece en secreto el viernes por la noche…

—Y fue asesinada —dijo Barnes—. No olvidemos eso, ¿de acuerdo?

—Yo no tuve nada que ver con eso —dijo, levantando las manos—. No lo hice. Todo lo que hice fue enviar ese mensaje.

—¿Ha vuelto a entrar en esa cuenta desde que lo envió?

—No. —Melanie se desplomó en su asiento y cruzó los brazos, con un gesto petulante en la 'boca—. Brian cambió la contraseña a finales de la semana pasada, y no pude averiguar cuál era.

Barnes miró al abogado de oficio mientras recopilaba las capturas de pantalla y cerraba la carpeta de manila.

—Vamos a necesitar una muestra de ADN de su cliente antes de que se vaya hoy. Le dejaré que le explique el procedimiento.

# CAPÍTULO 43

Kay metió las manos en sus bolsillos mientras el diluvio amainaba, y escudriñó la hondonada entre su jardín y el huerto mientras un torrente de agua pasaba rugiendo.

El nivel del arroyo estaba a solo unos centímetros de la base del puente improvisado que ella y Adam habían colocado unos meses antes, y amenazaba con desbordar la orilla al pasar bajo la valla hacia la propiedad vecina.

Tirando de su capucha sobre los ojos, se limpió la lluvia que salpicaba sus mejillas y barbilla, entrecerrando los ojos a través del huerto hasta que divisó a Hovis refugiándose bajo uno de los grandes manzanos.

Él soltó un balido gutural y le devolvió la mirada.

—No sirve de nada quejarte conmigo —dijo ella—. Además, siempre puedes ir a ese nuevo cobertizo tuyo si tanto te molesta.

Hovis le dio la espalda y se alejó con paso firme.

—Creo que para mañana esto habrá bajado un poco.

Se movió hacia su izquierda al oír la voz de Adam, con cuidado de no resbalar en el barro que se estaba formando alrededor de sus botas impermeables, y le dedicó una sonrisa cautelosa.

—Siempre que no llueva esta noche.

—No está pronosticado. —Se unió a ella y luego entrecerró los ojos mirando al cielo—. En unos minutos más esto pasará de todos modos. Kevin tiene algunos sacos de arena, por si acaso.

Kay miró hacia la propiedad de su vecino, recordando que el jardín al otro lado de la valla estaba más bajo que el suyo.

—¿Crees que estará bien?

—Le he dicho que llame a la puerta si necesita ayuda, pero hará falta más que esto para desbordar las orillas. Esta tarde revisé el registro histórico del arroyo y no se ha desbordado en toda nuestra vida.

Ella dirigió su atención al huerto para ver a Hovis mirándola desde dentro del cobertizo, con sus ojos pálidos sin parpadear.

—Al menos esto le quitará las ganas de intentar algo hasta que tengamos una puerta o algo así.

—Sí, aunque ahora tendremos que esperar hasta que el suelo se seque antes de que intente hundir algunos postes. No me apetece intentarlo en estas condiciones. —Adam pinchó el barro con su bota de goma—. ¿Quieres ir a secarte? Acabo de pedir comida china para llevar y llegará en media hora más o menos.

El estómago de Kay rugió en respuesta. Ella se rio.

—Eso será un sí. ¿Tenemos algo de Verdelho en la nevera?

—Sí. ¿Quieres un poco? —Él lideró el camino de vuelta a la casa, deteniéndose en el umbral para quitarse las botas con los dedos de los pies, luego extendió una mano para estabilizarla mientras ella hacía lo mismo.

—Solo una copa. Le dije a Barnes que estaría de guardia esta noche porque él va a llevar a Pia a cenar a ese nuevo restaurante marroquí.

—Te doy quince minutos, luego voy a servir.

—Puedo captar una indirecta.

Salió corriendo de la cocina mientras se quitaba la blusa por la cabeza, subió las escaleras corriendo y tiró eso y sus pantalones de traje en el cesto de la ropa sucia, y cinco minutos después estaba parada bajo chorros de agua caliente en la ducha del baño principal.

Mientras se masajeaba el champú en el cuero cabelludo, se preguntó si el equipo del laboratorio de Harriet ya estaría trabajando en las muestras de ADN según lo prometido a Barnes, y si alguna de ellas resultaría ser una coincidencia con las salpicaduras de sangre encontradas en los brazos de Tansy.

Había demasiadas variables en el caso, demasiadas evidencias forenses que revisar de la escena del crimen, y no suficiente personal para hacer algo al respecto.

Sabía que no podía presionar a su equipo más de lo que ya estaban trabajando. Cada uno de ellos estaba haciendo horas extras sin reclamarlas; había tenido sus sospechas, pero lo confirmó ese mismo día cuando vio las marcas de tiempo en los informes que se estaban cargando en HOLMES2.

Y sabía que era mejor no pedirles que descansaran, que se tomaran las cosas con calma, porque sabía que estaban tan desesperados como ella por encontrar al asesino de Tansy.

Una determinación sombría se apoderó de ella mientras se enjuagaba la espuma jabonosa del cabello. Pasara lo que pasara, sabía que seguiría adelante hasta tener todas las respuestas que buscaba. Incluso si la sede se negaba a proporcionar más personal o enviaba un auditor de casos para revisar sus esfuerzos hasta la fecha.

Mientras se secaba con la toalla, oyó el timbre de la puerta y luego a Adam silbando mientras se dirigía por el pasillo.

—Mierda, han llegado temprano —siseó entre dientes, y se puso unos vaqueros y una sudadera.

Frotándose el pelo húmedo con una toalla, bajó las escaleras y entró en la cocina, donde el rico aroma de la salsa de Szechuan llenaba la habitación.

Adam le guiñó un ojo y deslizó una copa de vino blanco por la encimera central.

—Catorce minutos, siete segundos —sonrió—. No está mal.

# CAPÍTULO 44

Parpadeando para despejarse del sueño, Gavin extendió la mano y golpeó la pantalla parpadeante del móvil en la mesita de noche, interrumpiendo la estridente sección de metales a mitad de la canción.

La luz del sol moteada se filtraba por una rendija de las persianas, calentando sus piernas, y movió los dedos de los pies mientras escuchaba la cafetera de abajo cobrar vida.

—Creo que prefería la sirena —refunfuñó Leanne, apartándose de él y enterrando la cabeza bajo la almohada—. Y tenemos que arreglar nuestros turnos para empezar a la misma hora.

—Buena suerte con eso —dijo él, bostezando.

Estiró los brazos por encima de la cabeza y escuchó a un petirrojo cantar alegremente en el canalón sobre la ventana del dormitorio, mientras el débil susurro del tráfico que llegaba desde el cruce al final de la calle se mezclaba con el suave arrullo de una paloma torcaz.

—Si vas a hacer café, me tomaré uno —dijo Leanne,

tirando la almohada a un lado y apartándose los espesos rizos de la cara—. Ya estoy completamente despierta.

—Lo siento.

—Menos mal que te quiero. —Le dio un ligero puñetazo en el brazo—. Este curso de formación mío debería terminar temprano hoy. ¿Quieres que salgamos a comer algo esta noche?

Él sonrió, apartando la sábana y poniendo los pies en la alfombra. —Sí, suena bien. Debería poder salir a las siete como muy tarde, así que podría encontrarme contigo en el centro. ¿Dónde te apetece ir?

—Necesito carbohidratos, así que cualquier cosa italiana me vale.

—De acuerdo. Sé exactamente dónde ir. —Se inclinó para besarla—. El café está en camino. Pero no me quites la ducha antes de que entre, quería ir temprano para intentar adelantar algo de papeleo antes de que llegue la jefa.

En ese momento, su móvil vibró, haciendo eco en la mesita de pino, y miró por encima del hombro, gruñendo al ver el nombre familiar en la pantalla. —Hablando del rey de Roma.

La voz de Kay lo interrumpió antes de que tuviera la oportunidad de saludarla. —¿Cuánto tardarías en llegar a Mote Park?

Hizo un rápido cálculo mental y luego dijo: —¿Veinte minutos?

—Hazlo en quince si puedes.

—¿Qué pasa, jefa?

—Alguien ha encontrado un pantalón de chándal y una sudadera en un contenedor municipal junto a una de las puertas de entrada. La ropa está cubierta de manchas de sangre.

———

Pasándose una mano por el pelo húmedo antes de sacar una corbata lisa de color azul celeste del bolsillo de la chaqueta, Gavin se apresuró por la acera irregular hacia una fila de coches patrulla de la Policía de Kent.

Dos de ellos bloqueaban el acceso este al parque, mientras que una furgoneta gris sin distintivos, que rápidamente identificó como perteneciente al equipo de Harriet, estaba estacionada en un ángulo incómodo junto al bordillo, al lado del coche más cercano.

Asegurando la corbata bajo el cuello, se abrochó la chaqueta y se acercó a un joven agente junto a un tramo de cinta policial azul y blanca que bloqueaba su acceso. Echó un vistazo al nombre en el chaleco antibalas y le dirigió un gesto de agradecimiento cuando le entregaron un portapapeles.

—Gracias, Greaves.

El bolígrafo negro que lo acompañaba estaba caliente por el agarre nervioso del joven, y Gavin resistió el impulso de limpiarse la mano en los pantalones después de garabatear su nombre. En su lugar, señaló con la barbilla hacia un grupo de seis figuras vestidas con trajes de protección biológica idénticos.

—Obviamente esos son los de la Policía Científica —dijo—. ¿Dónde está la inspectora Hunter?

—Aquí.

Se giró al oír la voz y vio a Kay deslizándose entre la

furgoneta y el coche, con las mangas de la chaqueta remangadas hasta los codos. —El equipo de Harriet no perdió el tiempo en llegar, ¿eh, jefa?

—Venían de vuelta de un trabajo en Ashford —dijo ella—. Vamos, llegas justo a tiempo, estoy a punto de entrevistar al tipo del ayuntamiento que encontró la ropa.

Lo guio hacia un hombre robusto de unos sesenta años que vestía una chaqueta de alta visibilidad de color verde lima brillante y pantalones a juego, a pesar de la temperatura en aumento.

Llevaba lo que parecía ser un ceño permanente, dadas las líneas que surcaban su frente, y tiró una colilla al arroyo con aparente falta de ironía cuando se acercaron.

—Ya era hora —gruñó, y luego emitió una tos cargada de flema.

—Sentimos haberle hecho esperar, señor Wells —dijo Kay—. Agradecemos su tiempo. Este es mi colega, el agente Gavin Piper.

Gavin le dio al hombre un breve asentimiento y luego sacó su libreta y la abrió en una página en blanco.

Wells continuó mirándolos con el ceño fruncido. —Me quedan más de cincuenta contenedores por vaciar antes del final de mi turno, y me hacen un informe a final de mes si no están hechos, así que dense prisa, ¿vale?

Kay no perdió el ritmo y pareció ignorar deliberadamente la actitud del hombre. —¿A qué hora empezó su turno esta mañana?

—A las seis, como siempre hago durante el verano.

—¿Y dónde lo empezó?

Wells señaló con el pulgar por encima de su hombro. —Al otro lado del parque. Por Park Way.

Estirando el cuello más allá de él, Kay frunció el ceño. —¿Ha venido caminando hasta aquí?

—No, el camión está aparcado abajo en la colina. Tengo que subir caminando recogiendo la basura primero, luego empiezo con los contenedores. Es más fácil bajar las bolsas cuando están llenas, ¿entiende?

—Bien, entonces ¿cuál fue el primer contenedor?

—Ese —dijo, señalando donde trabajaba el equipo de Harriet—. Así que eso ha jodido el resto de la mañana, ¿no?

—¿Con qué frecuencia los vacía? ¿Semanalmente?

—Sí. Normalmente los lunes, excepto que los suyos han tenido cerrada esta acera desde el sábado, así que el horario está jodido de todos modos. Hoy es el primer día que hemos tenido la oportunidad de acercarnos. —Wells puso los ojos en blanco de manera teatral—. Y no es como si la empresa pagara horas extras. No pueden sacar el dinero extra del ayuntamiento, o eso es lo que nos dicen.

Gavin observó los desechos que bordeaban el arcén y el seto que separaba la acera de la valla del parque. —¿Siempre hay tanta basura tirada por aquí?

—Sí y no. No ayuda que hubiera ese festival. Quiero decir, pusieron contenedores para que la gente tirara su mierda por todo el recinto, pero aun así la tiran por aquí. Luego tuvimos esa tormenta, y eso ha esparcido cosas por todas partes también. —Wells chasqueó la lengua—. Me va a llevar el resto del día solo para terminar con esta parte.

—Yo no apostaría por terminar ni cerca de aquí hoy, señor Wells —dijo Kay, sacando una tarjeta de visita y entregándosela—. Y si su jefe tiene algún problema con eso, que me llame.

Sonrió ampliamente, dejando ver que le faltaba un diente delantero, y se metió la tarjeta en el bolsillo del pantalón. —Lo haré, gracias.

—Cuénteme qué pasó cuando encontró la ropa.

—Me llevé el susto de mi vida, se lo aseguro. —Wells se rascó la barbilla, dirigiendo la mirada hacia donde trabajaban los de la Científica—. Es decir, veo las noticias sobre el asesinato de la chica, y luego, cuando abro la tapa del contenedor para vaciarlo, hay una sudadera metida allí con sangre en la parte delantera. Había paquetes de patatas fritas y cosas pegadas al material, pero supe de inmediato que había algo raro en ello.

—¿Cómo supo que era sangre? —dijo Gavin, levantando la vista de sus notas.

—Me corté el dedo hace unas semanas, bastante mal, y aunque llevaba pantalones vaqueros negros en ese momento, aun así los manchó. —El hombre sacudió la cabeza, mirando al suelo—. Sabía muy bien lo que estaba viendo. Así que llamé a los suyos.

—¿Tocó la ropa? —dijo Kay.

—No. No hizo falta. Vi suficiente en cuanto quité la tapa del contenedor. Además, aunque lo hubiera hecho, llevaba puestos mis guantes. —Wells meneó los dedos envueltos en un par de gruesos guantes negros que estaban manchados—. De todos modos, uno de los de allí me tomó las huellas dactilares.

Kay levantó una ceja mirando a Gavin, pero él negó con la cabeza. —Bien, señor Wells. Como le dije, dudo mucho que vaya a continuar su turno a lo largo de este tramo de carretera hoy, pero gracias por su rápida reacción. Tiene mi tarjeta; si se le ocurre algo más que pueda ayudarnos, llámeme.

Ella lideró el camino de vuelta a donde Gavin había aparcado su coche, y luego se apoyó contra la puerta mientras observaba al equipo de Harriet.

—¿Crees que es la ropa de Tansy, entonces? —dijo.

—Tiene que serlo, ¿no? Pero, ¿qué hace aquí? ¿Por qué su asesino no tiró la ropa en una de las papeleras del parque, o incluso en algún lugar del parque? —Gavin guardó su libreta—. Un riesgo tremendo llevarla hasta aquí, ¿no crees?

—Quizás lo hicieron para romper cualquier rastro de evidencia, dado que este es un contenedor del ayuntamiento; todos los demás en el parque iban a ser vaciados por voluntarios del festival o por la empresa de limpieza contratada por Crusader Events. Supongo que Tansy llevaba ese vestido debajo de la sudadera y los pantalones de chándal, si asumimos que era *ella* a quien tú y Sean visteis en las imágenes de videovigilancia. —Kay se apartó del coche y suspiró—. Supongo que si trabajamos con la hipótesis de que se vistió con la ropa oscura para acceder al parque sin ser vista, y llevaba el vestido debajo para mezclarse con la multitud una vez que amaneciera, tendría sentido.

—Y todo porque Kasprak no quería que ella viera a su padre tocar en directo… No sé, jefa. Algo no cuadra.

—¡Detective Hunter!

Ambos se giraron al oír la voz de Harriet y vieron a la jefa del equipo de Investigación de la Escena del Crimen haciéndoles señas para que volvieran al cordón policial.

Cuando Gavin llegó allí, pudo ver la emoción en sus ojos.

—¿Qué tienes para nosotros? —dijo Kay.

—Esto. —Harriet sostuvo en alto una bolsa de pruebas sellada—. Estaba en uno de los bolsillos.

Gavin emitió un gruñido de sorpresa cuando vio lo que había dentro. —Es la tarjeta de visita de Brian Kasprak.

Kay tomó la bolsa de Harriet y le dio la vuelta, revelando una nota escrita a mano en el reverso. —Y ese no es el número de móvil que tenemos de él. Es diferente.

# CAPÍTULO 45

Algo del lustre había abandonado la apariencia de Brian Kasprak la siguiente vez que entró en la sala de interrogatorios delante de un fornido agente uniformado.

Se arrastró hacia la silla junto a su abogado, asintió secamente al hombre, y luego se desplomó hacia atrás y miró fijamente a Kay mientras Barnes ponía en marcha el equipo de grabación.

Sin sus características gafas de sol de aviador y después de pasar unas horas en una de las austeras celdas de la comisaría, se podían notar círculos oscuros bajo los ojos de Kasprak, cuyas partes blancas estaban inyectadas en sangre.

Su cabello a la altura del cuello se rizaba en diferentes direcciones, reforzando la creciente corazonada de Kay de que se lo alisaba nada más levantarse por la mañana, y ahora mostraba signos de haber sido revuelto con preocupación a intervalos regulares mientras había sido huésped del sargento de custodia de guardia.

Había dejado su chaqueta en la celda, y ahora se

frotaba los brazos desnudos mientras el aire acondicionado le erizaba la piel. Al hacerlo, Kay notó los bordes deshilachados de un tatuaje, sin duda el que Melanie había dicho que usaba como avatar para su cuenta de redes sociales antes secreta.

Después de completar las formalidades, no perdió tiempo y deslizó una fotografía de la tarjeta de visita que se había descubierto esa mañana.

—¿Es esta su letra?

—No, no lo es.

—¿Reconoce de quién es la letra?

—No.

—¿De quién es este número de teléfono, señor Kasprak?

Entrecerró los ojos, evidentemente lamentando haber dejado sus gafas de lectura en el bolsillo de la chaqueta, luego se inclinó más cerca. —No… no estoy seguro. No lo reconozco.

—¿Es alguien asociado con la banda? ¿Está tratando de proteger a alguien tal vez?

—Mire, tengo todo tipo de números en mi móvil, ¿de acuerdo? No puedo recordarlos todos. Estaría encantado de comprobarlo. —Hizo una pausa y esbozó una mueca de satisfacción—. Pero ustedes tienen mi móvil.

—Agente Barnes, ¿te importaría traer el móvil del señor Kasprak? —dijo Kay—. Quizás le refresque la memoria sobre qué demonios hacía su tarjeta de visita en el bolsillo de Tansy Leneghan.

El mánager de la banda se echó hacia atrás en su silla. —¿Qué ha dicho?

—Que conste en la grabación que el agente Barnes ha

salido de la sala —dijo Kay, luego recuperó rápidamente la fotografía y la metió bajo la carpeta manila a su lado—. Piense cuidadosamente, señor Kasprak. Los próximos minutos van a ser cruciales para usted. En este momento, es uno de los dos sospechosos de la mutilación y asesinato de Tansy, y su muestra de ADN también se comparará con la ropa manchada de sangre que se descubrió en un contenedor municipal fuera del Mote Park esta mañana.

Observó cómo el rostro del hombre palidecía aún más, con un fino rastro de sudor perlando su frente.

—No entiendo —murmuró, limpiándose la cara con la palma de la mano—. Eso no es lo que pasó…

Se quedó en silencio entonces, fijando su atención en la superficie astillada de la mesa mientras los segundos pasaban, hasta que la puerta se abrió y Barnes reapareció, sosteniendo el teléfono móvil.

Kasprak se lo arrebató con el entusiasmo de un niño pequeño que consigue su juguete favorito. Contuvo la respiración mientras se encendía, luego emitió un suspiro de alivio cuando la pantalla se iluminó y presionó su pulgar para activar el código de acceso.

—Antes de que se sienta tentado a revisar correos electrónicos o cualquier otra cosa, veamos su lista de contactos, por favor —dijo Kay, extendiendo su mano.

El labio superior de Kasprak se curvó, pero bajó el móvil y lo deslizó por la mesa hacia ella con fuerza.

Ella lo detuvo justo antes de que cayera por el borde y comenzó a desplazarse por la extensa lista de nombres que se mostraban.

El único sonido que penetraba su concentración era el incesante *clic* de la manecilla de los segundos en el reloj sobre la puerta mientras trabajaba, su mandíbula apretándose más con cada momento que pasaba.

Finalmente, frunció los labios y se volvió hacia Barnes, dándole una ligera sacudida de cabeza antes de deslizar el móvil de vuelta al mánager de la banda.

El alivio en sus ojos no hizo nada para aliviar su creciente frustración y, pareciendo percibir esto, él levantó las manos.

—Mire —dijo, con voz calmada—. Repartí *docenas* de esas tarjetas en ese festival. No puede imaginar la cantidad de personas que intentaban llegar a la banda, tratando de conseguir entrevistas exclusivas, o intentando averiguar cómo se llamaría el álbum para filtrarlo a la prensa antes de que estuviéramos listos... y esas eran solo las peticiones sensatas. Fue un caos allí desde el momento en que llegamos el jueves y celebramos una conferencia de prensa inicial.

—Debe tener alguna idea —dijo Kay—. No me imagino que reparta esas tarjetas a miembros del público como norma, ¿verdad?

—No, pero mire cuánta gente estaba involucrada entre bastidores. Los suyos deben haber tenido que entrevistar a todos ellos, ¿no? Así que sabe lo difícil que es para mí recordar.

Kay golpeó con el dedo la bolsa y lo miró fijamente. —Este número no coincide con ninguno de los datos de contacto que nos dieron en ninguna declaración de testigos hasta la fecha.

—Entonces, deben haberse saltado a alguien —insistió Kasprak—. O uno de ellos les dio un número equivocado.

Un silencio siguió a sus palabras, y luego Kay empujó

hacia atrás su silla, las patas metálicas raspando el suelo de baldosas con un chirrido torturado. —Entrevista pausada a las dos y diecisiete.

Cinco minutos después, con el corazón acelerado, siguió a Barnes hasta la sala de incidentes, con los hombros tensos.

A su alrededor, sonaban teléfonos, los dedos tecleaban y un zumbido constante de actividad llenaba el aire.

Nadie levantó la vista de su trabajo cuando pasó, casi como si pudieran sentir la tensión que dejaba a su paso y, en su lugar, mantuvieron sus ojos firmes en las pantallas de los ordenadores o se esforzaron por encontrar algo que hacer en el otro lado de la sala cerca de la fotocopiadora en lugar de estar dentro de su órbita.

—Podría haber otra explicación, jefa —dijo Barnes cuando llegó a su escritorio y se estiró para alcanzar una botella de agua.

—Déjame oírla, porque se me han acabado las ideas.

—Kasprak podría estar diciendo la verdad. —Tomó un trago, dejando que sus palabras calaran, luego se encogió de hombros—. Alguien podría haber recibido una de sus tarjetas en el transcurso del jueves o viernes como él dijo, y luego la usó a falta de algo como papel de notas para pasarle su número a Tansy si ella no quería ponerlo directamente en su móvil. Podría ser solo una coincidencia que fuera la tarjeta de Kasprak la que se usó.

Kay entrecerró los ojos hacia él. —Eso no merece ni pensarse.

—Solo digo.

—Mierda. —Kay arrojó la carpeta manila sobre su

escritorio y se puso las manos en las caderas antes de volverse hacia su colega.

—Lo siento.

—No es tu culpa. Es un punto válido. ¿Has intentado llamar al número?

—Sí, y lo único que obtengo es un mensaje automatizado diciendo que el teléfono está apagado. —Inclinó la barbilla hacia la pizarra—. Entonces, ¿qué hacemos ahora? La compañía telefónica está dando largas para decirnos a quién pertenece el número.

—No hay nada que *podamos* hacer ahora. No hasta que obtengamos esos resultados de ADN. —Miró su reloj—. Y tienen que llegar esta noche, o estaremos realmente jodidos, ¿verdad?

CAPÍTULO 46

Kay se colocó un mechón suelto de cabello detrás de la oreja, parpadeó para ahuyentar la sensación de ardor en sus ojos y se obligó a concentrarse en el siguiente correo electrónico que apareció en la pantalla de su ordenador.

Hacía una hora que había enviado a Barnes y al resto del equipo a casa, consciente de que si estaban tan agotados como ella cuando llegaron a una reunión informativa frustradamente corta por la tarde, no le serían de utilidad durante el fin de semana.

Conteniendo un bostezo, escribió una respuesta cortante a un correo electrónico del departamento de personal de la sede de Chatham, y miró hacia abajo cuando su móvil vibró sobre su escritorio.

A pesar de todo, sonrió cuando vio el número de Adam en la pantalla.

—Buenas noches —dijo, pasándolo al altavoz para poder seguir trabajando—. ¿No te conozco de algún lado?

—Iba a preguntarte lo mismo —respondió él, sin

malicia—. ¿Cómo estás? Supongo que eres la única trabajando hasta tan tarde, ¿no?

—Lo soy, no te preocupes, no les haría eso. Además, creo que cuando terminó la reunión querían estar lo más lejos posible de mí.

—Estoy seguro de que eso no es cierto. Me imagino que todos están sintiendo la presión en este momento.

Ella lo oyó dar un sorbo a algo, y luego el gorjeo musical de un mirlo resonó de fondo. —¿Estás fuera?

—En el huerto. Solo estaba comprobando que el cobertizo de Hovis se mantuvo impermeable estos últimos días, pero parece estar bien.

—¿Qué hay de la puerta del puente?

—No te preocupes, ya tengo pedida la madera que necesito. Debería llegar la semana que viene.

Los dedos de Kay se quedaron suspendidos sobre el teclado, y entrecerró los ojos mirando el móvil. —Pero el nivel del agua en el arroyo bajará rápido, ¿no?

—Sí, pero no parece interesado en cruzar la tabla que hay sobre él...

—Aun así, me quedaría más tranquila si pudiéramos poner algo temporal.

Él bostezó. —Vale, le echaré un vistazo mañana si tengo tiempo. Ah, y Scott llamó antes: me necesitan de vuelta en la clínica mañana para ayudarle con un procedimiento de emergencia, y puede que vaya el domingo para darle un respiro. Tú trabajarás todo el fin de semana, ¿verdad?

Ella echó un vistazo a los correos electrónicos que llenaban su pantalla y suspiró. —Creo que sí, especialmente con cómo va este caso.

—¿A qué hora crees que volverás esta noche?

—Dame una hora más para responder algunos correos y estaré allí.

—Pondré algo de pasta.

—Te quiero.

—Yo también te quiero.

Sonriendo, terminó la llamada y comenzó a estirar los brazos por encima de la cabeza, sus hombros protestando.

Se quedó congelada a mitad del movimiento cuando el teléfono de su escritorio sonó y un único LED rojo parpadeó sobre el número de su línea directa.

Agarrando el auricular de la base, con el corazón acelerado, se aclaró la garganta antes de hablar. —Inspectora Kay Hunter.

—Inspectora Hunter, soy Grahame Tanner del laboratorio forense —dijo una voz cálida—. Disculpa que llame tan tarde, pero el detective Barnes nos pidió que diéramos prioridad a unas muestras de ADN para él y pensé que querrías los resultados lo antes posible.

Con el corazón acelerado, Kay alcanzó su libreta y rápidamente buscó una página en blanco. —Grahame, eso es genial, gracias por hacer esto por nosotros.

—No se lo digas a nadie más —dijo, riendo—. Ian solo se salió con la suya porque me destrozó en el golf hace unos meses y cometí el error de apostar que no lo haría. Probablemente me arrepentiré de esto el resto de mi carrera.

Ella sonrió, conteniendo las ganas de decirle que se apresurara. —Suena al Ian que conozco.

—¿Verdad? —Revolvió algunos papeles, y luego ella lo oyó cambiar el teléfono al altavoz, su voz volviéndose un poco más quebradiza. Una emisora de radio sonaba suavemente de fondo, emitiendo algún tipo de conjunto de jazz que no hacía nada por sus nervios—. Así es más fácil. Bien, teníamos resultados de ADN de tres personas: Tansy Leneghan, su víctima, y luego Melanie Cranwick y Brian Kasprak. Luego tenemos la tarjeta de visita. Eso era un desastre, por cierto: muchas evidencias de rastros esparcidas por toda su superficie.

Kay cerró los ojos por un momento, anticipando los problemas que se avecinaban. —Continúa.

—Ambas personas manipularon esta tarjeta en algún momento —confirmó Tanner—. Siendo la de Kasprak la más dominante, lo cual tiene sentido dado que es su nombre el que aparece en el frente.

—¿Pero dices que las huellas de Melanie Cranwick también estaban allí?

—Lo estaban, pero… ¿cómo explicarlo? Más como ruido de fondo.

—Así que manipuló la tarjeta en algún momento, pero no recientemente, ¿algo así?

—Exactamente. Por ejemplo, si ella hubiera pedido las tarjetas y luego las hubiera desenvuelto al recibirlas antes de pasárselas a Kasprak para que las usara.

—De acuerdo, entiendo.

—Eso no es una razón definitiva, por supuesto, pero da una idea del tipo de cosa que vas a tener que considerar.

—Entendido.

Pasó una página, el susurro del papel llegando hasta donde Kay estaba sentada, su talón golpeando nerviosamente la alfombra. —Luego está la cuarta huella.

El teléfono se le resbaló de las manos, y lo atrapó justo

antes de que golpeara el escritorio, luego lo puso en altavoz. —¿Qué has dicho?

—Hay una cuarta huella en la tarjeta, en la esquina superior derecha. Un pulgar y parte de un dedo, diría yo. Definitivamente no coincide con ninguna de las muestras proporcionadas.

—¿Está en el sistema?

—No que yo pueda ver, pero te la enviaré para que puedas comprobarlo de nuevo. —Hizo una pausa, y ella oyó la sonrisa en su voz—. Hay algo más que también podría ayudarte. Intentamos ser minuciosos aquí cuando hacemos pruebas, para evitar ir y venir si alguno de nuestros clientes requiere información adicional.

—¿Qué quieres decir?

—Puedo sentir tu impaciencia desde aquí, inspectora Hunter, así que no prolongaré más la agonía. Hice pruebas de todas las evidencias de rastros, no solo de huellas dactilares. Puedo confirmar que hay una muestra diminuta (y quiero decir, minúscula) de sangre en el borde izquierdo de la tarjeta.

—Se encontró en el bolsillo de una ropa manchada de sangre que creemos pertenecía a nuestra víctima. ¿No te lo dijo Ian?

—Lo hizo, pero esa es la cuestión. Esta sangre no coincide con tu víctima, ni el ADN es una coincidencia con Melanie Cranwick o Brian Kasprak.

—Mierda —murmuró Kay—. Alguien más mató a Tansy...

CAPÍTULO 47

A la mañana siguiente, Laura se colocó las gafas de sol sobre los ojos y asintió en señal de agradecimiento al barista antes de abrirse paso con los codos para salir de la cafetería.

Fue asaltada por una luz cegadora que rebotaba en las losas de concreto que bordeaban Jubilee Square, un error arquitectónico que había resultado en una expansión insulsa sin más sombra que una parada de autobús frente a la calle principal.

Entrecerrando los ojos, se subió el bolso al hombro y luego cambió el vaso para llevar de una mano a otra mientras se subía las mangas de la chaqueta, mirando de reojo la pálida piel que se asomaba y envidiando la facilidad con la que Gavin se bronceaba.

—Necesito otro maldito día de vacaciones —murmuró—. Estoy empezando a parecer un vampiro de nuevo.

Girando a la derecha y bajando por Gabriel's Hill, con la pendiente agarrándose a sus pantorrillas, se escabulló hacia la escasa sombra que ofrecían los toldos de las tiendas en el lado izquierdo de la calle empedrada, acelerando el paso mientras se acercaba a la comisaría.

Sobre su cabeza, las gaviotas gritaban y reñían mientras hacían todo lo posible por burlar a la miríada de palomas que abarrotaban los tejados y se lanzaban sobre los envoltorios de comida para llevar derramados. Montones de comida rápida desechada se unían a la basura que bordeaba las alcantarillas, aún por ser barrida por un equipo de trabajadores del ayuntamiento que se apiñaban frente a la entrada del centro comercial, hablando en voz baja y disfrutando de un cigarrillo o vapeo antes de continuar su turno de mañana.

Los dos carriles de tráfico que serpenteaban alrededor de Palace Avenue al pie de la colina ya estaban repletos, con un flujo constante de coches girando hacia el aparcamiento de varias plantas, y los ánimos se estaban caldeando a juzgar por el sonido de los cláxones que sonaban desde más adelante en la cola.

Zigzagueando entre una furgoneta blanca parada y un par de grandes motocicletas que rugían con una ronquera que le sacudía los tímpanos, Laura esperó mientras un coche patrulla uniformado salía del aparcamiento de la comisaría y luego se agachó bajo la barrera antes de que se cerrara.

Vio a Barnes acercándose a ella y sonrió cuando le abrió la puerta de seguridad.

—Justo a tiempo, oficial.

—¿Tienes uno de esos para mí?

—Lo siento, el lugar estaba abarrotado. Ya me miraron mal por pedir este.

—Ah, las delicias de la temporada turística. —Pasó su

tarjeta por el panel junto a la puerta interior y la guio escaleras arriba hacia la sala de incidentes—. ¿Supiste algo de Kay anoche?

—Recibí un mensaje de texto. —Laura hizo una pausa en el descansillo para tomar un sorbo de café—. No es bueno, ¿verdad?

El detective más veterano negó con la cabeza, con la mano en la barandilla. —No, no lo es. A este paso, Sharp vendrá aquí preguntando a qué estamos jugando. O peor, alguien más.

—Mierda.

La puerta en lo alto de las escaleras se abrió hacia afuera y Kay se asomó para mirarlos.

—Reunión en dos minutos —dijo, luego se dio la vuelta y dejó que la puerta se cerrara tras ella.

—Juro que tiene un sexto sentido cuando se trata de café —murmuró Laura.

—Y cuando hablamos de ella.

Riendo por lo bajo, siguió a Barnes hasta la sala de incidentes, apuró rápidamente su vaso para llevar y lo arrojó al primer contenedor de reciclaje que encontró antes de encender su ordenador.

Mientras se quitaba la chaqueta y la máquina cobraba vida, saludó con un gesto a Gavin y Kyle, luego rodó su silla hacia la pizarra donde el resto del equipo ya estaba reunido.

Unos cuantos rezagados más entraron en la sala, pero Laura mantuvo su atención en Kay, que caminaba de un lado a otro frente al equipo con una energía palpable.

El efecto creó una atmósfera eléctrica mientras Debbie

repartía las agendas de la reunión recién salidas de HOLMES2 y las voces comenzaban a disminuir.

—Tenemos un problema —dijo Kay, deteniendo sus pasos para pararse frente a la fotografía de Tansy. Miró a cada miembro del equipo para asegurarse de que tenía toda su atención antes de continuar—. Anoche llegaron tarde los resultados del ADN de la tarjeta de visita de Kasprak, y aunque se confirmó la presencia de sus huellas y las de Melanie Cranwick, junto con las de Tansy había un cuarto juego de huellas. Peor aún para nosotros, también hay rastros de sangre, y no pertenece a nuestra víctima.

El corazón de Laura golpeó contra sus costillas, aflojando su mandíbula. —Jefa, ¿el laboratorio está diciendo que tenemos evidencia de ADN de su asesino?

—La tenemos, pero ese ADN no coincide con nada en el sistema —dijo Kay—. Lo que nos da un problema mayor del que algunos de vosotros apreciaréis, porque probablemente aún estabais en la escuela cuando se produjeron los cambios.

Sean Gastrell levantó la vista de su libreta. —¿Qué cambios fueron esos?

—Antes de que la ley cambiara en 2012 aquí en el Reino Unido, los resultados de ADN solo podían guardarse durante un período máximo de cinco años para cualquier persona acusada de un delito. Hoy en día, los resultados se guardan indefinidamente, que es como logramos hacer coincidir a los delincuentes reincidentes con cualquier nuevo crimen. Antes de 2012, una vez que alguien daba una muestra de ADN, el reloj comenzaba a correr. —Kay se pasó una mano por el pelo, y Laura vio entonces cuánta tensión estaba soportando la inspectora—. Así que ahora tenemos que considerar tres escenarios. Quien mató a Tansy nunca ha sido arrestado antes, o lo ha sido pero fue antes de 2012 por lo que el registro se ha perdido, o...

—Ha matado antes, pero nunca lo han atrapado —terminó Laura—. Mierda.

La inspectora la señaló. —Exactamente. Mierda.

—Y dado el modo en que Tansy fue asesinada, debemos asumir que su asesino tenía experiencia —dijo Barnes. Levantó la barbilla hacia las fotografías tomadas en la autopsia—. Dadas las lesiones que sufrió.

—Estoy de acuerdo. —Kay dejó caer la agenda sobre un escritorio cercano y suspiró—. En estas circunstancias, me inclino por liberar a Brian Kasprak y Melanie Cranwick sin tomar más medidas. ¿Alguien tiene algún problema con eso?

La sala quedó en silencio.

—Bien —continuó—. Siguientes pasos entonces. Echemos un vistazo más de cerca a las otras personas alrededor de Joey Twist. Eso significa todos los que pudieron haber entrado en contacto con Tansy, incluido el investigador privado que empleó. Kasprak fue contactado por él, así que debería poder darnos los detalles del tipo. Puede que se haya topado con algo durante sus investigaciones y no se dé cuenta de su importancia. Nosotros podríamos hacerlo, si nos lo permite, lo cual estoy segura de que hará si quiere nuestra cooperación en el futuro.

Laura recorrió con la mirada las fotografías detrás de Kay mientras escuchaba, luchando contra una abrumadora sensación de que el asesino de Tansy se les estaba escapando mientras la voz de la inspectora la envolvía, emitiendo instrucciones y aliento a partes iguales.

Lo recordó entonces, una historia que había sido central en la implosión de la banda y su posterior reunión, una historia que se había convertido en parte del misticismo y la leyenda de la banda. Una historia que…

—¿Jefa? —Su mano se alzó rápidamente para llamar la atención de Kay—. ¿Qué hay de Thommo?

La inspectora dejó de hablar con Gavin y centró toda su atención en Laura.

—Explícate.

Tomando una profunda bocanada de aire, Laura se levantó de su silla y se acercó a la pizarra, observando detenidamente la fotografía oficial de la banda que se había tomado para anunciar el próximo álbum y gira.

El guitarrista posaba a la derecha de sus compañeros de banda, con la cadera inclinada en un ángulo despreocupado y la boca en una mueca teatral mientras miraba por encima de su nariz hacia el objetivo del fotógrafo, rebosante de actitud.

—Solo estoy tratando de pensar en quién más querría quitarse a Tansy de en medio —dijo Laura—. Kasprak nos ha dicho que Thommo era el bromista de la banda, siempre haciendo travesuras, pero ¿y si también tiene un lado vengativo? Es decir, sabemos que puede ser violento; todos hemos oído hablar de cómo él y Joey se pelearon entre bastidores hace quince años. No se contuvo entonces, ¿verdad?

—Hay un largo trecho entre pelearse en el escenario y matar a la hija de tu amigo —dijo Gavin.

Ella giró sobre sus talones para enfrentarlo.

—Pero Joey *no es* su amigo, ¿verdad? Solo se están hablando de nuevo porque necesitan el dinero de esta gira. Kasprak lo dijo. Y si miramos las carreras de cada uno desde la separación, Thommo es probablemente quien más lo necesita; los otros consiguieron trabajo como músicos de sesión o cosas así a lo largo de los años. Thommo no. Ha estado dependiendo de las ayudas sociales entre trabajos ocasionales. Necesita que esta gira se lleve a cabo.

—Entonces, ¿crees que se enteró de lo de Tansy y decidió reunirse con ella para asegurarse de que no arruinara sus planes? ¿Es eso? —Kay tomó un bolígrafo y escribió la sugerencia de Laura en la pizarra—. ¿Quieres que lo traigamos para un interrogatorio formal como sospechoso potencial basándonos en eso?

Al ver sus pensamientos formalmente plasmados en la investigación con la letra cursiva de la inspectora, Laura hizo una pausa antes de responder.

¿Estaba segura?

¿Apostaría su lugar en el equipo por ello?

—Sí —dijo finalmente—. Sí, quiero. Porque entonces también podemos exigir una muestra de ADN actualizada de él, ¿no es así?

Escuchó la brusca inhalación de Nadine desde donde la joven agente estaba sentada en la primera fila de asientos, pero mantuvo su mirada firmemente en la inspectora.

Una lenta sonrisa comenzó a formarse, y luego Kay agitó su bolígrafo hacia ella.

—Siempre supe que tenías madera de detective extraordinaria, agente Hanway.

CAPÍTULO 48

A pesar de haber pasado veinticuatro horas bajo custodia, o quizás debido a ello, cuando Brian Kasprak irrumpió en el área de recepción junto a Thomas "Thommo" Smith, la apariencia del mánager volvía a asemejarse a su habitual intento de lucir desaliñado pero con estilo.

Con la corbata torcida, el cabello húmedo de haber usado sin duda las duchas de los hombres en la última hora, su mandíbula sin afeitar solo servía para acentuar su rudeza.

Y sin embargo, no era nada comparado con el desgarbado guitarrista.

Quince años fuera de los focos no habían disminuido en absoluto el carisma de Thommo, y Kay observó con interés cómo la joven agente detrás del mostrador de custodia se sonrojaba mientras repasaba los diversos documentos con el hombre, asegurándose de que entendiera lo que iba a suceder a continuación.

Sus ajustados vaqueros azules y camiseta negra sin mangas acentuaban unos miembros delgados que probablemente tenían más que ver con una mala dieta y buenos genes que con cualquier forma de ejercicio, mientras que su silueta se alargaba aún más en apariencia por el cabello castaño oscuro que le llegaba a la mitad de la espalda. Los tatuajes se entrelazaban en sus antebrazos y bíceps, creando vívidos puntos de color contra los tonos azules más oscuros y envejecidos.

Cuando se volvió para mirarla después de garabatear su firma característica en las últimas páginas de documentación, ella vio un tono grisáceo en sus facciones que ninguna cantidad de tinte para el cabello podría borrar.

—¿Tiene un abogado? —dijo a modo de saludo—, ¿o necesitamos asignarle uno?

—Llegará pronto —respondió Kasprak—. No se preocupe.

—No estoy preocupada. Su cliente tiene derecho a las mismas garantías que todos los demás que han sido interrogados hoy, y si no pudiera permitirse representación legal, podemos llamar a un abogado local para que actúe en su nombre.

—Eso no será necesario, detective Hunter.

Se giró al oír una voz altiva para ver a una mujer de cabello oscuro de edad similar a la suya acercándose al pequeño grupo, su entrada en la sala haciendo que los jóvenes agentes que pululaban por allí giraran la cabeza.

Vestida con una minifalda negra y chaqueta a juego, rezumaba confianza… y dinero.

—¿Y usted es…? —dijo Kay, arqueando una ceja.

—Mi mujer —dijo Thommo, y sonrió—. ¿No es una joya?

———

—¿Cómo coño no sabíamos que su esposa es una maldita abogada? —siseó Kay a Laura mientras observaba a la pareja acomodarse en las duras sillas de plástico a un lado de una mesa cubierta de fórmica en la sala de interrogatorios cuatro.

Laura se había puesto tres tonos más pálida ante la llegada de Felicity Smith, sus movimientos torpes.

En el espacio de treinta segundos, la detective antes confiada se había transformado en la novata que Kay había nutrido desde su temprana introducción al equipo, y su nerviosismo era palpable.

—No lo sé, jefa —balbuceó en un susurro apenas audible—. Quiero decir, obviamente con su trabajo y todo, los dos no estaban conectados en absoluto en las redes sociales, y sin que él fuera acusado no pudimos profundizar mucho más en sus antecedentes más allá de lo que está disponible a través de una búsqueda básica en internet, así que…

Kay levantó la mano. —Respira profundo. Quizás tres veces. Vamos. Tenemos tiempo.

Su colega tragó aire, recuperando un poco de color en las mejillas. —Lo siento, jefa.

—No hay nada que lamentar. Si no otra cosa, el equipo financiero de la central querrá saber por qué ha estado reclamando prestaciones por desempleo si está casado con una abogada, ¿no?

Le guiñó un ojo, luego se dio la vuelta y se dirigió a la sala de interrogatorios, oyendo la puerta cerrarse de golpe detrás de su colega y luego esperando mientras Laura ponía en marcha el equipo de grabación y recitaba la advertencia formal.

Para cuando eso terminó, el rostro de la detective más joven había recuperado algo de color, y su voz había ganado en confianza.

Kay se tomó un momento para hojear los papeles en la carpeta manila frente a ella, y se preguntó qué debería pedir del restaurante chino para llevar en Spot Lane cuando Adam llegara a casa esa noche.

No es que Thommo o su esposa lo supieran.

Todo lo que verían sería una detective tomando su tiempo para revisar las pruebas (por escasas que fueran) y preguntándose por qué había insistido en que se tomara una muestra de ADN en el momento en que Thommo había llegado a la comisaría.

—Hábleme de Tansy Leneghan —dijo finalmente, juntando las manos y mirando al hombre—. ¿Cuándo la conoció?

Kay oyó un agudo chillido de su colega, que rápidamente se convirtió en una tos.

Thommo emitió un gruñido de sorpresa. —Nunca dije que lo hiciera.

—No, pero sí se reunió con ella, ¿verdad? ¿Qué pasó?

Después de mirar a su esposa, quien respondió con un breve asentimiento, se volvió hacia Kay. —Fue una completa coincidencia, el destino... lo que sea. No sabía quién era al principio. Solo la encontré merodeando por una de las puertas principales del parque la noche del viernes.

—Espere, ¿a qué hora?

—No lo sé. Era más bien la madrugada del sábado,

¿sabe? Cuando empiezas a sentir que el cielo se aclara. Digamos que después de las tres, al menos. No llevo reloj, ¿ve? Así que no estoy seguro.

—¿Qué hacía usted allí? Creía que Kasprak los tenía a todos alojados en el pub.

—Yo no quería. No duermo mucho antes de un gran concierto como ese, nunca lo hice. Necesito revisar las cosas dos veces, sentir el ambiente del lugar, así que camino un poco. Brian me tenía escondido en una de las tiendas de campaña elegantes, pero la había hecho montar detrás del escenario principal, fuera de la vista del público.

—Continúe.

—Es justo como dije, estaba dando un paseo y vi a esta chica con un vestido merodeando por una de las puertas… simplemente apareció de la nada después de que vi pasar a uno de los tipos de seguridad, así que debió haberse escondido hasta que se fue y pensó que el camino estaba despejado. Le di un susto de muerte, se lo aseguro. —Soltó una suave risa—. Le pregunté qué estaba haciendo, y ella… Parecía triste, ¿sabe? No desesperada, no una de esas que intentan ligarte solo para decir que se han acostado con alguien de la banda. No es que eso ocurra estos días.

Kay observó con diversión cómo el hombre lanzaba una mirada de reojo a su esposa, que permanecía sentada en silencio sepulcral, con la mirada fija en el bloc de notas frente a ella.

—¿Qué le dijo?

—Le pregunté qué estaba haciendo. Me llevé el susto de mi vida cuando me dijo que solo quería ver a su padre tocar en vivo más tarde ese día, pero no podía entrar. Pensé que se refería a uno de los actos de apoyo o algo así, y obviamente solo quería hablar, así que le pregunté con quién tocaba. Me llevé otro susto cuando me dijo que era nuestro Joey.

—¿Simplemente se lo dijo?

—Sí. Creo que ya se había rendido para entonces, pero pude notar que significaba mucho para ella. —Se frotó las manos—. Ahora desearía no haberlo hecho, ahora que… ahora que está muerta, pero quería ayudar. Así que le dije que se quedara donde estaba, y corrí de vuelta a mi tienda. Tenía unos pantalones de chándal viejos y una sudadera que estaban razonablemente limpios, así que se los lancé por encima de la valla de seguridad.

—¿Llevaba su ropa al entrar al parque?

—Sí, esperé hasta que el siguiente guardia de seguridad pasara, luego le dije que había notado que algunas de las casas en la siguiente calle daban al parque, así que probablemente podría entrar por ahí y luego esconderse. Pensé que si llevaba ropa de color oscuro, podría escabullirse por los bordes del parque, esperar hasta que amaneciera bien y luego deshacerse de mi ropa; todavía llevaba su vestido y una cosa tipo cárdigan debajo, ¿sabe? Así que se mezclaría perfectamente con el resto de los que tenían entrada.

Kay dejó que Laura se pusiera al día con sus notas y luego se volvió hacia el guitarrista.

—¿No tuvo usted ningún problema con que Tansy intentara ponerse en contacto con su padre?

—Dios sabe que he cometido algunos errores durante mi vida —dijo—. Especialmente con ese fiasco de hace quince años. Lo mínimo que podía hacer para compensar a Joey era ayudar a su hija, ¿no?

—¿Qué hay de la gira y las implicaciones que podría haber tenido si Joey la invitaba? —dijo Kay.

Thommo se encogió de hombros.

—Yo no veía ningún problema. Habría sido lo mismo que Flick viniera con nosotros, y Kasprak no ha dicho nada sobre que ella no esté de gira con nosotros.

—¿Por qué no simplemente darle un pase de backstage? —dijo Laura.

El guitarrista resopló.

—¿Está bromeando? Kasprak guarda esos como si estuvieran hechos de oro puro. Además, si ya le había dicho que no había forma de que le diera uno, eso es todo. Nunca cambia de opinión una vez que toma una decisión. Lo más probable es que ya los hubiera repartido todos a personas que pensaba que podrían ayudarnos a conseguir algo de tiempo al aire y ventas para el nuevo álbum.

—Entonces, ¿el plan era que Tansy se colara en el parque durante la noche y luego qué, llegara al frente cuando ustedes subieran al escenario?

—Sí, o lo que fuera que estuviera planeando hacer. Es decir, le dije que no intentara entrar entre bastidores ni llamar la atención. Parecía lo suficientemente feliz solo con poder entrar y ver a su padre tocar en vivo.

Kay levantó la vista de la carpeta manila y frunció el ceño.

—Espere. Si usted la ayudó a entrar al parque, ¿por qué no se quedó con usted hasta que amaneciera?

La mandíbula de Thommo se tensó bajo su barba de moda.

—Porque tenía otros asuntos que atender. Y antes de que diga algo, sí, he estado pensando desde entonces que si no la hubiera dejado sola, es probable que todavía estuviera viva ahora.

—¿Otros asuntos? ¿Como cuáles?

—Mire, no estoy orgulloso, ¿de acuerdo? Especialmente después de lo que ha pasado y todo, pero alguien logró conseguirme algo... algo para ayudarme con los nervios. Hacía tiempo que no tocábamos en un concierto tan grande y estaba preocupado, eso es todo.

—Supongo que estamos hablando de drogas recreativas en lugar de recetadas, ¿verdad?

Él asintió, bajando la mirada, y giró el anillo de sello en su dedo.

—Sí.

—¿De quién era el número de teléfono que escribió en la tarjeta de Kasprak?

—Ya le dije, no estaba contento de dejarla sola, pero necesitaba... En fin, es el número de mi hermano. Él estaba trabajando ese fin de semana y pensé que si Tansy necesitaba algo, él sería la mejor persona con quien hablar en caso de emergencia.

—¿Su hermano también trabaja con la banda? —Kay hojeó sus notas—. No lo tenemos listado como parte de su séquito.

—No, él no trabaja para nosotros —dijo, sonriendo—. No somos tan cercanos. Trabaja para Crusader Events.

—¿Los que organizaron el festival? ¿Haciendo qué?

—Bueno, él es el dueño.

Kay frunció el ceño.

—¿Cómo se llama?

—Alistair Featheringham. —Thommo se encogió de hombros—. Él conservó el apellido familiar. Joey no fue el único que decidió que su nombre no era adecuado para la banda cuando estábamos empezando, ¿sabe?

Diez minutos después, una vez que la entrevista terminó formalmente, Kay y Laura estaban de pie en el pasillo y observaban mientras un agente uniformado acompañaba a Thommo Smith y su esposa a la salida.

El desdén de la abogada por todo el proceso era palpable, su voz se elevaba por encima de las cabezas de un par de empleados administrativos que se apresuraron a apartarse de su camino mientras ella salía a zancadas delante de su marido.

Laura observó cómo la puerta exterior se cerraba detrás de ellos, y luego se volvió hacia Kay, que tenía una expresión vigilante.

—¿Cómo sabías que él se encontró con Tansy esa noche, jefa?

—Fue solo una corazonada —Kay sonrió—. Y por suerte para nosotras, dio resultado.

# CAPÍTULO 49

A lo largo de la tarde, los tres miembros restantes de la banda fueron interrogados nuevamente bajo advertencia uno por uno y posteriormente liberados sin más investigación después de que cada uno proporcionara una coartada sólida.

Finalmente, a las cuatro y media, Brian Kasprak entró en el área de recepción con su abogado a cuestas y una de las latas de bebida energética de Gavin firmemente agarrada en su mano.

Se acercó a Kay mientras Danny, el cantante, era liberado por el último encargado del mostrador de custodia, y le dio un codazo. —Mire, Hunter, sin resentimientos, ¿de acuerdo? Todos sabemos que solo está haciendo su trabajo. Nosotros también queremos que encuentre al asesino de Tansy. Joey está destrozado, y cuanto antes encuentre al cabrón que le hizo eso a su niña, mejor.

Kay murmuró su agradecimiento, luego se dirigió de

vuelta a la sala de incidentes con una determinación renovada en su paso.

—Muy bien, el resto de la banda está descartado —dijo, acercándose a donde su grupo unido de detectives la esperaba junto a la pizarra—. Entonces, ¿qué habéis logrado averiguar sobre Alistair Featheringham?

—Aparte del hecho de que es un ciudadano modelo, nada —dijo Barnes, haciendo un puchero. Señaló con el pulgar por encima de su hombro hacia la pizarra—. Es activo en las redes sociales, apoya muchas recaudaciones de fondos para caridad a través de cosas como carreras de cinco kilómetros, cosas así, y parece estar más cerca que Thommo de sus padres. Viven en Hastings, por cierto. Ambos en sus noventa y tantos.

—¿Qué hay de antecedentes? ¿Algo?

—Ni siquiera una multa por exceso de velocidad, jefa —dijo Kyle—. Y considerando el tipo de coches que le gusta conducir, eso es decir mucho. Lo siento.

Los hombros de Kay se hundieron. —Maldita sea, pensé que podríamos estar tras algo ahí. ¿Qué hay de su declaración? ¿La volvieron a revisar por si se pasó algo por alto cuando fue entrevistado el sábado pasado?

—Lo hice, y no se me ocurrió nada más que el equipo en el sitio pudiera haberle preguntado —dijo Barnes—. Y a menos que tengamos algo definitivo con lo que trabajar, no vamos a poder traerlo para interrogarlo, y mucho menos exigir una muestra de ADN para compararla con esa tarjeta de visita de Kasprak.

—Sí, lo sé, estábamos forzando nuestra suerte al hacer eso con Thommo. —Apoyó las manos en sus caderas y miró fijamente la pizarra, sin querer admitir la derrota—. ¿Alguna sugerencia?

—Solo vive en Charing, ¿no? —dijo Kyle—. ¿Y si fuéramos a hablar con él?

Kay se giró. —¿Qué, ahora?

—Sí. —Sonrió—. Si acaso, lo desconcertará que nos presentemos sin previo aviso en su puerta, especialmente cuando lo adviertas formalmente. Nunca se sabe lo que podríamos averiguar de esa manera, jefa.

—Me gusta su estilo —murmuró Barnes, luego metió la mano en el bolsillo de su pantalón y lanzó su llavero al agente de policía en prácticas—. Mejor que vayas con ella, entonces.

———

El hombre que abrió la puerta principal del granero de piedra de pedernal convertido llevaba gafas de alambre a la moda y un ceño perplejo.

—Hay un cartel en el poste de la puerta que dice que no se permiten visitantes no invitados —dijo—. Eso incluye al cartero, así que… Espere, ¿no nos conocimos en el festival el sábado?

Kay mostró su placa. —Inspectora Hunter, Policía de Kent. Este es mi colega, el agente Kyle Walker. ¿Puede confirmar que su hermano es Thomas Smith?

Él parpadeó. —¿Está bien Thommo?

—Lo está. ¿Podemos pasar?

—¿Por qué?

—Probablemente sea mejor si se lo explicamos dentro, señor Featheringham.

—Estoy en medio de la preparación de la cena. Esperamos invitados a las…

—Cuanto antes hablemos, antes nos iremos. —Kay sonrió maliciosamente y asintió hacia el destartalado coche de la policía que había sido asignado al equipo esa semana—. A menos que prefiera que esperemos a que lleguen sus invitados. Estamos bien aparcados ahí, ¿verdad?

El hombre echó un vistazo al vehículo y se echó atrás. —Pasen. Tendremos que usar la sala de recepción; mi esposa ha tomado la sala de estar con los hijos de su hermana.

Kyle le lanzó un breve asentimiento, luego la siguió por un amplio pasillo hasta una gran habitación rectangular que había sido pintada de un atrevido tono ámbar.

Tres sofás blancos estaban colocados en forma de U frente a las puertas del patio en el extremo más alejado, ofreciendo vistas a un césped imposiblemente verde. Una chimenea vacía se extendía a lo largo de la pared izquierda, sobre la cual un enorme televisor reproducía en silencio, su pantalla mostrando un partido de críquet del extranjero que ofrecía pocas esperanzas para el actual equipo de Inglaterra.

Featheringham se detuvo en el centro de la habitación y se volvió para enfrentarlos, cruzando los brazos sobre el pecho. —Muy bien, ya están dentro. Por favor, sean breves. Supongo que esto es sobre la joven que fue hallada muerta el fin de semana pasado. Se dan cuenta de que ya he proporcionado una declaración, ¿verdad?

—Así es, y lo sé —dijo Kay, mirando las fotografías enmarcadas y premios que adornaban la pared junto a ella

—. Sin embargo, me sorprende que no mencionara que su hermano era el acto principal.

—No parecía relevante en ese momento.

—¿Y ahora?

—Ahora me estoy irritando —dijo—. ¿Tenían algo que quisieran preguntarme, o tengo que decirles a los medios que estoy siendo acosado por la policía después de haber pasado la mayor parte de esta semana hablando con mi compañía de seguros? ¿Tienen idea del daño que han hecho a la reputación de mi organización?

—Francamente, me importa un bledo —espetó Kay, y dio un paso más cerca—. ¿Lo llamó Tansy Leneghan?

Hubo una fracción de pausa, y luego Featheringham parpadeó.

—¿Qué? ¿Quién?

—Lo hizo, ¿verdad? ¿Cuándo?

—Yo… no estoy seguro.

—¿Cuándo, señor Featheringham? Es importante.

—No he dicho que lo hiciera.

—No tenía que hacerlo. —Kay levantó la barbilla, mirándolo fijamente—. Llevo haciendo esto el tiempo suficiente como para saber cuándo alguien está mintiendo. ¿Cuándo lo llamó Tansy? Sabemos que Thommo le dio su número de móvil cuando la vio pocas horas antes de que fuera asesinada, así que…

—Fue alrededor de las cuatro y cuarto —soltó Featheringham—. Solo lo sé porque estaba aquí, echándome unas horas de sueño y el teléfono despertó a mi esposa. No estaba contenta, se lo aseguro, especialmente cuando oyó la voz de otra mujer. No mucha gente tiene mi número directo.

—Hablando de eso, hemos estado intentando llamarlo. ¿Por qué ha tenido su móvil apagado?

—Porque necesitaba un descanso de todas las llamadas que he estado recibiendo sobre la cancelación del evento, por eso. Al menos hasta que tenga una respuesta concreta de mis aseguradoras sobre cómo van a compensar a todos nuestros proveedores.

—¿Qué quería Tansy?

Él bajó la mirada hacia la alfombra ornamental bajo sus pies, rozándola con la punta de su mocasín de ante. —No lo sé.

—¿Qué quiere decir? Habló con ella, ¿no?

Kay observó en silencioso asombro cómo los ojos del hombre se llenaban de lágrimas, su voz temblando con sus siguientes palabras.

—No tuve la oportunidad. Pregunté quién era, porque no reconocí el número. Era un teléfono móvil, y como dije, muy pocas personas tienen mi número directo. Cualquiera de por aquí está guardado en mi lista de contactos, así que su nombre habría aparecido en su lugar.

—Entonces *sí* habló con ella. Acaba de decir que no…

—Pero no lo hice. Pregunté quién era, como dije, pero no hubo respuesta. Hubo… una especie de forcejeo al otro lado de la línea, y luego se cortó.

—¿Qué?

—Se cortó. Intenté volver a marcar, pero la primera vez estaba ocupado, y la segunda vez que lo intenté cinco minutos después, sonó sin que nadie contestara. — Featheringham se secó los ojos y la miró fijamente—. Y ahora usted está aquí. Era ella, ¿verdad? Tansy. Era ella intentando llamarme. ¿Por qué, detective Hunter? ¿Por qué la hija de Joey Twist intentaba llamarme?

———

A sugerencia de Kay, la esposa de Alistair Featheringham había tomado el control y cancelado sus planes de cena para esa noche.

La mujer había apresurado rápidamente a su hermana y a sus hijos a su coche y los había llevado a un pub gastronómico cercano, su tez pálida revelando su conmoción a pesar de su brusca eficiencia.

Featheringham ahora estaba sentado en un taburete con estructura de cromo en la amplia cocina de la pareja, sus dedos sosteniendo una taza de té dulce que Kyle había preparado para él antes de retirarse al pasillo, con su libreta y móvil en la mano.

Kay ya había hablado con la esposa de Featheringham, quien había confirmado que Tansy solo había pedido hablar con Alistair y parecía sin aliento.

No pudo proporcionar más información simplemente porque había salido del dormitorio enfadada mientras él intentaba obtener una respuesta adicional de la persona que llamaba.

—¿Jefa? —dijo Kyle, haciéndole señas desde la puerta abierta hacia el pasillo—. ¿Puedo hablar contigo un momento?

Siguiéndolo, esperó hasta que llegaron al pie de la escalera y luego arqueó una ceja inquisitiva. —¿Qué tienes?

—Es sobre ese teléfono móvil que se usó para llamarlo

—dijo—. Laura lo ha investigado, y el número coincide con uno que fue reportado como robado de una tienda de campaña en los límites del camping el sábado por la mañana.

—Eso explica cómo Tansy logró llamar a Featheringham cuando había dejado el suyo en el hotel. Bien, gracias. Vamos a ver qué más puede decirnos.

Volviendo a la cocina, se acomodó en uno de los taburetes frente al dueño de la empresa de eventos.

—¿Cuánto tiempo lleva dirigiendo Crusader? —dijo, llevando a Featheringham de vuelta a un terreno más seguro y familiar—. Lleva funcionando un tiempo, ¿no?

—Veinticuatro años. —Su mano temblaba mientras llevaba la taza a sus labios. Después de dar un sorbo, suspiró—. Aunque solo he vuelto a estar más involucrado estos últimos cuatro años más o menos. Obviamente estuvimos en pausa por un tiempo, con un equipo más pequeño trabajando desde casa mientras esperábamos ver si aún habría un negocio después de todos los confinamientos y eso, y aún no he logrado desligarme de nuevo.

—¿No se involucra en los eventos?

—Intento no hacerlo. Tengo personal para eso. Durante los últimos quince años, me he concentrado en el lado de inversión y expansión del negocio, trabajando con socios extranjeros y asegurando patrocinios corporativos. Tenemos algunos inversores bastante importantes, ¿sabe? Todos requieren mi tiempo para asegurar que cada uno sienta que está obteniendo valor por su dinero. Solo fui el fin de semana porque ese festival estaba en la puerta de casa, por así decirlo. No quiero que mi personal piense que los estoy controlando todo el tiempo; estoy a favor de empoderarlos para que desarrollen su potencial.

Kay sonrió mientras el hombre se asentaba en el lenguaje corporativo una vez más, su voz haciéndose más fuerte a medida que ampliaba su tema. —Debe estar increíblemente orgulloso de lo que ha logrado.

—Oh, ya sabe… me mantiene fuera de problemas. —Logró sonreír—. Y paga la gasolina.

—Sí, he visto que es todo un entusiasta de los coches clásicos.

—Es solo una forma de desahogarme.

Ella miró alrededor de la cocina, a los relucientes electrodomésticos y encimeras de granito, la luz más allá de las ventanas atenuándose lentamente mientras un atardecer ocre quemado comenzaba a colorear el horizonte, y luego volvió a Featheringham.

—¿Hay algo más que pueda pensar que podría ayudar con nuestras investigaciones? —dijo, odiando la desesperación que saturaba sus palabras—. ¿Cualquier cosa?

—Ojalá la hubiera. —Apartó la bebida caliente, luego negó con la cabeza—. Realmente desearía que la hubiera.

# CAPÍTULO 50

Un suave atardecer se había convertido en un crepúsculo teñido de índigo cuando Kay terminó la reunión informativa del equipo.

Mientras recorría con la mirada los rostros cansados frente a ella, podía sentir la frustración que emanaba del grupo y casi oír el rechinar de dientes mientras revisaban las pruebas una y otra vez.

Y sin embargo, no había nada.

Nada en absoluto.

Miró el reloj en la pared mientras Barnes reprimía un bostezo. —Mirad, tomaos un descanso, todos vosotros. Id a casa, comed algo y dormid un poco. Tal vez tengamos una perspectiva diferente de las cosas por la mañana.

Notó cierta reticencia en la forma en que salieron arrastrando los pies de la sala, y una sensación de orgullo le recorrió los hombros.

Ninguno de ellos quería admitir la derrota, podía verlo, pero al observar la miríada de teorías que ahora se extendían por la pizarra, reprimió un suspiro al darse cuenta de que la investigación se le estaba escapando lenta pero seguramente de las manos.

Quien mató a Tansy era demasiado bueno, demasiado experimentado y afortunado.

Ignorando los retortijones de hambre que le pellizcaban el estómago, Kay se acercó a su escritorio y abrió el expediente que Barnes le había dejado.

Después de unos momentos, cerró la carpeta con un suspiro, su mirada viajando hacia las ventanas cubiertas por persianas y se preguntó cuándo ella y Adam podrían escaparse de nuevo.

Daría todo por ver al asesino de Tansy arrestado y acusado de su asesinato, pero también era muy consciente de que sus niveles de energía comenzaban a menguar con el esfuerzo de asegurarse de que su equipo se mantuviera enfocado en la investigación.

El teléfono de escritorio de Gavin sonó desde la estación de trabajo junto a la suya, y ella se asomó por encima de la pantalla de la partición baja para ver un número de Gravesend en la pantalla.

—Inspectora Hunter.

—Detective Hunter, soy el policía Paul Solomon de la jefatura —dijo la voz familiar—. ¿Está Gavin ahí?

—Acabo de enviarlos a todos a casa por la noche —dijo ella, cogiendo una nota adhesiva—. ¿Quieres dejarle un mensaje?

—En realidad… supongo que podría decírtelo a ti, para evitar que él se repita.

—¿Oh? ¿De qué se trata?

—Cuando Gav estuvo aquí la semana pasada,

mencionó ese asesinato del festival que tenéis entre manos. Dijo que vosotros queríais saber si yo conocía algún caso abierto similar... dijo que la teoría actual es que el asesino de su víctima ha hecho esto antes, ¿verdad?

—A juzgar por el estado de sus heridas y el hecho de que se han salido con la suya, hasta ahora, yo diría que sí. —Kay dejó de juguetear con el bolígrafo entre sus dedos y se hundió en la silla de su colega—. ¿Por qué, tienes algo?

—No lo sé... tal vez.

—Prueba conmigo. A pesar de lo que Gavin te haya dicho, no muerdo. Al menos no los fines de semana.

Paul se rio. —Bueno saberlo, jefa. De acuerdo, bueno, no pude encontrar nada en nuestra zona, pero algo me sonó familiar, así que hice algunas llamadas a colegas de otras fuerzas policiales del sur con los que me he familiarizado a lo largo de los años. Essex, East y West Sussex, y Hampshire, para ser exactos.

Kay se inclinó hacia adelante, mirando fijamente el número que se mostraba en la pantalla del teléfono. —Has encontrado algo, ¿verdad?

—Tal vez. ¿Tienes un bolígrafo a mano? Te enviaré todo esto por correo electrónico en un rato, pero tengo una reunión informativa tardía a la que debo asistir en diez minutos. Tenemos una banda armada que estamos tratando de arrestar por la mañana.

—Adelante. Estoy lista cuando tú lo estés.

—Bien, no apareció nada en la División Este. Por lo que puedo decir, sin más información, la muerte de Tansy es la primera de este tipo en Kent. Sin embargo, hay una muerte sospechosa sin resolver en Hampshire de un festival folclórico de tamaño medio cerca de Winchester hace ocho años que suena similar: la víctima allí era un hombre de poco más de veinte años que fue cortado, luego estrangulado y dejado en un bosque cercano. Sus huellas dactilares habían sido eliminadas, al igual que los lóbulos de sus orejas.

Kay hizo una mueca. —¿Lóbulos de las orejas?

—Llevaba unos pendientes bastante distintivos, de los que se incrustan en los lóbulos, más que perforaciones.

—De acuerdo… —Oyó el horror en su propia voz y parpadeó para aclarar la imagen—. ¿Algo más?

—Sí. Cuatro más en el sur: una vez que hablé con mi contacto en Hampshire, ellos plantearon el asunto a personas que conocen en Dorset, y también en la fuerza de Devon y Cornwall. Jefa, estamos hablando de seis muertes sospechosas más a lo largo de veinte años. Y esos son los que conocemos. En cada caso, las huellas dactilares fueron removidas post mortem, y a veces otras partes del cuerpo también si había características distintivas. Pero en la mayoría de estos, no estaban los cortes asociados y la estrangulación que tenéis con el asesinato de Tansy. Cuatro fueron sospechas de sobredosis de drogas, con las mutilaciones posteriores atribuidas a algún enfermo que interfirió con el cadáver antes de que el cuerpo fuera reportado a las autoridades. Las mutilaciones nunca se hicieron públicas en esos casos, por lo que se necesitó algo de investigación para obtener los detalles.

—Jesús.

—Definitivamente estás sobre algo, jefa. —Su mano cubrió el receptor, y ella oyó voces amortiguadas en el fondo antes de que él volviera—. Lo siento, tengo que irme, pero te enviaré esto por correo electrónico después de la reunión, y tendrás mi número en el sistema si me necesitas. ¿Está bien así?

—Absolutamente, y gracias, Paul. Te debo una.

—Solo atrapa al bastardo, jefa. Antes de que mate a alguien más.

# CAPÍTULO 51

Con la mandíbula apretada, Kay agitó una docena de chinchetas de colores en su mano mientras observaba el mapa recién impreso que ahora se extendía sobre un tablero de corcho junto a su escritorio.

Una mañana gris y nublada envolvía la ciudad, una luz opaca se filtraba a través de las persianas de la ventana de la sala de incidentes, prometiendo más de lo mismo.

La iluminación fluorescente del techo proyectaba un brillo amarillento enfermizo sobre la pizarra blanca a su izquierda, su presencia era un recordatorio permanente de lo que estaba en juego si fallaba ahora.

—Vamos, Hunter. Concéntrate —murmuró.

Había pasado el tiempo desde que llegó una hora antes trazando los seis lugares de las escenas del crimen de los casos sin resolver que guardaban un parecido notable con el asesinato de Tansy.

El correo electrónico de Paul Solomon había aparecido como prometió, junto con los números de referencia de los expedientes de cada investigación que se había enfriado debido a la falta de información o pistas sólidas para avanzar.

No había dormido desde que lo leyó, y había permanecido despierta imaginando el dolor de seis familias más como los padres de Tansy que seguían desesperados por obtener respuestas, desesperados por entender por qué sus seres queridos les habían sido arrebatados de manera tan cruel.

Quitándose los zapatos y moviendo los dedos de los pies sobre la delgada alfombra, se crujió el cuello e intentó concentrarse una vez más.

—Bien —dijo, recorriendo con la mirada las chinchetas en el tablero—. Seis muertes sospechosas, seis ubicaciones diferentes, seis eventos completamente distintos. ¿Qué los conecta? ¿Carreteras? ¿Facilidad de escape? ¿Qué?

Excepto que ni siquiera dos escenas del crimen estaban dentro de un radio de ciento sesenta kilómetros entre sí.

Cada una estaba dispersa por los condados, un centro turístico costero en la costa de Dorset aquí, una granja en Hampshire allá, un parque temático en Sussex...

Entonces, ¿dónde estaba el asesino?

—Mierda —murmuró, y arrojó las chinchetas sobre el escritorio de Gavin.

Su propio escritorio estaba oculto bajo toda la documentación del caso que había impreso del HOLMES2 momentos después de leer nuevamente el correo electrónico de Solomon cuando llegó esa mañana.

Enrollándose las mangas de la chaqueta, rebuscó entre los papeles, aunque ya conocía de memoria la mayor parte de su contenido.

Seguramente había algo, algún hecho que se le había escapado.

Reprimió un bostezo, sabiendo que su agotamiento estaba contribuyendo a sus frustrados esfuerzos, pero no estaba dispuesta a abandonar la sensación de que estaba cerca… tan cerca…

—Buenos días, jefa.

El alegre saludo de Laura la sacó de su nebulosa cavilación y levantó la vista para ver a la agente encendiendo su ordenador, y luego Kyle y Gavin aparecieron en la puerta ya enfrascados en una amistosa discusión sobre el partido de fútbol de la noche anterior en la televisión.

Barnes fue el último en cruzar la puerta, pero le dedicó una sonrisa y le entregó un vaso de café para llevar al pasar camino a su escritorio, frunciendo el ceño al ver el desorden esparcido sobre el de ella.

—Supongo que los de la limpieza evitaron el tuyo anoche, jefa —dijo—. ¿En qué has estado trabajando?

—Caramba, jefa —dijo Gavin, dejando caer su mochila sobre su silla—. Espera a que Debbie se entere de que tú sola has agotado nuestro suministro de papel.

—Creo que me perdonará —dijo Kay con una sonrisa cansada—. Tu amigo Paul de la jefatura cumplió.

—Por favor, dime que no has estado aquí toda la noche, jefa —dijo Barnes—. ¿Lo has hecho?

—No exactamente, pero no te preocupes. Sí llegué a casa por unas horas.

Él asintió, pero no parecía convencido. —Está bien, ¿quieres contarnos en qué has estado trabajando mientras el resto de nosotros dormíamos plácidamente?

Ella respiró profundamente. —No quiero que esta teoría salga de esta sala hasta que tengamos más evidencia que la respalde, ¿entendido?

Cuatro rostros la miraron fijamente, y luego Kyle habló.

—Jefa, no he trabajado contigo por mucho tiempo, pero si necesitas preguntarnos eso, creo que estamos haciendo algo mal.

—Sí, es cierto. Así que, aquí está la cosa. Todo este tiempo, hemos estado buscando a alguien que se enfocó en Tansy antes del festival. Alguien que estuviera cerca de la banda —dijo, caminando por la alfombra. Se detuvo, luego miró a cada uno de ellos por turnos—. Creo que estábamos equivocados.

—¿Quieres decir que hemos estado abordando esto de la manera incorrecta, jefa? —dijo Barnes.

—Sí, eso creo. Tal vez esto no tiene nada que ver con la gira de reunión, o Joey, o incluso Tansy. —Con el corazón acelerado, miró la pizarra blanca, su mirada recorriendo los diferentes flujos de información y fotografías—. ¿Y si hubiera un asesino experimentado *dentro* del festival buscando a su próxima víctima? ¿Y si Thommo Smith inadvertidamente puso a Tansy justo en el camino del asesino?

Un silencio atónito llenó la sala de incidentes, roto solo cuando la fotocopiadora decidió recalibrarse con un estruendo ensordecedor.

—Eh, jefa... —dijo Gavin tentativamente—. ¿Estás sugiriendo que Tansy fue asesinada por un asesino en serie?

Kay se dio la vuelta para verlo a él y a los otros

detectives mirándola fijamente, con los ojos muy abiertos.

—Eso es exactamente lo que estoy diciendo. Creo que estamos lidiando con un asesino en serie que ha estado usando eventos como este en todo el país para mantenerse oculto durante mucho tiempo. Quizás por más de veinte años.

## CAPÍTULO 52

Ian Barnes se pasó la mano por la mandíbula y miró a Kay con un creciente sentido de anticipación.

Había trabajado con ella durante varios años, confiaba en su juicio y la había visto crecer en confianza a medida que se asentaba en su papel de inspectora.

Y nunca la había visto sacar conclusiones precipitadas.

—¿Qué te hace estar tan segura? —dijo, sabiendo que probablemente era la única persona en el equipo lo suficientemente valiente como para plantear tal pregunta, pero con el conocimiento de que ella lo esperaba.

Una leve sonrisa cruzó sus labios antes de responder. —Porque la misma empresa de eventos, Crusader Events, estuvo involucrada en cada uno de estos festivales.

Barnes se reclinó en su asiento, con el corazón palpitante. —¿Entonces hacemos venir a Alistair Featheringham para un interrogatorio formal?

—Sí, pero no como sospechoso. —Kay levantó un fajo de documentos de su escritorio y se lo mostró—. Ya he hecho las comprobaciones con la inteligencia de fuentes abiertas: como nos dijo a mí y a Kyle anoche, él no se involucra en el terreno cuando hay un festival porque hay mucho más sucediendo en esa empresa. Excepto en un caso: el de Tansy. Y, como dijo, eso es solo porque el festival era aquí, cerca de donde vive. Volveremos a hablar con él, de acuerdo, pero esta vez será porque quiero todos sus registros de empleo de los últimos veinte años.

—Dios, jefa, no creo que quieras hacer eso sin…

Kay miró por encima del hombro cuando el teléfono móvil de Gavin vibró en su escritorio y levantó un dedo para silenciar al resto mientras él atendía la llamada.

Barnes se volvió hacia Laura y arqueó una ceja interrogante ante la expresión de asombro en su rostro. —¿Ya te estás divirtiendo?

—Jesús, oficial —susurró ella—. ¿Un asesino en serie? ¿En serio?

—Creo que está siguiendo una pista válida, ¿no crees? Y qué hay de…

—Era Harriet —dijo Gavin, su voz cortando la de ellos—. Han encontrado el cárdigan desaparecido de Tansy.

Barnes automáticamente alcanzó su libreta. —¿Dónde?

—En uno de los contenedores de riesgo biológico que han estado examinando desde el sábado.

—¿Qué hay del ADN? ¿Algún rastro?

—Salpicaduras de sangre, así que están haciendo pruebas ahora mismo contra la muestra tomada de la tarjeta de visita de Kasprak que también se encontró en el bolsillo de Tansy.

—¿Por qué tardaron tanto? —dijo Laura—. Quiero decir, ha pasado una semana.

—Su primera prioridad era procesar todas las pruebas

recogidas donde se encontró el cuerpo de Tansy, y luego, por supuesto, el contenedor del ayuntamiento donde se descubrió la ropa —explicó Kay—. Los contenedores de riesgo biológico se recogieron de varios puntos alrededor del recinto del festival; son los que se usan para recoger agujas y cosas así, por eso ha llevado tanto maldito tiempo. El equipo de Harriet tuvo que ser muy cuidadoso al tratar todo eso; lo último que necesitábamos era que uno de sus investigadores se pinchara con una aguja por descuido.

Barnes se acercó a la pizarra, recorriendo con la mirada las diversas fotografías de la escena del crimen del fin de semana anterior. —Gav, ¿Harriet mencionó por casualidad en qué contenedor de riesgo biológico se encontró el cárdigan?

—Dijo que era uno de los que se usaban en la carpa de voluntarios. Mantenían un par allí cada día durante el festival para recopilar cualquier cosa que se entregara.

Barnes sonrió a Kay mientras una sonrisa se formaba en sus labios. —Y uno de esos voluntarios gestiona esa carpa cada vez que Crusader Events está involucrada en un festival, ¿verdad, jefa?

# CAPÍTULO 53

—¿Estás absolutamente segura de esto, Kay?

El comisario Devon Sharp se asomó por las persianas de su antiguo despacho, con las láminas torcidas por el paso del tiempo y polvorientas por la falta de uso.

—¿Honestamente? —Kay suspiró y luego se unió a él, observando mientras Dana Schuldberg era conducida desde un coche patrulla a través del aparcamiento empapado por la lluvia y por la puerta trasera de la comisaría—. Sí. Sí, lo estoy. Eso creo.

Él se rio entre dientes. —¿Qué dijo Featheringham sobre esto?

Ella se dio la vuelta, ocupándose en recoger algunos de los objetos de oficina descartados que habían sido arrojados sobre el viejo escritorio marcado de Sharp y los metió en un archivador ya desbordado con una abolladura en el costado. —Estaba conmocionado, comprensiblemente, pero ha sido muy cooperativo dadas las circunstancias. Kyle llevó a tres de nuestros agentes uniformados al almacén que Crusader Events usa para guardar toda su documentación antigua para reducir costos, y han vuelto con todos los archivos del personal.

—¿Todos ellos? ¿Qué, de los últimos… cuántos son? ¿Veintitantos años que la empresa lleva en funcionamiento?

—Al parecer, Featheringham es un poco maniático en cuanto a conservar las cosas —dijo Kay, cerrando de una patada el cajón del archivador con su zapato—. Estuve charlando con su esposa mientras él hablaba por teléfono con la empresa de almacenamiento, y ella cree que su ático es una pesadilla.

—Bueno, menos mal. —Sharp se apartó de la ventana—. ¿Hay algo en esos registros que respalde tu teoría?

Kay se apartó el flequillo de los ojos de un soplido y sonrió. —Sí. Dana estuvo presente en cada uno de esos seis festivales donde tenemos una muerte sospechosa.

—¿En serio?

—Y hemos elaborado una lista de todos los festivales donde ella ha estado a cargo de la carpa de voluntarios para compartirla con las fuerzas policiales de todo el país y averiguar si hay más casos sin resolver.

Sharp silbó por lo bajo. —Con razón me llamaste.

—No quería enfrentarme a los medios yo sola si esta historia sale a la luz antes de que estemos listos, jefe. Y por eso solo un pequeño porcentaje de mi equipo de investigación sabe lo que realmente está pasando en este momento; no podemos permitirnos ninguna filtración.

—Estoy de acuerdo. Bueno, no tardarán mucho en procesarla en la suite de custodia, así que será mejor que me muestres lo que has reunido.

Kay lo guio de vuelta a la sala de incidentes, le entregó

una carpeta manila que contenía las pruebas del equipo y observó mientras él comenzaba a leer.

Incluía todo lo que habían logrado recopilar en el espacio de dos horas sobre Dana Schuldberg, junto con un resumen ejecutivo que Barnes había escrito con sus sugerencias.

Era brutalmente corto, señalando simplemente que la mujer parecía estar inmersa en su carrera y trabajo benéfico. A excepción de una relación de seis años que había terminado mal hace tres años, sus publicaciones en redes sociales estaban llenas de fotografías tomadas con amigos y familia, algunos de los festivales a los que había asistido a lo largo de los años, tanto como empleada como en otros donde había comprado una entrada, y de vacaciones pasadas en lugares exóticos y soleados.

—Espera —dijo Sharp—. En su declaración dice que solo lleva trabajando con Crusader cuatro años, así que ¿cómo explicas que estuviera presente en esos seis asesinatos?

—Hablé con Alistair Featheringham sobre eso, y él ha confirmado que fue voluntaria durante varios años antes de solicitar el puesto a tiempo completo que tiene ahora. Mira, echa un vistazo. —Kay se acercó y pasó a una lista grapada hacia el final del archivo—. Esta es una lista completa de todos los eventos a los que ha asistido a lo largo de los años, tanto como empleada como como voluntaria. Crusader Events tiene que guardar estas por motivos de seguro, aunque no durante tanto tiempo como él insiste en almacenarlas.

—Gracias a Dios por su hábito de acumular entonces —murmuró Sharp, recorriendo la lista con la mirada antes de pasar la página—. ¿Y los lugares de tus seis muertes sospechosas están aquí, verdad?

—Sí, y esa es la lista que he compartido con otras fuerzas, aunque Kyle ha revisado y arreglado la versión enviada para que solo muestre las relevantes para cada fuerza. No quería sobrecargarlos con tan poco tiempo.

—Probablemente sea prudente. —Sharp cerró la carpeta de golpe y se la devolvió—. ¿Quién la entrevistará contigo?

—Pensé que tal vez tú querrías hacerlo, dado que este caso podría tener implicaciones más amplias en todo el país.

—De acuerdo. Bien, vamos a ver qué tiene que decir la señorita Schuldberg por sí misma, ¿de acuerdo?

———————

Dana Schuldberg estaba sentada con las manos firmemente entrelazadas, sus nudillos blancos mientras Kay leía la advertencia formal y pedía al abogado de la mujer que se presentara para que constara en acta.

—Andrew Gillow —entonó con un tono aburrido.

Kay observó cómo Dana se removía en la incómoda silla de plástico y se envolvía con su cárdigan para contrarrestar el frío aire acondicionado, que Sharp había puesto cuatro grados más frío de lo habitual.

Era un truco que Kay le había visto implementar de vez en cuando trabajando con él a lo largo de los años, y que sin duda había aprendido durante su tiempo en la policía militar.

Un vaso de plástico lleno de agua permanecía intacto

frente a la líder de los voluntarios, a pesar de que su abogado había pedido que se lo trajeran después de que ella proporcionara una muestra de ADN hace cuarenta y cinco minutos.

Inmediatamente después de eso, Gavin había llevado la misma muestra de ADN al laboratorio forense con su característico desprecio por los demás usuarios de la carretera.

Kay resistió el impulso de mirar su reloj o el reloj en la pared detrás del abogado.

Seguramente la prueba ya estaba en marcha, ¿no?

—Dana, ¿puede empezar por confirmar cuánto tiempo lleva trabajando para Crusader Events? —comenzó Sharp.

—Cuatro años. —La mirada de la mujer se desplazó de él a Kay, y luego de vuelta—. No creen honestamente que yo maté a esa mujer, ¿verdad?

—Estar a cargo de todos los voluntarios para los festivales debe darle ciertos poderes —continuó Sharp—. Como acceso a áreas detrás del escenario, zonas seguras, lugares así, ¿verdad? ¿Le resulta fácil moverse por el recinto de un festival, o necesita privilegios de seguridad adicionales?

—No, yo... yo, eh... Supongo que puedo ir y venir prácticamente como me plazca. Nunca lo había pensado, para ser honesta.

—¿Cómo empezó con Crusader?

—Era voluntaria, solo ayudaba cuando podía para no tener que pagar una entrada a sus festivales.

—¿Cuánto tiempo pasó antes de que solicitara un puesto en la empresa?

—Casi veinte años, supongo. Aunque fui voluntaria en

otros festivales, no solo en los suyos. En Bristol, de donde soy, hay montones de festivales durante el verano, así que tenía muchas opciones realmente. Es solo que surgió el trabajo con Crusader y pude hacer lo que me gusta a tiempo completo.

Kay bajó la mirada a su libreta, un escalofrío le recorrió los hombros al pensar que la asesina de Tansy había echado una red más amplia de lo que ella y su equipo habían pensado al principio.

¿Cuántos otros asesinatos sin resolver quedaban aún por descubrir?

Abriendo el archivo, Sharp deslizó una fotografía hacia Dana. —Hábleme de este hombre. ¿Dónde lo conoció?

La mujer frunció el ceño mientras miraba la imagen. —Yo… Lo siento, no sé quién es. Nunca lo he conocido.

—Fue asesinado en un festival en Hampshire hace dos años. En ese momento, se trató como una sobredosis accidental, pero su familia siempre insistió en que no consumía drogas y solicitó que se realizara una segunda investigación forense. —Sharp se encogió de hombros—. Inusual, pero comprensible dadas las circunstancias, y menos mal: más tarde se descubrió que hubo un crimen. Específicamente, una lesión traumática que al principio se pensó que había sido causada por una caída y un golpe en la cabeza. Resulta que esa lesión fue infligida por un tercero. Alguien lo asesinó.

Dana parpadeó. —Eso es terrible.

—Luego está Alicia Scotsman —dijo Sharp, deslizando otra fotografía sobre la mesa hacia ella—. Diecinueve años, encontrada muerta en su tienda la mañana después de la última noche de un festival en

Sussex. Y esta mujer fue asesinada en un festival en Weymouth hace nueve años…

—No entiendo —dijo Dana, mirando a su abogado—. ¿Qué tiene que ver esto conmigo?

—Estuvo en cada uno de estos eventos —dijo Sharp.

—Trabajo en muchos eventos. Ese es mi trabajo. Es lo que hago. Se lo dije antes: estoy a cargo de los voluntarios en todo lo que organiza Crusader.

—Y puede moverse libremente por todos los recintos de los festivales, como ha confirmado antes, sin que nadie la cuestione. —Sharp hojeó la carpeta, tomándose su tiempo—. De hecho, según los registros de Crusader, rara vez abandona el recinto una vez allí y a menudo se la ve ayudando tanto a proveedores como a asistentes al festival. "Indispensable" es como la describe una de sus evaluaciones anuales. Esa responsabilidad debe pesar mucho sobre usted. ¿Cómo va su vida personal?

—¿Qué? —Dana se echó hacia atrás en su asiento ante el repentino cambio de dirección que tomaban las preguntas del comisario—. ¿Qué demonios tiene que ver eso con usted?

—Responda a la pregunta, por favor, señorita Schuldberg. ¿Está saliendo con alguien entre los momentos en que dirige en solitario los aspectos voluntarios del negocio de Crusader?

—Yo-yo lo estoy. Más o menos. —Se sonrojó y miró a su abogado—. ¿Realmente tengo que responderle?

Andrew Gillow inclinó ligeramente la cabeza en respuesta, y Dana se volvió hacia Sharp.

—Encuentro su interrogatorio intrusivo.

—Encuentro su reticencia a responder intrigante.

La mujer se removió en su asiento antes de responder.

—Veo a uno o dos hombres, sí. Ninguno vive conmigo, y nuestro arreglo se adapta a nuestras vidas ocupadas.

—Necesitaremos sus datos.

—Eso es absur… oh, lo que sea. —Agitó la mano con impaciencia—. Supongo que pueden hacer lo que quieran, ¿verdad? Después de todo, son la policía.

Kay levantó la mirada ante el tono de la mujer, pero solo vio una cansada aceptación en los ojos de Dana.

—¿Por qué mató a Tansy Leneghan? —continuó Sharp—. ¿Se enteró de que estaba relacionada con Joey Twist y pensó en apuntar a alguien de más alto perfil esta vez, o fue solo su mala suerte estar sola en el parque el fin de semana pasado?

—Yo no la maté. Ya se lo dije. ¿Por qué lo haría?

Sharp no dijo nada, y Kay siguió su ejemplo, dejando que el silencio creciera mientras observaba a la mujer retorcer un único anillo de plata en su dedo meñique.

—Yo no la maté —reiteró Dana en voz baja, bajando la mirada a la mesa—. Lo han entendido todo mal.

—¿Cómo eligió a sus otras víctimas? —dijo Sharp—. Tiene acceso a todos los nombres de los poseedores de entradas como líder de voluntarios, ¿no es así?, en caso de que necesite notificar a sus familiares en caso de una emergencia médica. ¿Es así como los eligió? ¿Alguna vez se le ocurrió cuánto dolor causaba a esos familiares cada vez que quitaba una vida?

—¡Basta! —Dana se echó hacia atrás en su silla y se limpió las lágrimas que corrían por su rostro, el rímel se difuminaba creando rayas negras que zigzagueaban por sus mejillas—. Basta.

—Detectives, me gustaría solicitar un descanso para mi cliente —dijo Gillow, desabrochándose la chaqueta y sacando un paquete de pañuelos de papel de un bolsillo interior—. Al menos veinte minutos, ¿no les parece?

Sharp reunió las fotografías y cerró la carpeta antes de asentir hacia Kay.

—Entrevista pausada a las once cuarenta y cinco —dijo ella, luego detuvo el equipo de grabación y lo siguió fuera de la habitación.

# CAPÍTULO 54

—Es buena, tengo que admitirlo.

Sharp terminó el agua del vaso de plástico y lo puso bajo el grifo del filtro para rellenarlo mientras Kay alternaba entre mirar su reloj y su teléfono móvil.

Ahora había una energía frenética en la sala de incidentes que le oprimía el corazón y le erizaba la piel.

—Vamos, Gav —murmuró—. Danos ese resultado, y rápido.

—¿Cuántos favores pediste para esto?

—Demasiados, jefe. Pero el laboratorio ha estado en alerta durante las últimas cuarenta y ocho horas y están trabajando en dos investigaciones de homicidio para la División Este este fin de semana, así que por una vez tienen suficiente personal para ayudarnos.

—Bueno saberlo.

—¿Jefa?

Kay se giró al oír la voz de Kyle y vio al detective en prácticas acercándose con una carpeta abierta llena de páginas recién impresas. —¿Qué tienes ahí?

—Es la lista depurada de voluntarios que han trabajado continuamente con Crusader Events durante los últimos veinte años —dijo, hojeando los documentos—. Solo quería confirmar que Dana aparece en cada una de estas, y he relacionado su nombre con dos festivales más donde hubo muertes sospechosas. Hay uno en North Somerset de 2015 y otro en Cornwall en 2017 que probablemente deberíamos incluir.

—Dios, así que estamos hablando de al menos un asesinato al año.

—Eso parece, jefa. Seguiré investigando, pero estoy esperando que otras fuerzas me devuelvan la llamada y eso podría no suceder hasta mañana o el martes, dependiendo de los turnos y cosas así.

—De acuerdo, gracias, Kyle. Haz lo que puedas y añade esas muertes al tablero, ¿quieres? Empieza con los perfiles de las víctimas, redes sociales, ese tipo de cosas. Supongo que los detalles de los familiares están en HOLMES2, ¿no?

—Lo están, y también he comprobado que los oficiales superiores de investigación de la época están disponibles si necesitamos hablar con ellos con poco tiempo de antelación. Uno de ellos se jubiló hace tres años, pero su dirección de correo electrónico y su móvil están en el archivo, así que obtendré autorización antes de contactarlo.

—Buen trabajo.

Se giró para enfrentarse a Sharp. —Dios, ¿cuántos más vamos a encontrar?

—Me pondré en contacto con la jefatura y les meteré prisa para que te consigan más personal —dijo, ya sacando su teléfono móvil—. Deberías haber tenido ayuda extra hace días. Este es un caso grande, Kay; tendremos que empezar a planificar cómo vamos a manejar a los medios también, dado que va a ser un caso de alcance nacional. Estoy seguro de que nuestros colegas en otros condados querrán asegurarse de que no los dejemos en una mala posición.

—Suena como un buen plan, y gracias por la ayuda con el personal extra. ¿Qué hay de...? —Su móvil vibró en su mano y lo contestó automáticamente—. ¿Gav?

Se oyó una risita al otro lado de la línea, y luego: —Jonathan Aspley, del *Kentish Times*. ¿Te he pillado en mal momento, detective Hunter?

—Jonathan, cualquier momento es mal momento —dijo ella—. ¿Qué quieres?

—Me llegan rumores de que el asesino de Tansy Leneghan podría haberlo hecho antes. ¿Te gustaría hacer algún comentario?

—No en este momento. Estoy en medio de una investigación. ¿Podría llamarte más tarde?

—Te tomo la palabra.

Terminando la llamada, se encontró con la mirada de Sharp y suspiró. —Los buitres empiezan a rondar. No sé cuánto tiempo podré...

—¡Jefa!

La voz de Laura resonó por toda la sala de incidentes, y cuando Kay vio la palidez enfermiza en el rostro de la agente de policía, se le cayó el alma a los pies.

—¿Qué pasa?

—Tengo a Gavin al teléfono, jefa. No pudo comunicarse con tu móvil. —Laura se abrió paso entre uno de los miembros del personal administrativo con una apresurada disculpa para unirse a ellos—. Está en el laboratorio y acaban de terminar de analizar la muestra de ADN de Dana, jefa. No es ella.

—¿No es ella?

—La muestra no coincide ni con la sangre en la ropa ni con la evidencia de rastros en la tarjeta de visita de Kasprak —dijo Laura, con los ojos muy abiertos—. ¿Qué hacemos ahora?

—Joder. —Sharp se dio la vuelta, pasándose una mano por el pelo rapado.

Kay tragó saliva, sintiendo el pavor arrastrándose por su vientre y retorciéndole las entrañas. —¿Están seguros? ¿Lo han comprobado?

—Lo están repitiendo, jefa, pero están seguros al noventa por ciento. Dana Schuldberg no asesinó a Tansy Leneghan.

—Y probablemente tampoco mató a estas otras víctimas. —Kay cuadró los hombros y se dirigió hacia la pizarra blanca.

Kyle estaba mirando la lista, las marcas frescas de bolígrafo aún brillaban donde había añadido los nombres de las otras dos víctimas a un horrible recuento que crecía constantemente. Con la mandíbula apretada, abrió la carpeta y empezó a hojear las páginas una vez más.

—Dios mío, Kyle, no me digas que has pensado en otra víctima —dijo ella.

Él no dijo nada por un momento, luego se agachó y puso la carpeta en el suelo junto a ella, esparciendo las páginas alrededor de sus pies, murmurando para sí mismo.

—Lo has hecho, ¿verdad? ¿Dónde? ¿Local o más lejos?

Observó cómo agarraba una de las páginas, y luego la miró, con los ojos muy abiertos.

—Hay otro nombre que aparece en cada una de estas listas de voluntarios para los festivales que organizó Crusader Events —dijo—. Es Lewis Molton.

—¿Molton? —Barnes se acercó—. ¿No es ese el tipo mayor que vimos en la carpa de voluntarios antes de hablar con Dana por primera vez?

—Aquí dice que es un exmédico militar —dijo Kyle, enderezándose antes de entregar la página.

Recorriendo los detalles con la mirada, con la mano temblorosa, Kay sintió una renovada oleada de adrenalina recorriéndola. —Creo que estás en lo correcto.

Sharp hizo un gesto a Laura. —Dile a Gavin que vuelva aquí lo antes posible, sin pasarse del límite de velocidad si puede evitarlo. Y quiero que tú y Kyle vayáis a esta dirección que tenemos archivada de Molton. Elaboraremos un perfil de él mientras hacéis eso y organizaremos la liberación de Dana, pero Molton es ahora nuestra prioridad número uno. Lo quiero bajo custodia en menos de una hora.

—Entendido, jefe.

—Si tenéis alguna preocupación, llamad pidiendo refuerzos.

—Lo haré.

—Lo dice en serio, Laura —dijo Kay—. Si tenemos razón y él es nuestro asesino, entonces es peligroso. Especialmente si sabe que estamos tras él.

**Capítulo Cincuenta y Cinco**

Laura observó el bungaló de aspecto cansado a cincuenta metros de distancia y tamborileó con los dedos sobre el volante.

La casa de Lewis Molton estaba escondida en un callejón sin salida poco llamativo en una de las partes más antiguas de Maidstone, con un seto de aligustre descuidado que ocultaba el jardín delantero. Desde su posición, podía ver el revoque color crema desprendiéndose sobre el marco de una ventana salediza lleno de marcas de putrefacción, y los canalones del techo hundidos en algunos lugares con salpicaduras de moho verde que se sumaban a una fachada ya de por sí desolada.

Unas puertas de metal negro deformadas bloqueaban el acceso a un camino de hormigón a la izquierda del bungaló que conducía a un garaje con una puerta de aluminio azul oscuro que permanecía resueltamente cerrada.

Exhaló, intentando calmar el ritmo cardíaco acelerado que acompañaba la tensión en sus hombros.

A su lado, Kyle tenía su móvil en la mano mientras miraba una aplicación de mapas, pellizcando y estirando la imagen satelital de la propiedad.

—Hay un acceso lateral entre el garaje y la casa, según esto —dijo—. Detrás de la casa, parece que hay un jardín mayormente cubierto de césped, y hay un cobertizo, más bien una de esas oficinas de jardín, en la esquina trasera, diagonalmente opuesta a la parte trasera del garaje.

—¿Cuál es su coche?

Él cambió del mapa a su aplicación de mensajes, luego señaló un coche familiar gris estacionado más adelante en la calle, con la pintura desconchada y oxidada alrededor de los pasos de rueda y las juntas de las puertas.

—Supongo que está dentro, entonces.

—Tal vez. No he visto señales de movimiento todavía.

—¿Crees que nos ha visto?

Kyle se encogió de hombros. —Es difícil decirlo.

—Bien, vamos a averiguarlo. —Laura tiró del pestillo de la puerta, luego miró por encima del hombro. Su colega no se había movido—. ¿Estás bien con esto? Quiero decir, después de…

—Estoy bien.

—Vamos, entonces.

Su colega se lanzó del coche tras ella, cruzando la calle y siguiendo su paso decidido por la acera y a través de la puerta delantera.

—Espera —dijo, agarrándola de la manga antes de que llegara a la puerta principal—. Ponte detrás de mí en caso de que nos esté esperando.

Ella asintió, sin querer admitir que su corazón latía tan fuerte entre sus costillas que pensó que probablemente él podría oírlo. Con las palmas sudorosas, se hizo a un lado y observó mientras él golpeaba la puerta con el puño.

No hubo respuesta, y cuando miró hacia la ventana delantera, no vio sombras detrás de la cortina de encaje amarillenta.

Kyle se protegió los ojos con la mano y miró a través del panel de vidrio esmerilado de la puerta, luego negó con la cabeza. —No puedo ver ningún movimiento.

—Probemos por la parte de atrás. Tal vez ese garaje también esté abierto.

—¿Podemos entrar?

Repasó mentalmente los detalles del arresto planeado, luego asintió. —Creo que sí.

—Si su coche está estacionado en la calle, debería estar dentro, ¿verdad?

—Tal vez fue caminando a la tienda de la esquina o algo así. —Lo siguió de vuelta por el camino y luego a través de cuatro losas de pavimento desportilladas hasta el camino de entrada, y se detuvo en la esquina del bungaló. Sacó su móvil cuando vibró—. Estamos aquí ahora, jefe. No, aún no hay señales del respaldo. Sí, se lo haré saber.

Kyle arqueó una ceja. —¿Esperar o proceder?

—Proceder. —Logró inyectar un mínimo de aplomo a su voz, luego le guiñó un ojo—. Con precaución, por supuesto.

—¿Estás segura?

—Podemos echar un vistazo antes de que lleguen, ¿verdad? —Pasó junto a él y se dirigió hacia la puerta del garaje, se puso un par de guantes protectores del bolsillo del pantalón, luego se inclinó para mover el pestillo oxidado.

No se movió.

—¿Cerrado? —dijo Kyle.

—O eso o está completamente atascado. —Arrugó la nariz—. Dios sabe cuándo fue la última vez que se abrió.

—Probablemente por eso su coche está en la calle entonces.

—Sí. —Se enderezó—. Me pregunto por qué no estacionó simplemente en el camino de entrada.

—Tal vez es más fácil estacionar allí si va a salir más tarde, especialmente si la gente tiene la costumbre de bloquear el camino de entrada.

—Tal vez. —Girándose, se abrió paso más allá del garaje por un estrecho sendero que corría adyacente al lado del bungaló.

Al pasar por cada una de las dos ventanas, intentó mirar a través de las cortinas de encaje, pero no pudo ver nada excepto una botella de detergente para lavar platos y una lata de aerosol insecticida en el alféizar de la segunda, en lo que evidentemente era la cocina.

Sin embargo, seguía sin haber señales de movimiento.

Un escalofrío le recorrió los hombros, y se le puso la piel de gallina en los antebrazos ante el repentino pensamiento de que Molton podría estar observándolos, observándola mientras se deslizaba.

Cuando llegaron a la parte trasera del bungaló, pudo ver una puerta en la parte posterior del garaje de bloques de hormigón que era accesible desde el jardín. Estaba cerrada, pero podía escuchar un zumbido bajo e incesante desde el interior.

Levantando la mirada, vio un cable de alimentación que se extendía desde la casa hasta el garaje.

—¿Qué estás tramando? —murmuró.

Entonces Kyle le tocó el codo, y ella dejó escapar un grito ahogado.

—Shh —dijo él, luego señaló una pequeña construcción tipo chalet que ocupaba la esquina trasera de un césped bien recortado—. Está en la oficina del jardín, mira.

Ella se quedó inmóvil, observando la estructura de madera azul pálido con sus dos escalones poco profundos que conducían a un pulcro sendero de grava que se curvaba alrededor del césped hasta el garaje y luego hacia la casa.

Había persianas venecianas en la ventana en lugar de cortinas de encaje, y apenas podía distinguir los familiares tonos azules de una pantalla de ordenador.

La puerta de la oficina del jardín estaba entreabierta, la voz de un hombre apenas audible, pero mientras aguzaba el oído, no podía escuchar a nadie más.

—Creo que está al teléfono —dijo.

—Prueba la puerta del garaje mientras está ocupado, entonces —dijo Kyle, ya apresurándose hacia ella—. Podríamos echar un vistazo aquí si logramos abrirla.

—De acuerdo. —Laura miró por encima del hombro al ver movimiento al final del camino de entrada, y exhaló al ver a dos agentes uniformados caminando hacia ellos—. Al menos están aquí. ¿No viste ninguna otra salida del jardín?

—No.

—Muy bien —dijo, abriendo la puerta—. Bueno, al menos no puede escapar mientras echamos un vistazo en…

Un enjambre de moscas la envolvió.

Agitando las manos frente a su cara en un intento de espantarlas, escudriñó en la penumbra más allá de la luz del sol que se filtraba por la abertura.

—¿Qué demonios…?

Seis grandes refrigeradores tipo arcón se alineaban en las paredes, uno de ellos bloqueaba la puerta de garaje enrollable cerrada con llave. El óxido salpicaba las esquinas de dos de ellos, las estructuras rectangulares zumbaban con eficiencia a pesar de su evidente antigüedad.

El suelo de hormigón había sido barrido y no se veían otros muebles.

Laura exhaló, espantó otra mosca de sus ojos y se acercó, con el corazón latiendo en sus oídos. Una sensación generalizada de pavor la envolvió, concentrando toda su atención en el refrigerador más cercano a ella.

El que tenía una placa nueva y brillante del fabricante, y un sello de goma blanco y limpio alrededor de la tapa que permanecía resueltamente cerrada.

—Ahora o nunca, Hanway —murmuró.

Tomando una respiración profunda, levantó la tapa y miró dentro.

Por un breve momento, su cerebro se negó a comprender lo que sus ojos estaban viendo.

Había bandejas dispuestas en filas ordenadas, hilera tras hilera apiladas una encima de otra, todas con pequeñas etiquetas de colores que contrastaban con la horrible exhibición.

Filas de uñas de colores, lóbulos de orejas que se

habían encogido con el tiempo con discos opacos de plata o negros pellizcados en la piel restante, tatuajes que habían sido cortados de las extremidades, y eso era un…

Sintió el primer espasmo contraer su estómago antes de volver a cerrar la tapa, y corrió hacia la puerta abierta.

—Quédate ahí —le espetó a Kyle mientras pasaba a toda velocidad—. No entres.

Llegó al otro lado del césped antes de que su estómago se convulsionara violentamente, y vomitó en un desaliñado conjunto de arbustos descuidados.

Respirando pesadamente, cerró los ojos e intentó combatir el puro horror que amenazaba con anular su entrenamiento.

—Lo tenemos —gritó uno de los agentes, su voz llegando a través del césped hasta donde ella permanecía doblada.

Enderezándose, vio a un ágil pensionista al lado del oficial, vestido con una camisa de algodón negra y pantalones verde oliva, su mirada pasando de la puerta abierta del garaje a los dos detectives.

Un escalofrío le recorrió la espalda cuando sus ojos la encontraron, una atención casi reptiliana adornándolos antes de que una sonrisa se formara en sus labios.

—¿Han encontrado mi pequeña colección? —dijo con voz cantarina.

No había remordimiento, ni miedo, ni intento de negación.

En su lugar, cuadró los hombros y apretó la mandíbula, como si estuviera orgulloso de compartir su macabra obra con una audiencia por fin.

Laura tomó un pañuelo de papel de Kyle con un brusco asentimiento de agradecimiento y se secó los labios, tragando aire fresco. —Llama a Kay. Hazle saber que vamos a necesitar al equipo de Harriet aquí, y pon a Molton bajo custodia. Nos espera una larga noche.

# CAPÍTULO 56

Kay colocó una taza de té dulce junto a Laura y apoyó su mano en el hombro de su colega.

—¿Cómo lo llevas?

La otra mujer se estremeció, pero tomó la bebida con un murmullo de agradecimiento. —Solo estoy terminando de escribir mi informe, jefa. No tardaré mucho.

—Eso no es lo que quería decir, y lo sabes. —Dejándose caer en una silla libre junto al escritorio de la joven detective, Kay miró por encima del hombro para asegurarse de que el resto del equipo estuviera fuera del alcance del oído—. Por experiencia personal, te recomendaría que hablaras con un profesional a principios de la próxima semana. Estás sola en casa en este momento, ¿verdad?

Laura asintió, dejando la taza con mano temblorosa. —Sí. El último imbécil se mudó hace unas semanas.

—Bien, entonces mañana por la noche quiero que vengas a cenar a casa de Adam y mía, ¿de acuerdo? No te asustes, lo mantendremos discreto en lugar de tener a todo el equipo allí, aunque Barnes está insinuando sobre una barbacoa pronto. Pero necesito asegurarme de que no estés reprimiendo lo que has pasado esta tarde, ¿vale?

—De acuerdo. —Su colega sorbió por la nariz—. Creo que me quedan unos diez minutos más con esto, y luego estará en HOLMES2 e imprimiré copias para la entrevista. Hice que Harriet tomara algunas fotos iniciales cuando ella y Patrick llegaron allí por primera vez también.

—Excelente idea, gracias. —Kay miró por encima de la cabeza de su colega cuando Sharp entró en la sala de incidentes, y le dio una palmadita en la mano a Laura—. Tengo que irme.

—¿Jefa?

Miró por encima del hombro para ver una renovada expresión de determinación en el rostro de Laura. —¿Qué?

—No dejes que se salga con la suya. Clávalo a la pared, ¿de acuerdo?

—Lo haré, no te preocupes.

Apresurándose hacia donde el resto del equipo estaba reunido alrededor de la pizarra con el comisario, se arremangó la camisa. —¿Ian? ¿Estás listo?

—Por supuesto. —Le entregó dos carpetas de manila, dando un juego idéntico a Sharp—. La sala de observación está preparada para ti, jefe. Gavin se te unirá allí.

—Bien. —El comisario hojeó el resumen de puntos que Barnes había fijado en el interior de la carpeta superior y asintió con brusquedad—. Bien, haré que la central se ocupe de esto para que puedan coordinarse con otras fuerzas mientras avanzamos. De esa manera, si necesitamos correlacionar algo que diga Molton con respecto a otro caso sin resolver abierto, con suerte podremos obtener la información rápidamente. No creo que todos vayan a estar trabajando las mismas horas que nosotros esta noche.

Kay miró por encima del hombro cuando Kyle entró en la sala con una pila de pizzas para llevar en sus manos que distribuyó entre los oficiales uniformados que se habían ofrecido como voluntarios para quedarse hasta tarde. Trató de ignorar el rugido en su estómago, luego sonrió cuando él abrió la tapa de la última caja y se la entregó.

—Mejor que tú y Barnes comáis algo de esto, jefa, antes de que todo desaparezca —dijo—. No creo que vayáis a tener otra oportunidad.

—Gracias. —Hundió los dientes en una rebanada, luego lo apartó del grupo—. Hazme un favor, ¿sí? Mantén un ojo en Laura por mí.

—No te preocupes, lo haré.

—¿Cómo estás tú? ¿Estás bien?

—Sí, hice lo que ella dijo y no entré. —Miró más allá de ella hacia donde Laura estaba sentada en su escritorio, con la cabeza inclinada mientras tranquilamente daba los toques finales a su informe de arresto—. Desearía haberlo hecho yo, en lugar de ella.

Kay se limpió las manos con una servilleta. —No lo veas así. Ella estaba a cargo del arresto y tomó esa decisión. Ninguno de vosotros podría haber tenido idea de lo que había en ese garaje.

—Supongo que sí. ¿Has tenido noticias de Harriet?

—No en los últimos treinta minutos, no. Me imagino que van a estar allí por unos días más. —Se movió de vuelta a donde Barnes se estaba sirviendo una segunda rebanada de pizza—. Come eso, y luego comenzaremos.

—El abogado de Molton está aquí, jefa —llamó Debbie desde su escritorio—. Y la muestra de ADN de Molton acaba de ser llevada al laboratorio por Dave Morrison; de todos modos estaba de turno esta noche, así que lo he enviado. Y no te vayas de aquí sin esta carpeta; tiene la información del archivo de Crusader Events.

—Gracias.

Barnes le lanzó una sonrisa sombría. —¿Lista para la batalla?

—Guía el camino.

# CAPÍTULO 57

Kay abrió la primera de las carpetas manila y, a pesar de la creciente repulsión por el hombre sentado frente a ella, acercó su silla a la mesa.

Lewis Molton la observaba con frío interés mientras Barnes recitaba la advertencia. Las manos bien cuidadas del asesino estaban entrelazadas sobre la mesa, su postura relajada. Mantenía las mangas de la camisa bajadas mientras el aire acondicionado emitía un suave zumbido en el silencio que siguió a las presentaciones formales.

La toallita antibacteriana que le habían entregado a Molton después de proporcionar un juego completo de huellas dactilares y una muestra de ADN ahora estaba arrugada sobre la mesa junto a su codo, y un penetrante olor a antiséptico flotaba hasta donde ella estaba sentada. Su loción para después del afeitado se mezclaba con el aroma, enviando una curiosa mezcla de cítricos y sándalo en su dirección que sabía que recordaría durante días.

—¿Cuánto tiempo lleva siendo voluntario para Crusader Events? —comenzó ella.

—Unos veintidós años.

—¿Para qué organizaciones fue voluntario antes de eso?

—Una de las grandes organizaciones de primeros auxilios —Molton sonrió—. Apreciaban mis habilidades.

—Usted fue médico en el ejército, ¿no es así? —Kay bajó la mirada y rebuscó entre la documentación—. ¿Cuándo dejó el ejército?

—Estuve en el Ejército Territorial, así que solo lo hice durante unos diez años. Luego el trabajo se volvió… más exigente, así que tuve que dejarlo.

—¿Y en qué consistía exactamente ese trabajo, señor Molton?

—Era jardinero paisajista en una gran propiedad al sur de Staplehurst. Decidieron expandirse hacia la renaturalización antes de que se pusiera de moda, y luego la abrieron al público. Fui parte integral del diseño y la gestión del proyecto hasta que me jubilé hace seis años.

Kay hizo una pausa para tomar nota, preguntándose cuántas de las víctimas de Molton podrían haber terminado en los jardines ornamentales sin el conocimiento del propietario, mientras luchaba contra una creciente sensación de repulsión por la falta de emoción del hombre.

—Cuénteme cómo empezó a ser voluntario con Crusader Events.

—Oh. —Agitó una mano frente a su cara—. No quiere oír realmente sobre eso, ¿verdad?

—Señor Molton, responda a la pregunta, por favor.

—Está bien. —Hizo un mohín, se reclinó en su silla y se cruzó de brazos—. Pusieron un anuncio en el periódico local. También se anunció en línea, pero en ese entonces todavía había un periódico gratuito regular. Estaban organizando un festival folclórico a unos veinte kilómetros de aquí, y les faltaban voluntarios durante los meses de verano. La formación en primeros auxilios era una de las preferencias que enumeraron, así que me presenté.

—¿Por qué se presentó? Ya tenía un trabajo como jardinero paisajista.

Se encogió de hombros. —Aun así, tenía que tomarme tiempo libre. Tenía veinte días de vacaciones anuales para usar, y sin familia con quien pasarlos, pensé que podría ver algo de música en vivo. Entre otras cosas.

—¿Qué tipo de cosas?

—Crusader organiza festivales de cerveza, exposiciones de coches, shows de caravanas y autocaravanas. Cualquier cosa así, realmente.

Kay hizo una pausa mientras Barnes comenzaba a garabatear apresuradamente en su cuaderno, con la página inclinada lejos de la mirada del asesino. Solo podía imaginar la lista de tareas que estaba elaborando para el equipo ya sobrecargado de arriba. Con la confesión de Molton, ahora tendrían aún más eventos pasados que examinar en busca de posibles víctimas.

Luchó arduamente para mantener el creciente disgusto fuera de su rostro y se volvió hacia la segunda carpeta manila. —Su archivo personal con Crusader no menciona tareas de primeros auxilios hasta hace cuatro años. ¿Qué hizo cuando se inscribió por primera vez con ellos?

—Repartir protector solar, mapas del festival, responder preguntas —dijo en un tono monótono y aburrido—. Cosas triviales.

—Usó esas cosas triviales, como usted las llama, para

buscar a sus víctimas, ¿no es así? —dijo, extrayendo una serie de imágenes de la carpeta—. Como estos hombres y mujeres, todos jóvenes asistentes al festival, todos inocentes. ¿Qué le hizo elegir a estos en particular?

—Oh, no lo sé —suspiró—. A veces me gustaba lo que llevaban puesto, a veces era la forma en que me sonreían o me hablaban; podía decir de inmediato que confiaban en mí, por supuesto. Y, ¿por qué no? —Extendió las manos ampliamente—. Estaba allí para ayudarles, ¿no?

La mirada de Kay se detuvo por un momento en cada una de las fotografías esparcidas sobre la mesa, y tragó saliva. Molton tenía razón: no había un patrón obvio en su elección de víctimas, no había similitudes entre los ojos acusadores que la miraban fijamente desde cada imagen.

Una tristeza atravesó su corazón por las vidas truncadas por alguien que hablaba con tan poca emoción, tan poca compasión.

Todas esas hijas, hijos, madres, padres, hermanas, hermanos… todos arrebatados por el monstruo que estaba sentado frente a ella, su complacencia palpable.

La pluma de Barnes dejó de raspar la superficie de su libreta y se aclaró la garganta expectante.

—¿Cuándo empezó a usar los eventos para asesinar a sus víctimas? —dijo, parpadeando para aclarar la sensación de ardor en las esquinas de sus ojos.

—Casi de inmediato —respondió Molton, formando una sonrisa maliciosa—. Era fácil, realmente. La gente se emborracha y hace cosas estúpidas todo el tiempo. Los sitios suelen estar cerca del campo para no molestar a los vecinos… hay mucha vida silvestre para explicar algunos de los pequeños mordiscos y piezas faltantes. Y no era como si tuviera que preocuparme por la eliminación. ¿Sabía que, en al menos cuatro ocasiones, pasaron *tres días* antes de que alguien los descubriera? Todos los demás estaban demasiado ocupados de fiesta, consumiendo drogas, emborrachándose, bailando… ¿Qué le dice eso sobre la humanidad, detective? —Se inclinó hacia adelante—. A nadie le importaba.

—¿Por qué conservarlas? —dijo Kay, conteniendo el sabor repugnante en su boca ante sus palabras—. ¿Por qué llevarse las uñas de Tansy? ¿Le arañó? ¿Tenía miedo de haber dejado parte de usted atrás?

—Dios, no. No tenía miedo. —Molton se rio, una carcajada estridente que resonó en las paredes de yeso liso. Se inclinó hacia adelante—. Eran bonitas. ¿Las encontró? Tan bonitas. Las quería.

—¿Por qué Tansy Leneghan?

—No pude dormir esa noche. Estaba demasiado emocionado. Toda esa gente, todas esas *opciones*. —Pasó la lengua por sus labios—. Decidí salir a caminar. Y entonces la vi.

—¿Dónde?

—Ella creía que estaba siendo lista. —Una sonrisa astuta se formó en su rostro, sus ojos adquiriendo una calidad soñadora—. Yo caminaba por la cima de la colina cuando vi una figura emerger del seto. Obviamente había logrado trepar una cerca para evitar la patrulla de seguridad. Por supuesto, no sabía quién era, solo que se me había presentado una exquisita oportunidad que no podía resistir.

—Cuénteme qué sucedió —dijo Kay, consciente del silencio que siguió a las palabras de Molton. Con la boca seca, se obligó a entrelazar las manos y adoptar una postura no amenazante, sabiendo que esta sería su única oportunidad de descubrir la verdad.

—Oh, no hay mucho que decir —respondió él, reclinándose en su silla y suspirando—. He tenido algo de práctica, ¿sabe? Aunque realmente no esperaba que ella opusiera tanta resistencia.

Con eso, desabrochó los botones de los puños de su camisa de algodón y se arremangó.

Una serie de marcas de arañazos como surcos marcaban su piel entre las muñecas y los codos.

—Era una fiera, eso se lo concedo —dijo, con un tono de tristeza en su voz—. No es que le sirviera de mucho. Nunca lo hace.

—¿Por qué la movió después de haberla matado?

Él resopló. —La muy estúpida se negaba a morir. Pensé que estaba muerta después de estrangularla hasta que empezó a forcejear cuando comencé a arrancarle las uñas.

Kay reprimió un escalofrío. —¿Por qué tiró la sudadera y los pantalones en el contenedor municipal, y su cárdigan en un contenedor de riesgo biológico?

—Para confundirlos, por supuesto. ¿Por qué más? —El rostro de Molton se endureció—. No he llegado hasta aquí para facilitarle las cosas a nadie. Simplemente tuvo suerte, detective Hunter, eso es todo.

—¿Cuántas? ¿Se molesta en llevar la cuenta? ¿Siquiera se pregunta cuántas vidas ha arruinado a lo largo de los años?

—Trescientas cuatro.

Oyó las bruscas inspiraciones tanto de Barnes como del abogado.

—¿Qué?

—Trescientas cuatro. —Molton se encogió de hombros y luego suspiró—. No logré catalogar todas, por supuesto. Habría sido imposible, por cuestión de espacio. Quiero decir, ha visto mi garaje. Y además, el tiempo lo estropea todo. Incluso algunos de los especímenes más hermosos se deterioraron con los años, y no podía permitir que estropearan a los bonitos. Así que tuvieron que irse. Pero sí, trescientas cuatro.

Kay reunió las fotografías y cerró la carpeta. —Entonces puedo asegurarle, señor Molton, que no volverá a ver la luz del día.

—No me importa. Siempre he querido escribir un libro —sonrió—. Y ahora tendré tiempo para hacerlo.

A Kay se le desencajó la mandíbula. —¿Un libro?

—Estoy seguro de que hay mucha gente que querrá leer sobre mí.

Miró de Molton a su abogado, quien sabiamente mantenía la mirada firmemente baja hacia su bloc de notas, con el bolígrafo suspendido sobre la página.

A su lado, Barnes reprimió un resoplido de disgusto.

Observando al asesino frente a ella, Kay cuadró los hombros y pronunció las palabras que su equipo había trabajado tan duro por escuchar.

—Lewis Molton, se le acusa del asalto y homicidio de Tansy Leneghan…

# CAPÍTULO 58

Kay se pasó la lengua por los labios, saboreando el leve rastro de brandy que persistía, y siguió a Barnes cruzando la calle hacia la comisaría.

Después de que Lewis Molton hubiera sido procesado y llevado a las celdas en espera de su traslado a un centro de detención preventiva, su colega había sugerido que fueran caminando a un pub tranquilo en los márgenes de High Street.

Fue una oferta que aceptó sin dudarlo.

Sobre una copa fuerte, habían murmurado su disgusto e incredulidad ante la confesión del asesino.

Conmocionados por sus palabras, ya abrumados por la inmensa cantidad de trabajo que tenían por delante, habían pasado unos momentos contemplando las consecuencias de su investigación, antes de brindar sobriamente en silencio por sus víctimas y sus familias por la justicia que pronto se haría.

—Toma —dijo Barnes una vez que cruzaron la calle con seguridad—. Por si acaso.

Ella tomó el paquete de mentas que le ofrecía y se metió una en la boca con un gesto de agradecimiento. —Creo que haremos un breve informe esta noche, Ian, y luego mandaremos a todos a casa. Les diré que se aseguren de estar aquí a las nueve de la mañana, van a necesitar dormir un poco más después de esto.

—Suena bien, jefa. —Miró hacia el cielo que se oscurecía—. Va a hacer buen tiempo los próximos días, para variar. ¿Quieres que intentemos organizar una barbacoa después del trabajo algún día de esta semana? Pia me ha estado insistiendo para que reunamos a todos.

—Sí, estaría bien. Creo que estoy de guardia, pero el resto de vosotros deberíais estar libres. Comprobaré el horario con Debbie por la mañana.

Ella lideró el camino a través de la puerta de seguridad y subió las escaleras, sintiendo cómo el cansancio se apoderaba de ella con cada escalón, a medida que la frustración y el miedo de los últimos días daban paso al alivio.

Era esto, este conocimiento de que podría descansar esta noche con el asesino de Tansy tras las rejas, incapaz de dañar a nadie más, lo que la sostenía en sus momentos más oscuros, lo que la mantenía en pie cuando todo lo demás parecía perdido.

Se detuvo en lo alto de las escaleras y sonrió. —Gracias, Ian. Lo atrapamos. Lo hemos atrapado, maldita sea.

—Sí que lo hicimos, maldita sea. —Sonrió—. No somos un mal equipo, ¿verdad?

—Para nada.

Su sonrisa se ensanchó cuando entraron en la sala de incidencias.

Una atmósfera casi festiva envolvía al equipo, con todos hablando a la vez, la risa llenando el espacio donde solo horas antes una tensión elevada los había dominado.

Ahora, mientras se dirigía hacia donde sus jóvenes detectives estaban reunidos alrededor del escritorio de Gavin, sintió el familiar orgullo por su trabajo, y se abrió paso entre uno de los miembros del equipo administrativo para unirse a ellos.

Pero ellos no levantaron la vista de la pantalla de Gavin.

En su lugar, Kyle y Laura se acercaron más y continuaron una animada discusión sobre un correo electrónico que estaban leyendo.

—¿Qué está pasando? —dijo Kay, perpleja.

Los tres saltaron visiblemente.

—No te vimos llegar, jefa —dijo Laura, sonrojándose.

Kay estiró el cuello. —¿Qué es eso?

—La porra —dijo Gavin.

—¿Qué…?

—La de Hovis —explicó Kyle—. Tuvimos que empezar una hoja de cálculo. Le pedí que viera cuánto llevamos acumulado. ¿Qué tienes, Gav?

—Cuatrocientas libras —dijo el agente—. El equipo de Paul Disher de las fuerzas tácticas se enteró de alguna manera y decidieron participar, y Harriet también. Luego está el laboratorio forense y parte del equipo de Paul Solomon en Northfleet…

—Me estás tomando el pelo… —Kay suspiró—. Muy

bien, ya basta de eso. Vamos, informe y luego podéis largaros.

Dio la espalda al sonido de las risas y se concentró en la pizarra por última vez.

—Aquí tienes, jefa. Uno más para mantenerte en pie un poco más —dijo Debbie, entregándole una taza humeante de café.

—Gracias. ¿Cómo vamos de suministros?

La agente le guiñó un ojo. —Haré un nuevo pedido mañana, no te preocupes.

Una vez que el personal uniformado y los administrativos se unieron a ellos, hizo un gesto a Kyle. —¿Ya tenemos los resultados de las pruebas de ADN del laboratorio?

—Sí, jefa. Han confirmado que la sangre de Molton coincide con las muestras tomadas de la ropa de Thommo que se encontró en ese contenedor municipal, y con la mancha de sangre encontrada en la tarjeta de visita de Kasprak.

—Lo tenemos. —Kay apretó el puño—. Eso, más su confesión. La Fiscalía tendrá mucho trabajo, pero al menos es un comienzo.

—¿Y qué hay de todas las otras víctimas, jefa? —dijo Debbie, con los ojos muy abiertos—. ¿Qué hacemos con ellas?

—Tendremos que trabajar con el abogado de Molton para ver si su cliente nos dará nombres, si es que los conoce, y tendremos que revisar todos los registros de muertes sospechosas en todo el país. —Kay exhaló—. Llevará tiempo, pero creedme, lo acusaremos de tantas como podamos para que el Servicio de Fiscalía de la

Corona pueda recomendar que pase el resto de su vida tras las rejas.

Un suspiro colectivo se filtró entre el equipo.

—A continuación, necesito que se redacte un comunicado para los medios que saldrá a primera hora de mañana. Gavin, ¿te importaría encargarte de eso, por favor? Habrá que enviarlo a la sede central por si quieren añadir algo sobre la investigación en curso de otros casos, pero por ahora concéntrate en que Molton ha sido acusado del asesinato de Tansy.

—Lo haré, jefa.

Continuó delegando las diferentes tareas entre su equipo, repasando los asuntos pendientes en la pizarra uno por uno antes de levantar la mano pidiendo silencio. —Estoy orgullosa de todos vosotros por vuestra dedicación durante esta investigación. No ha sido fácil, y me doy cuenta de que para algunos, las repercusiones de lo que estamos tratando permanecerán con vosotros durante mucho tiempo. Lo he dicho antes, pero si necesitáis hablar, venid a buscarme. Siempre estaré aquí para vosotros, y también hay ayuda profesional disponible de manera confidencial, así que no tengáis miedo de pedirla. No refleja vuestras habilidades como oficiales de policía, y a veces no podemos hablar de estas cosas con nuestras familias. ¿Está claro?

Hubo asentimientos y murmullos de aceptación en la sala, y ella sonrió antes de coger su taza de café. —En ese caso, terminad lo que podáis en la próxima media hora más o menos e idos a casa. Nos reuniremos aquí a las nueve mañana para que podáis hacer algo parecido a dormir hasta tarde, y quiero…

Se interrumpió cuando el teléfono del escritorio de Barnes comenzó a sonar, y frunció el ceño cuando él contestó y empezó a reír.

Confundida, observó cómo murmuraba una respuesta al interlocutor, y luego se secaba las lágrimas de las mejillas, jadeando mientras intentaba recuperar el aliento.

—Sí, por supuesto, le avisaré.

La sala de incidentes quedó en silencio cuando colgó el teléfono, y luego la miró y sonrió.

—Era Adam, jefa —dijo—. Dice que tal vez quieras comprar más rosales por la mañana.

—¿Qué? —Kay bajó su taza de café—. ¿Quieres decir que Hovis...?

Su colega miró su reloj, aún sonriendo. —Sí, y según nuestra apuesta, soy cuatrocientas libras más rico, gracias.

Miró a su alrededor mientras el resto de su equipo empezaba a reír, fulminándolos con la mirada antes de volverse hacia Barnes.

—Esa maldita oveja. Juro que no llegará a Navidad a este paso.

FIN

# BIOGRAFÍA DEL AUTOR

Rachel Amphlett es una de las autoras de ficción criminal y thrillers de espías con más ventas del USA Today; y muchas de sus obras han sido traducidas en todo el mundo.

Sus novelas están disponibles en formato digital, impresos y como audiolibros en bibliotecas y tiendas minoristas, así como en su página web.

Rachel, una viajera entusiasta e investigadora privada por accidente, tiene ciudadanía australiana y británica.

Para más información sobre los libros de Rachel entra en: www.rachelamphlet.com.